师道

讲述"全国最美乡村教师""全国五一劳动奖章获得者""全国先进工作者""党的十九大代表"仲威平的故事

李子燕 著

延边大学出版社

图书在版编目（CIP）数据

师道 / 李子燕著. -- 延吉：延边大学出版社，2020.5
ISBN 978-7-5688-9051-9

Ⅰ. ①师… Ⅱ. ①李… Ⅲ. ①纪实文学－中国－当代 Ⅳ. ①I25

中国版本图书馆 CIP 数据核字 (2020) 第 081307 号

师道

出 版 人：	赵立才
著　　者：	李子燕
责任编辑：	陈顺成
执行策划：	朱秋梅
封面设计：	吴伟强
出版发行：	延边大学出版社
社　　址：	吉林省延吉市公园路 977 号　　邮编：133002
网　　址：	http://www.ydcbs.com
E - mail：	ydcbs@ydcbs.com
电　　话：	0433-2732435　　传真：0433-2732434
发行部电话：	0433-2733056　　传真：0433-2733266
印　　刷：	吉林省科普印刷有限公司
开　　本：	787mm×1092mm　1/16
印　　张：	19
字　　数：	212 千字
版　　次：	2020 年 5 月第 1 版
印　　次：	2022 年 7 月第 2 次印刷
书　　号：	978-7-5688-9051-9

定　　价：58.00 元

导 语

从小兴安岭南麓的黑龙江省铁力市工农乡兰河村,到首都北京天安门广场西侧的人民大会堂,究竟有多远?小时候,仲威平从来没有想过。长久以来她一直在想的,是如何做好一名人民教师,如何让乡村的孩子享受平等的教育。

但是,首都在她的心中,人民大会堂在她的心中,正如祖国山河在每个人的心中一样。2011年2月28日上午9时,当45岁的仲威平第一次来到北京,在神圣的人民大会堂作7分钟的事迹报告时,现场的听众在热泪盈眶之余,情不自禁地悄悄帮她计算着:每天骑自行车往返20多公里,24年下来,足足可以绕地球两圈多!于是,人们忍不住换了个角度理解:这也可以算作从兰河村到人民大会堂的距离吧?

人们震惊于这段漫长的路途,更敬佩仲威平对师德的坚守。"一人一校"加上非常偏僻的位置,难道她不寂寞吗?那间不足20平方米的教室,如今是什么样子?那被骑坏的8辆自行车,如今还在吗?5个年级的复式教学,她是如何应对的?100余名学子的成长路,有哪些苦辣酸甜?不能像其他教师那样"桃李满天下",她是否有过遗憾?

师道

怀着无比敬仰之情，我沿着仲威平的足迹，走进黑龙江省伊春市下辖铁力市工农乡兰河村。村子的东南方向，有一条清澈的河水自东向西缓缓流过，那是著名的呼兰河的干流，千百年来滋养着这里淳朴的村民；一座海拔不是很高的无名小山，坐落在村子的西北方向；村外一望无际的稻田里，农民正忙着插秧，水光倒映着蓝天、白云和翠绿的山林。

仲威平在前面领路，介绍着走过的每一条小路，抚摸着熟悉得不能再熟悉的一草一木，讲述着往昔与学生们的点点滴滴。望着仲威平脸上和蔼的笑容，我禁不住泪眼婆娑！在那条弯弯曲曲的泥泞小路上，她经历过怎样的风雨兼程，或许只有村里的学子们知道；在那片呼兰河畔，她与118名学生演绎过怎样的师生情缘，或许只有周围的乡亲们知道；在那座海拔不太高的无名小山上，她又经历过怎样的心路历程，或许只有她的家人才知道。

不！透过仲威平淡然、亲切的话语，我的听觉突然变得异常敏锐，仿佛美丽的小兴安岭正在诉说——仲威平走过的道路何止是绕地球两圈多那么长呢？那是一条脚踏实地的"送学路"，更是一条春风化雨的"师道"，需要用日月星辰去丈量！

目 录

第一部分 疫情就是命令 / 001

1. 没有无辜的雪花 / 002
2. 一罩难求的边缘 / 010
3. 在我眼中你最美 / 018
4. 带上自己的阳光 / 025

第二部分 接过父亲的旗帜 / 035

1. 父亲的事迹 / 036
2. 童年趣事 / 043
3. 兄弟姐妹情 / 050
4. 求学成长路 / 058
5. 梦开始的地方 / 066

第三部分 渴望的眼神 / 073

1. 初到兰河小学 / 074
2. 那座无名山 / 081
3. 一块黑板一方田 / 091
4. 幸福自行车 / 099
5. 生活即教育 / 107

第四部分 大手牵小手的暖 / 117

1. 一人一校 / 118
2. 那面五星红旗 / 126

3. 呼兰河畔 / 135
4. 世上只有老师好 / 143
5. 风雪亦有情 / 152
6. 馒头也有故事 / 162

第五部分 选择的力量 / 171

1. 神奇的答案 / 172
2. 这是职业选择 / 181
3. 人生最大的憾事 / 190
4. 何为"存在感" / 199
5. 医者父母心 / 208
6. 儿子说过的话 / 218

第六部分 初心不改向阳红 / 227

1. 最神圣的时刻 / 228
2. 学龄最长的孩子 / 238
3. 感受领袖的魅力 / 250
4. 十九大代表 / 259

第七部分 流动的爱是风景 / 269

1. 爱心工作站 / 270
2. 最美志愿者 / 278
3. 最暖心的回馈 / 285

结语 最美师道 / 293

第一部分
疫情就是命令

1

没有无辜的雪花

冬去春来,时令交接,北方的积雪尚未消融,南方的冰雨频频洒落,寒冷还在人间恋恋不舍,光阴前所未有地凌乱。我曾听见,多少人默默呼喊,希望2020能够重新开启。然而,正如有句话说的那样:枪响后没有赢家。时光依然板着脸孔匀速前行着,严肃地提醒每一个人——雪崩时,没有一片雪花是无辜的。

是的,这是一场突如其来的"战斗":超长的春节假期,空荡荡的大街小巷,义无反顾的英雄身影,"逆行者"满是压痕和汗水的笑脸,每日攀升的残酷数据,还有剪不断理还乱的各种焦虑……各类信息充斥着朋友圈,心绪被疫情的阴霾笼罩着,连日来仲威平常常彻夜难眠,感觉连呼吸都变得异常沉重。

生活在中国北方的小山村,仲威平跟大多数普通人一样,对这场疫情的了解和认识是后知后觉的。记得2020年1月17日是农历北方小年,一切与往年没什么不同。早晨吃完热气腾腾的饺子后,她和爱人就像往年一样进行了分工:爱人全权负责置办家中的年货,她则投入到忙碌的工作状态中——负责整理纷至沓来的物资。这些物资不是普普通通的"年货",而是来自全国各地的爱心捐赠,承载着满满的牵挂和祝福。自"爱

第一部分 疫情就是命令

心工作站"成立以来,仲威平已经习惯了这样的工作,不仅要及时对捐赠者表达感谢,第一时间对物资进行详细清点,还要按比例酌情制定分配方案,然后赶在大年三十中午前亲自派送给有需要的学生,让每个孩子都能过个幸福年。

然而,几天后情况发生突变,仲威平还没来得及去分发物资,有条不紊的工作就被打乱了。那天是1月23日,农历腊月二十九。下午,伊春市教育局突然下发紧急文件——《关于转发当前做好新型冠状肺炎疫情防控工作的五项要求的通知》。说心里话,刚点开《通知》的那一刻,仲威平有点儿懵,完全不知道新型冠状病毒为何物,不知道教育局为何会如此重视此项工作。几乎是怀着好奇的心情,她一字一句地读完《通知》,才意识到问题的严重性,一颗心也瞬间提到了嗓子眼,分不清是恐慌还是疑惑,甚至怀疑自己看错了。她稳定了一下情绪,双手颤抖着滑动手机屏幕,通知上写得明明白白,证明一切都是真实的,有一种新型冠状病毒袭击了人类,从而引发了此时令人忧心的疫情。现在,黑龙江省教育厅正式通知:全省中小学、幼儿园禁止组织任何形式的上课、补课和不必要的聚集性活动;禁止校外培训机构寒假期间组织各类培训活动;高校原则上不安排提前返校,已经住校的学生要加强管理;从即日起对来自疫情高发地区的学生及教职工须适时进行体温监测,必要时进行隔离;高校至少有一名主要负责同志在校主持疫情防控工作;各部门要切实做好新冠肺炎疫情防控工作,出现特殊情况及时报告。

记住了"五项要求",仲威平却觉得大脑一片混沌,"疫情"二字仿佛跳出了手机,正张牙舞爪地在眼前晃动,令她有些惊慌失措。虽然没学过医学,但作为一名教师,"疫情"在字典里的意思她是知道的,

是指疫病的发生和蔓延。而"疫病"又如何解释呢？它区别于普通病，泛指急性流行性传染病，发生在人、动物或植物身上，是可传染性疾病的统称，一般由寄生虫、细菌、病毒等微生物引起。中国古代对传染病的认识有一个艰辛的过程，从有文字记载以来，"四时皆有疠疾"，种类各式各样。从某种角度来说，人类的发展历史就是一部与疫病作斗争的历史。仲威平记得有本书中说过，疫病往往是动乱和战争的产物。比如在魏晋南北朝时期，政权更迭频繁，大小战争不断，社会动荡不稳，形成了我国历史上的第一个疫病高发期，战乱与疫病折磨得人民苦不堪言，人与人之间互相戒惧，病者不敢问，死者不敢吊。不过，面对各类疫病，人们并没有被吓倒，他们积极采取有效的防控措施，众志成城开展抗疫救灾活动。数千年来，疫病从来没有真正远离过人类，人类也依然一代代地挺起胸膛，同疫病进行着艰苦卓绝的斗争，留下了很多可歌可泣的故事，激励着后人增强信心，勇敢面对各种困境。

然而，过往已然化为历史，如今在和平的新时代，人们对美好生活充满了无限向往，疫病又是如何发生的呢？发生后，又是如何蔓延的呢？想到这些，仲威平的眉头越拧越紧，因为在她眼中，"蔓延"这个词比"病毒"更恐怖，它如蔓草般滋生，向周围连绵不断地扩展，导致的后果不可预知。如果是常青藤，整个夏天都会努力攀登，热热闹闹地爬满阳台、爬满墙壁，形成一幕悬垂的绿瀑布，用灵动的叶子向世人展示它的韧劲，那对人类来说，无疑是一种美的享受，彰显一种启示和力量；而如果是火势向四周蔓延，那么就会像猛虎下山一般到处乱窜，用滚滚浓烟作障眼法，用熊熊火焰作武器，肆无忌惮地吞噬一切能吞噬的东西，直到所过之处都变成废墟，那对人类来说，无疑是一场灾难。

第一部分 疫情就是命令

想到这里，仲威平不禁打了个冷战，作为生长在小兴安岭脚下的黑龙江人，1987年的大兴安岭火灾如何能够遗忘？那一年她21周岁，刚刚如愿以偿到铁力市工农乡兰河小学担任教师。那一年的火灾从5月6日开始燃烧，5万余军民奋战了25个昼夜才扑灭。那是新中国成立以来最严重的一次森林火灾，毁坏了100万公顷土地，烧毁了85万立方米木材，令5万同胞流离失所，193人葬身火海。据说，当年火势最厉害的时候，行进速度大概每小时60公里，疯狂的火蛇比车速还快，赤手空拳的人们与它赛跑，胜负早就见了分晓。一晃33年过去了，每每回忆起来都令人心有余悸，仲威平祈祷那样的悲剧不要再次发生，希望每一片山林都能平安无恙，每一个人都能幸福安康。

然而，仲威平又不得不承认，现实与希望有时并不能同步，当澳大利亚林火新闻播出后，她的心再一次紧紧地揪了起来。网上有人说，远隔重洋不必杞人忧天，火势再猛也不会蔓延到亚洲，她却无法忽视那场遥远的火灾。因为从2019年7月持续至今，那条火龙沿着澳大利亚东南沿海蔓延，浓烟已经飘到了太平洋上空，且不说人员和经济损失，单单是焚烧后产生的颗粒物就遮天蔽日，那将导致多少植物被焚毁？将有多少动物被大火吞噬？将有多少地方的气候受到影响？虽然火是生态系统的一部分，大火过后，土壤可以变得松软，树苗还会重新萌发，又是一次新的轮回，但是有专家说，火场太大就什么意义都没有了，不是人力所能控制的。在人类与火灾的搏斗中，远方的人看到的可能只是一则新闻，而只有亲历者才能体会到那是多么惊险，多么无助和绝望……

是的，没有谁愿意平白无故身陷险境，更多的时候宁愿当旁观者，以为很多事情与自己无关。但是，如果瘟疫像火蛇般蔓延，谁还敢说自己是局外人？仲威平不敢再联想下去，她要暂时把"蔓延"压下去，先了解一下疫情如何是"发生"的。

这些天只顾着捐赠物资的事，没时间关注新闻，此时在手机上输入"新型冠状病毒"字样，立刻跳出了无数条相关信息，仲威平不禁倒吸了一口凉气。她忽略掉众多"小道消息"，然后不停地滑动页面，最后点开权威发布——中华人民共和国中央人民政府官网，看到一条新闻：截至1月22日24时，国内25个省（区、市）累计报告新型冠状病毒感染的肺炎确诊病例571例，其中重症病例95例，死亡病例17例，疑似病例393例。境外通报，中国香港、澳门、台湾各1例；美国、日本、韩国各1例，泰国3例；追踪到密切接触者5897人。除了这些数据，新闻中还介绍了17例死亡病例的病情。

感觉到情况的严重性，仲威平又打开新华网，武汉封城的消息立刻闯入眼帘：1月23日上午，按照疫情防控指挥部通告，武汉全市公交、地铁、轮渡、长途客运暂停运营，机场、火车站离汉通道暂时关闭。新华社记者第一时间奔赴武汉各地采访发现，当前超市里有不少排队购物的顾客，部分加油站、高速路口出现排队现象……看着这条图文并茂的信息，有那么一瞬间，仲威平的思路出现了断片，或许从某种意义上说，"封城"比那些数据更有震撼力，能让普通人真正意识到形势的严峻程度。

多日后，在与仲威平电话交流的时候，我对她的表述感同身受，很多人对疫情的重视可能都是从"封城"二字开始的。虽然从未有机会去武汉，但早在书籍和影视作品中认识了这座"江城"：世界第三大河流长江及其最大支流汉江在城中交汇，形成武昌、汉口、汉阳三镇鼎立的格局。作为中国经济地理中心，武汉素有"九省通衢"之称，是中国内

第一部分 疫情就是命令

陆最大的水陆空交通枢纽,是长江中游航运中心,其高铁网辐射大半个中国,是华中地区唯一可直航全球五大洲的城市。武汉也是国家历史文化名城,是楚文化的重要发祥地,境内盘龙城遗址有 3500 年的历史。武汉还是辛亥革命首义之地,在近代史上数度成为全国政治、军事、文化中心。这里风光独特,是"高山流水觅知音"的发源地,有"天下江山第一楼"黄鹤楼,有"万里长江第一桥"武汉长江大桥,还有武大校园最美的樱花。这里饮食也自成特色,热干面、三鲜豆皮、鸭脖、武昌鱼等,令无数游客流连忘返……

谁能想到,这样一座著名的城市如今竟然患上了重症!就像一个人患了病——不!更像一个人被禁锢而失去了自由。一座城市被采取如此严厉的防疫措施,该是多么迫不得已啊!正如新闻中所言,"在经历了 1998 年特大洪灾和 2003 年非典之后,这座城市又迎来一次特大考验。一座上千万人的城市自我封闭,只为保障疫情不扩散,这在新中国历史上尚属首次"。可想而知,疫情当前,身在武汉者面临去留的抉择,从某种意义上说,可能就是生离死别。这是一种怎样的局面啊?原本全国都在喜气洋洋地迎接春节,疫情却突如其来,即使在离武汉很远的东北,也同样能感受到一种悲壮。

"说心里话,即使武汉闻名于世,对我来说终是遥不可及。浏览着网络新闻,我根本无心再研究疫情的发生,无心研究是谁吃了蝙蝠,是谁第一个把病毒带到了人间。当然,这也不是普通人能研究明白的。我当时的第一个念头是,除了给从事医务工作的学生打电话,就是赶紧联系好朋友陈文敏,她每年都会回娘家过年,我必须确认她平平安安!"仲威平对好朋友的担忧溢于言表。

说起她与陈文敏的相识，可以追溯到2013年9月。那一年，仲威平被评为"全国最美乡村教师"，陈文敏正巧看到央视的表彰晚会，从此对仲威平肃然起敬。2014年6月1日，陈文敏终于创造了一个机会，来到兰河小学采访仲威平，并在朋友圈发布爱心捐赠消息，而且多次帮助兰河小学的孩子们筹集物资。时间一长，两个人成了好朋友，仲威平知道陈文敏娘家在武汉，成家后才定居在铁力市。仲威平说，除了经常给孩子们捐赠衣物，陈文敏还帮过她一次大忙。那是2016年12月中旬，由于突发状况物流停运，一批爱心物资停留在中途，恐怕寒假前都不能到。仲威平急得嗓子都肿了，因为这批物资来自大庆的"壹基金"，爱心人士准备了65份"爱心大礼包"，包括孩子们急需的帽子、围脖、棉服、袜子、棉鞋、书包、文具等，希望全校的65名学生放假前收到，从头到脚"焕然一新"。这怎么办呢？如何才能让远方的爱心及时送达呢？仲威平想来想去，只好向开快递公司的陈文敏求助。陈文敏得知情况后，第一时间联系朋友，经过多方辗转，这批物资终于通过另一家物流公司顺利送到了铁力市。陈文敏又派自己的快递车去接货，并免费运送到了仲威平所在的学校。因此，每当接受采访或表彰时，仲威平都会由衷地说，每个学生的成长都离不开爱心人士的付出，很多人跟陈文敏一样，无私地架起了一座座爱的桥梁。

"陈文敏早就回到了铁力，武汉的娘家人也都平安，我在电话这端竟然热泪盈眶。"仲威平哽咽着说完这段话，就陷入了短暂的沉默，我知道，此刻她的眼睛应该又湿润了。因为我也跟她一样，得知"封城"消息后，非常牵挂武汉的作家龚原老师，而她的回复同样让我热泪盈眶："大疫当前，有一种彻骨的揪心，更多的是内心的感动。谢谢老师们的

第一部分 疫情就是命令

牵挂,你们也要做好防护,确保安全。祝福大家百毒不侵,全家平安!"龚原老师是武汉人,我们是在中国作协雾灵山采风活动中结识的。她原计划外出过春节,得知疫情后就取消了行程。因为家里没有准备半点年货,所以她年前赶忙采购了一些生活急需品,武汉"封城"后就一直静静地宅在家里。她说特别想念每一位亲友,在这个特殊时期更是念念不忘……

东北山区的冬天,夜晚总是来得特别早,不知不觉到了掌灯时分,白天的小雪已经停了,万物仿佛静寂下来。可是,仲威平的心却乱成一团麻,她想了很多事情。武汉离得太远,她什么忙也帮不上,想太多也无济于事。那么对家乡和自己的学生,她总能做点儿力所能及的事吧!然而,具体做什么、如何做,她一时理不出清晰的脉络。

不过,有一点非常确定,疫情当前,任何人都不可能是旁观者。仲威平下意识地攥紧了拳头,在北方偏僻的小山村做好了抗击疫情的准备。

② 一罩难求的边缘

除夕是农历年的最后一天,在中国人的心目中,这一天是具有特殊意义的,漂泊再远的游子也要赶回家,热热闹闹地吃团圆饭,在爆竹声中辞旧迎新。可是今年这个除夕,举国上下的欢愉都笼罩着悲壮,因为人们都在关注同一座城,关注同一件事。

年三十一大早,太阳还没完全升起来,仲威平就从被窝里爬了起来,由于昨晚翻来覆去没睡好,所以眼睛有些红肿,面容也显得很憔悴。爱人让她再睡一会儿,等饭做好再叫她,可是仲威平一点儿睡意也没有,拿起手机赶紧浏览疫情新闻,发现确诊病例数量呈上升的趋势,有的省已经启动了一级响应,全国已陆续打响抗击疫情的"阻击战"。她所在的黑龙江省也确诊了首例输入性新型冠状病毒的肺炎病例,患者是位69岁的男性,1月上旬从武汉返回牡丹江市后,因发热、咳嗽、周身乏力等症状被隔离治疗。与该患者密切接触者,也同时在进行医学观察。

仲威平浑身一紧,感觉病毒已经来到了身边!如果说昨天是忧虑,那么今天就是真正的恐惧。原来,无尽的远方真跟每个人都有关;原来,病毒的蔓延竟然如此轻而易举,从千里迢迢之外的武汉传到黑龙江,只需要借助一个"载体"即可!而这个"载体"就是活生生的人!

第一部分 疫情就是命令

或许放在平时还好一些,人们都处在紧张的工作状态中,流动性相对小一些。可眼下春运已经开始,不必说全国各地的客流量,单单说黑龙江省吧,据统计每年春运客流量高达2000多万人。每到这个时节,各大火车站、客运站和机场的出口处,每天都是人头攒动,摩肩接踵。返乡的人们无论男女,无论年纪,均带着一年的收获和喜悦,一波一波地从天南海北奔回来。他们或背着、或扛着、或拉着、或抱着,那一个个大包小包的行李中,装满了各种各样的新年礼物,也装满了沉甸甸的对家的思念。因南方的环境优美,气候宜人,经济发达,所以选择到南方工作的人很多。那些无法走出去的乡亲们,每年都盼望着这些人的归来,因为不仅能阖家团圆,还能通过他们了解外面的世界,"走近"他们不曾到过的远方。那些返乡的人们也在这种期待中暂时忘掉了一年的疲惫,绘声绘色地讲述这一年的见闻,仿佛那个远方属于他们,抑或他们已经融入那个远方。于是,没走出去的人会感慨,眼界很重要啊,趁年轻一定要出去闯闯。等春节过后,远行的队伍又壮大了,而山村与外面的关系也更微妙了,"空巢老人"和"留守儿童"越来越多。外出者在城市的风雨里拼搏,像风筝一样寻找着梦中的方向,而一颗心却总是有所牵挂,在春节时需要找到最安静的港湾栖息。因此,中国就出现了壮观的"春运大潮",是年终岁尾流动的风景线,也是辞旧迎新勤奋的创造者的身影。正是这流动大军,让城乡有机地结合在一起,同时又相对独立;让人人拥有逐梦的机会,又不会忘记来时的路。

疫情当前,这份大数据的意义也随之改变,造成全省人民前所未有的恐慌,因为新型冠状病毒可能正潜伏在流动的人群中,然后无声无息地蔓延到各地。2003年"非典"时期,中国大陆只有7个省(区)没有出现病例，黑龙江省就是其中之一，人们的生命安全得到了保证。有惊无险之余，人们纷纷感谢这片沃土的护佑，还有人说这里是风水宝地，百毒不侵，因此他们对这片土地爱得更热烈。可如今，一种邪恶病毒残酷地打破了"百毒不侵"的说法，毫无征兆地侵袭了这片朴实的土地！

它有它的来处——也许是某地的蝙蝠。

它有它的途径——某个流行的载体。

它有它的症状——发热、咳嗽、乏力等。

它的中间宿主——可能是穿山甲。

可是除了这些，我们对它知之甚少，而且暂时尚无有效的治疗方法！

专家提醒：戴口罩、勤洗手；早发现、早隔离、早治疗。

专家提醒：没事不要去武汉；没事少出门，少聚集。

专家提醒：75%的酒精可以消毒；84消毒液也行。

……

看到这里，仲威平立刻眼前一亮，随后又紧锁眉头，陷入了沉思。或许2003年"非典"没侵袭黑龙江，对于黑龙江人是一种幸运。然而也正是17年前的幸运，导致人们精神上的麻痹大意，天长日久就放松了警惕，没有形成应有的防范意识。比如，平时上街，很少看到有人戴口罩，人与人的交流都是"不设防"的，近距离说话，亲切地握手，热情地拥抱，亲密地就餐……一片朴实的乡土孕育了淳朴的乡情，可是疫情当前，这就是最大的隐患啊！仲威平想了一整夜，此刻终于知道要做什么了——去采购口罩和消毒液，回来分发到学生家中。

仲威平的爱人虽然心疼她，但是更理解她。两人匆匆吃过早饭，天

第一部分 疫情就是命令

已经完全亮了,村庄迎来了新的一天。仲威平的爱人又翻箱倒柜,找出两条厚厚的围脖,因为家里没有存口罩,只能多围几层围脖做防护了。仲威平听话地接过围脖,然后把自己捂得严严实实,只留下两只眼睛。她的爱人这才略放心些,叮嘱她天冷路滑骑车小心点儿。仲威平说了句"没事",就骑上那辆熟悉的自行车,朝4里外的铁力市进发了。

这条路她太熟悉了,几十年来寒来暑往走过无数次。只是,像今天这般十万火急地去采购还是有史以来第一次。昨天下的小雪让路面变得更光滑、难行,可对于常年奔波在小兴安岭脚下的仲威平来说,什么样的雪没见过?什么样的路没走过?她从来不害怕风雪,因为风雪过后必有晴天。这些年唯一令她害怕的,是孩子们上不了学。而今天,她感到了一种前所未有的害怕,担心病毒蔓延,伤及无辜的孩子们。

一路疯狂骑行,仲威平几乎以飞一般的速度,只用10分钟就到了铁力市。初到市区,她第一感觉并无异样,楼群还是那样坚强地挺立着,平房还是那样整齐地排列着,偶尔有一两只麻雀飞过,落在光秃秃的树枝上。一些住平房的人家正忙着在大门上贴对联、贴"福"字、贴挂钱,炊烟在落着积雪的屋顶上空飘着。楼房的窗子都紧闭着,看不清里面的人在做什么,不过个别窗子上贴着窗花,远远地透出一些年味。看到这些,仲威平不由自主地舒了口气,离自己最近的市区生活正常,那么是不是意味着疫情并没有达到那种"疯狂"的程度?

仲威平又向前骑行了一段,渐渐进入了市中心。虽然时间尚早,但很多店铺都开门营业了,商家充分把握除夕的关键点,争分夺秒地进行年终岁尾的营销。从外地回来的归乡人,路过镇上会再带一些新鲜果蔬回家;留守在家的本地人,会趁着上午的空档再采购一些必需的年货。

仲威平并未看年货，因为前几天爱人已经都备齐了，包括准备去慰问学生们的东西也都一应俱全了。仲威平把车子停在一家药店门前，希望快些采购完毕，这样赶回家后还来得及派送到学生家。一推开门，仲威平愣住了，因为药店里人很多，排队的人都在等着买口罩和消毒液。她刚想排队，突然看到原来的队伍乱了，然后听到店员抱歉地说，口罩和消毒液已经没了，请大家到别的药店去看看。有的人不理解，质问药店是怎么开的，连口罩都没有！有的人二话不说，扭头就大步走出门去，希望不要再错过别的药店。仲威平被焦急的人们撞了一下，这才从木然中反应过来，也赶紧随着人群走了出去。

在铁力市，这家药店的规模已经数一数二了，口罩和消毒液竟然也能缺货，那别处会是什么情况呢？仲威平赶紧骑上车子，向最近的另一家药店冲去。可是还没进去，就看到很多人跑了出来，说这里的口罩和消毒液也已经断货。仲威平一颗心顿时提了起来，看来很多人比自己有"先见之明"，早就知道疫情，并为防控疫情做了准备。她不由得一阵自责，埋怨自己昨天反应迟钝，如果接到通知后就来买口罩，或许不会发生现在的情况。唉，后悔有什么用呢？仲威平四下望了望，决定先把车子寄存在原地，然后以"地毯式"排查的方法，把全市区的药店、超市、商店都找一遍。她就不信了，大大小小这么多地方，难道家家都断货？

几乎是小跑着，仲威平挨家挨户询问着，可是结果都一样：满怀希望走进去，无比失望走出来。这座乡亲们心目中"比较大的城市"，此刻竟然真的买不到一个口罩！就连平时无人问津的酒精和消毒液也没有给她留下一瓶！失望之余，仲威平又有些悲愤，这是什么样的一种情况？是有人恶意囤积货物，还是商家原本就没有货？疫情当前，普通百姓什

第一部分 疫情就是命令

么时候才能戴上口罩？仲威平不经常上网，因此她并不知道，在此之前，全国已经有无数人跟她一样无助，跟她一样发出过质问，又跟她一样得不到答案。一眨眼的工夫，"口罩告急"就上了"热搜"，口罩的销量疯狂上涨，甚至到了不可理喻的程度。人们的需求从最初的医用口罩，逐渐降到普通的一次性口罩，然而依然是"一罩难求"。很多实体店断货，人们就到网上购买，某些电商就开始恶意涨价了，三倍、四倍于往日的价钱，甚至有的已经涨到了几百元一个，依然供不应求。即使在网上抢到了货，但春节期间快递忙碌，再加上疫情当前，口罩什么时候送到也是个未知数。对此，很多网友都纷纷感叹："我就想买个口罩，怎么就这么难啊？"

面对这种现象，我想起2019年度的一个网络用语——"我太难了"。可以说，这句话如同知音一般，道出了很多人的心酸，因为人生在世不可能一帆风顺，每个人都有自己的不容易。尤其是在如今竞争力超强的时代，会发现很多难处无法言说；即使说了，也无人能理解，唯有"我太难了"能概括出这种心境。后来，随着这句话的不断升温，说这句话的场合也越来越多，成年人在工作时说，小孩子在写作业时说，甚至有人在吃饭和休息时也调侃地说"我太难了"。于是，说者和听者一笑，无意中又起到了放松、降压的作用。直到疫情当前，人们再次发出感叹：2019年无论是哪种"难"，能有2020年这个春节更"难"吗？

"是的，2020年刚刚开启，我们就已经如此艰难……"仲威平后来跟我交流的时候依旧感慨不已，"那天我两手空空回到家，我爱人还以为药店都关门了，根本不相信是买不到口罩。他精心准备了一桌子饭菜，我却品不出应有的年味儿，一个劲儿地后悔没早点儿看新闻，没能及时

给孩子们提供保护。我爱人说不怪我,谁能想到口罩会成为抢手的年货呢?唉,是想不到!"

我在电话这端频频地点头,关于口罩变成年货的问题谁也没有预料到。人们总是如此,对轻易得到的东西不重视,如今或许正因为"难求",才对口罩产生了更多的兴趣。我就是这众多人里的一个,在关注购买途径的同时,也开始了解口罩的"前世今生"。

小时候的印象是,口罩都是医务工作者戴的,那种白纱布给人一种敬畏感,普通人很少戴。记得有一年冬天,有个同学戴着一个旧口罩上学,看着既神气又保暖,大家在羡慕的同时,都渴望能有个大夫亲戚,渴望拥有个白口罩。长大后,口罩普及率高了,反而并不那么渴望了。在数十年的认知里,我觉得口罩是医护人员的专利,患者看到洁白如雪的口罩就拥有了一种安全感,拥有了与病魔抗争的力量。后来通过资料才知道,口罩最初并非用于医护领域,而是最先使用于中国宫廷。《马可·波罗游记》一书中记载说,元朝宫廷里为了防止空气污染,宫廷里的人用绢布蒙口鼻,这算是最原始的口罩了。到了19世纪末,为了防止细菌感染,纱布口罩开始应用于医护领域。1910年,哈尔滨爆发鼠疫,时任北洋陆军医学院副监督伍连德医生发明了"伍式口罩"。2003年"非典"时期,口罩一度脱销。2013年雾霾天气,口罩等防护用品甚为畅销。作为一种卫生用品,口罩对进入肺部的空气有一定的过滤作用,能阻挡有害的气体、气味、飞沫。如今疫情当前,口罩再次成为生活必需品,人们真正意识到了防范的重要性。

"意识到口罩的重要性,却无处购买。原计划上午去看望学生们,结果时间已到了下午,不适合再去打扰他们了。所以,那心情别提多沮

第一部分 疫情就是命令

丧了,说不明白有多么凌乱。爱人要我耐心等候,这么大的事国家不会不管的,相信口罩会有的,消毒液也会有的。我当然明白这个理儿,可就是无法静心,什么事也干不踏实。"仲威平对口罩念念不忘,三句话不离口罩的事,她接着说,"后来看春晚的时候,央视主持人朗诵特别节目《爱是桥梁》,白岩松刚一张口,我顿时就热泪盈眶。通过他们的讲述,我了解了这场突如其来的疫情,看到了武汉人民坚强面对、医护人员忘我救治的感人场景。过这个年真的像过关一样难啊……"

电话这端,听到仲威平的哽咽声,我的眼睛也湿润了。鼠年春晚拉开帷幕的时候,紧急策划的疫情防控节目《爱是桥梁》确实是当晚的一大看点。在主持人朗诵过程中,不仅言语间的奋进力量让人动容,字里行间表达了温暖与爱,而且演出后的效果也非常好,得到观众的一致好评。我不仅联想起2008年,当时由于南方持续冰雪灾情严重,春晚节目组也曾临时决定加入慰问受灾地区的内容,意在传递"众志成城"的理念。《爱是桥梁》不仅对医护人员表达了感谢,还倡议普通人居家过年,特殊时期切记不要随意串门、聚集,可以采用电话、微信等方式拜年,隔离病毒但不隔离爱。

看完春晚这段节目,仲威平心中升起了一股暖意,凌乱的心绪也暂时得以平复。虽然口罩告急,但爱永远不会告急。轻轻拭去眼角的泪珠,她又拿起电话叮嘱学生们,疫情当前一定要保护好自己,这是普通人能做的最大贡献。

3 在我眼中你最美

时间在焦虑中前行着,仲威平被这焦虑煎熬着,从原来的很少上网瞬间变成了痴迷的恋网者——手机几乎不离手,吃饭的时候也放在饭桌上,隔两分钟就刷一下新闻,生怕错过疫情的最新信息。在刷屏过程中,仲威平跟全国人民一样,在焦虑不断升级的同时,又不断地被"逆行者"感动着。

今年的除夕夜是怎样的惊心动魄?当人们守着电视看春晚、吃着团圆饭的时候,有大批医护人员正辞别亲人,义无反顾地踏上支援武汉的征程,选择成为坚强无畏的战士。他们来自祖国的四面八方,皆是呼吸、感染、重症等医疗科室的骨干;他们是父母的孩子,是孩子的父母,是丈夫的妻子,也是妻子的丈夫,更是朋友的朋友……如今舍小家为大家,登上去往武汉的飞机和火车,要与病魔进行一场生死搏斗。

仲威平在视频里看到支援武汉医疗队的队伍中很多都是年轻人,有的年龄跟她儿子差不多。"他们还是孩子啊!"仲威平情不自禁地心疼起来。为了方便将头发包进医用帽里,方便穿脱防护服,避免感染,有的女队员的秀发也都剃光了。虽然知道她们这是为了更好地保护自己,可仲威平的眼睛还是湿润了。因为同为女性,她深知秀发对于女孩的意

第一部分 疫情就是命令

义,那是一种对美的追求,是时间的凝练,也是一种不可割舍的寄托。而此刻疫情当前,为了请缨上战场,她们只能选择"断舍离",然后以毅然决然的姿态奔赴抗疫的最前线。

望着一个个年轻的身影、一个个清秀而笃定的眼神,仲威平不由得悄悄问自己:如果是自己的孩子,会舍得吗?

是的,肯定舍不得——试问,又有哪个父母会舍得呢?

后来,听了仲威平的心语,我忍不住讲出了自己的心声:"对于您的心情,我感同身受。在这个焦灼的春节,这场突如其来的疫情,令人不舍的岂止是秀发?那些亲情、爱情、友情,那些牵挂、梦想、祝愿、祈盼,那些无法言说的千头万绪,还有那些快乐的、悲伤的、跃动的或深思的时刻,每个点滴都那么平凡,又都那么意味深长,怎能让人舍得呢!"

"您总结得太对了,我也是这么想的。"仲威平认同我的观点,却依然解不开心结,她说,"遗憾的是,我不是医务人员,没有机会跟她们一样上战场。我总觉得,除了宅在家里,应该再做些什么才行,否则就对不起那些'逆行者'。"

就这样,仲威平在纠结中度过了除夕夜,只是她不知道的是,身边很多人同样彻夜难眠,那就是教育系统的工作者们。大年初一早上,铁力市教育局就下发了疫情防控工作通知,对全市教育机构防控情况进行专项检查,人员也原则上按包片分工。随着通知下发的还有一份《倡议书》:

倡议书

各位老师：

我们是人民教师，我们就要为人民服务，现在人民需要我们，我们就要担负起责任和使命。大家一定要认真贯彻落实上级的文件精神，积极工作，不怕困难，克服困难，战胜困难，打一个漂亮的防控胜利仗！

铁力市教育局
2020年1月25日

仲威平立刻来了精神，这份倡议书来得太及时了，她终于能做些什么了！

接下来的几天，仲威平跟同事们认真落实，通知假期外出的教师、学生尽快返回；有出行计划的教师、学生要取消计划行程，不要再安排外出。每打一个电话，她都耐心地给对方讲解，叮嘱大家要提高认识，做好防护，平安健康才最重要。仲威平由衷地说："在工作排查中，我的认识也提高了，杞人忧天没啥用，做好防控要从根源抓起，流动的人群少了，疫情才会得到控制。"

如今回想起来，农历庚子年正月初一，1月25日，武汉继火神山医院之后，决定再建一所雷神山医院。而在此之前，有多少人觉得疫情会真正威胁到远离武汉的自己呢？从后来的疫情报道不难看出，在特殊时期，确实有一部分人心存侥幸，一直在走亲访友拜年，导致感染者越来越多，甚至出现了可怕的聚集性传染。有极大一部分人是在春节假期延

第一部分 疫情就是命令

长后,才意识到疫情的严重程度;还有一小部分人是在交通封闭、村屯封路、小区严控之后,才明白这场"战疫"多么严酷。

"是的,我们这里是2月1日下发管控通知的,原则上对小区进行封闭管理。这其实真是好事,禁止聚集、禁止聚餐、禁止串门、禁止聚众娱乐、禁止随意出入,才能最大可能避免传染。"仲威平谈起工作的时候总是有很多想表达的,"居民们都非常理解,因为大家都知道,安全比自由更重要。"

我非常赞同仲威平的话,在"安全与自由"这个论题中,我又何尝不是刚刚悟出答案呢?我曾跟仲威平一样纠结,疫情当前,除了无比的担忧和焦虑,除了勤洗手和戴口罩,普通人还能做什么呢?作为一名文学爱好者,或许读读书、写写字,算是一种不错的调解方式吧。我的微信朋友多是从事写作的,每天都有很多人在群里互动,或作诗,或交流,或发图片。而我只是默默地观望着,吟不出一句诗,讲不出一句话,无法安静地读一本书,甚至无法静下心来观看一部影视剧。家人故意调侃我,坐轮椅已经整整28年,按理说我早就习惯了"寸步难行"的日子,缘何此刻会心猿意马,对窗外充满强烈的向往?听到此话我实在笑不出来,因为这不是微信群的问题,不是某本书或某部剧的问题,而是自己的心境所致。多年来的足不出户是单纯身体障碍导致的局限,只要我愿意敞开心扉拥抱阳光,完全可以在他人的助力下适时外出,不用戴口罩,不用担惊受怕,尽情享受大自然的美好,享受与人面对面的真实。如今,身体则是被动地宅在家里,精神被禁锢在小窗之内。原计划趁春节假期,去与在上海工作的儿子过个团圆年,顺便游览一下华东五市的美景。然而,兴冲冲地从东北而来,行程却因"宅"而搁浅,电视剧中"浪奔浪流"

的大上海，竟然被"宅"成了我眼中的一扇小窗，还有窗前的一棵香樟树，加上树上的几只鸟。儿子安慰说，疫情过后再找机会陪我去玩。可是，我依然无法轻松，一颗心被疫情信息塞得沉甸甸的，面对那些冰冷的数字，脑海中出现的是无数曾经鲜活的生命，是天南海北网友们的忧思：在这场灾难中，不知道会有多少人离开，最后变成诀别……

疫情当前，大部分人变成了宅男宅女，也终于渐渐领悟到：宅的最高乐趣其实是拥有充分的自由，可以随时选择何时出去；而宅的最高境界其实是身心健康，国泰民安，可以随时拥有飞翔和温暖的感觉。当出去转转、晒晒太阳变成奢望时，当无数景区空无一人、风景虽美却无人欣赏时，当以前任性的脚步被疫情困在家中时，当假期延长的惊喜渐渐变成无聊和无奈时，当无数网友发出慨叹说"躺着就是为国家做贡献"时，我们又该是怎样的心情！

"是的，人还是要劳逸结合的，否则啥人干待着都得废掉。"仲威平被网上的帖子逗笑了，笑过之后，又泛起一阵酸楚，为无数焦虑的人担忧，也为全国疫情担忧。同时，她又为村民的状态略感欣慰，乡村的平房虽然没有楼房高大，但房前屋后总有一个小院，从房门到院门总有一段甬路，地窖里有现成的白菜、土豆和萝卜，厨房里的酸菜也腌得正好，黏豆包、冻豆腐或多或少备了一些，即使封屯封路了，生活保障也没问题，还能在自家院子走动，比城里人相对自由了很多。

"嗯，理解，村里人似乎对'宅'的概念并不深。那么换个角度，是不是正因为如此，更应该普及一下防控知识，避免大家掉以轻心呢？"我还是放心不下，因为农村医疗水平有限，一旦出现病毒，就很可能蔓延到整个村庄，后果实在不敢想象。

第一部分 疫情就是命令

"没错,我也担心这个,所以排查工作结束后,2月2日看到市里招募志愿者,我就立刻报了名。通过严格的身体检查后,我又接受了上岗前培训,于2月4日成为疫情防控志愿服务队成员。我每天早上八点半到阳光小区物业报到,跟那里的工作人员一起负责出入人员的安检和登记。"仲威平说起这件事显得有些激动,"每个队员分发一个口罩,戴上口罩那一刻真的很神圣,觉得自己也像前线的'逆行者'一样,有了一份使命感——当然了,我们做的实在有限,跟真正的'逆行者'不能相提并论……"

"健康无小事,付出更可贵。坚守后方防线的你们同样值得敬佩!"我郑重地回答仲威平,因为这是我的心里话。自从疫情发生后,除了奔赴武汉最前线的医疗人员、军人、建筑者,全国各地还有很多人战斗在车站、机场、码头、社区、路口。在这些人中间,有的是本职工作人员,有的则是志愿者,像仲威平一样自发报名、自愿参加,不计任何报酬。他们不是前线的英雄,而是后方的战士,帮助各方提供运送人员、物资等服务,热心且勇敢,全力保卫着所在的城市,希望守护一方净土。面对群众的感谢,他们却说:"我们负责守护,请你们替我们团圆。"

于是,我想起了2月3日《人民日报》刊发的一篇文章——《平凡的快乐》。这是"新春,感受温暖"系列文章之一,讲述了一个小区门卫老潘的故事。老潘已经在武汉过了10个春节,是武汉这座城市的外来人,也是武汉这座城市的守护者。也就是说,门卫老潘负责"防火、防盗、防事故这些分内的事"。正是这些朴素的守护者让武汉今年这个特殊的春节有了温度,也让人在感动的同时不禁想起钟南山院士哽咽的话语——武汉本来就是一个英雄的城市。有全国、有大家的支持,武汉

肯定能过关!

"听了钟院士的话,感觉真是特别有道理,心中也充满了希望和力量。抗疫不是某个人的事,也不是某个团队的事,而是全民的战斗。我在向小区居民宣传时,也经常讲起这句话。现在大家也非常配合,知道这是对自己负责,对家人负责,更是对全市负责。"仲威平的语气显得坚定了许多。

人生的每一段经历都是一次学习和成长,这份志愿者工作对仲威平亦是如此。数十年的教学工作,风里雨里送学路,她一心想着学生们的身心健康,而这个冬天以志愿者的身份戴着来之不易的口罩,捂着厚厚的围脖,她不仅掌握了相关防疫知识,也对生命有了前所未有的思考。仲威平相信,谁敬畏生命,生命就敬畏谁。也许这个戴口罩的春天,每个人都应该从哲学的角度认真思考并回答安检人员的严肃问询:"你是谁?从哪里来?要到哪里去?为什么去?"

网上很多有帖子,道出了无数人的心情:"哪有什么岁月静好,不过是有人替你负重前行;哪有什么白衣天使,不过是一群孩子穿上了战甲;哪有什么盖世英雄,不过是一腔热血的普通人。"是的,正是那些坚守岗位的交警、争分夺秒的建设者、奔波不停的快递员、挺身而出的志愿者、全力以赴的车间工人、不厌其烦的检测员、绝不怠慢的基层工作者、绝不放弃的医护人员和患者,才让这段特殊的岁月变得如此深情,令人眼里常常含着感动的泪水。

致敬抗疫志愿者仲威平!致敬为生命抗争的"逆行者"!感谢每一个平凡、勇敢的中国人,在我眼中你们最美!

第一部分 疫情就是命令

4

带上自己的阳光

在这场没有硝烟的战斗中,每个人的生活或多或少都发生着改变,无论是"静"在家还是"动"在外,人们都在关注着疫情的发展。犹如一部部文学作品,风格无论雄健或柔美,还是豪放或婉约,也可能深沉或清丽,都在以心为志作咏歌,力所能及地表达一种有深度、有温度、有厚度的情怀。

仲威平不是作家,亦不是诗人,面对突如其来的疫情,除了想到捐钱、捐物,就是冲到前线做志愿者。其实,她的心里也涌动着波涛汹涌的情怀,只是数十年行进在送学的路上,她习惯用粉笔去板书,用脚去丈量路程,用心去呵护学生,而不擅长用文学、歌曲、舞蹈或书画的形式去表达。跟我聊天的时候,她常常自嘲没有"文艺细胞",由于工作实在太忙,也很少有时间静下心去欣赏文艺作品。不过,2020年的正月十五,她的想法发生了改变——央视不同寻常的元宵晚会令她感到无比震撼:无论是84岁高龄仍奋战"抗疫"一线的钟南山院士,还是身患渐冻症却没有休息过一天的武汉金银潭医院院长张定宇;无论是脸庞留下深深勒痕的"最美医生"刘丽,还是"清洁了我们心灵"的普通环卫工人袁兆文……这些人的事迹都让仲威平感动得热泪盈眶。她知道,这感动不仅源于对英雄人物的敬仰，还有朗诵者灼热的声音传播的真情。网友喊出："再凛冽的寒冬也阻挡不住春天的到来！"仲威平则在心中呼喊："武汉加油！中国加油！"

这是源自内心的触动。有那么一瞬间，她感觉自己的文艺细胞也被唤醒了，有种想写诗的冲动。不过拿起日记本后，她看到扉页的通讯录，学生的名字次第跳入眼帘，瞬间就把那份诗意融化成了牵挂。在这100多人的名单中，有一部分学生已经就业，有一些在读大学，有一些今年准备参加中、高考，剩下的正在跟她读小学。每一个名字都让她想起孩子们的样子：孙德利，在长春一汽工作，年前匆匆来看望她，又因为疫情迅速返回长春；孙雷，毕业于江西医科大学，如今疫情当前，正紧张地奋战在抗疫前线；颜玉婷，供职于铁力市益康社区，为抗疫做好后方的防守……这些学生是工作岗位的精英，也是她和学校的骄傲，除了叮嘱他们做好个人防护，仲威平不必再担忧他们的成长。那些读大学的孩子，教育部已经有明确的规定，所在高校也会时刻给予关注，因此不必她过多操心。正读小学的孩子们，前几日刚刚排查完毕，开学时间由2月25日延迟到3月1日，对功课的影响不会太大，她会及时给他们普及防疫知识，加强疫期的心理疏导。

数来数去，此时此刻最令她放心不下的是张丽娟、张丽静、张晓军三人。这三个孩子是亲姐弟，张丽娟、张丽静是双胞胎姐姐，在铁力市一中读高二；张晓军是弟弟，在铁力市第四中学读初三。仲威平关注这个贫困家庭好几年了，逢年过节，或赶上开学，她总是给他们提供力所能及的帮助。除了送一些急需物资，仲威平更想亲眼看看孩子们，了解

第一部分 疫情就是命令

一下学习情况,关心一下心理健康。从事乡村教学工作多年,仲威平始终认为:成绩落后可以追赶,但心理健康绝不能忽视。一旦发现问题,必须及时疏导,否则会引发不可预知的后果。这三个孩子家庭状况特殊,平时难免会有自卑感,此时又是疫情当前,初、高中延迟开学,对他们的学习确实会有影响。尤其是张晓军,中考前遇到这样的情形,无疑是一种心理打击,仲威平为此忧心忡忡。

急家长之所急,想教师之所想,教育部、工信部联合印发通知,部署中小学"停课不停学"有关工作。仲威平认为这是件非常暖心的事,是战胜疫情的应急之举,也是"互联网+教育"的重要应用和展示。把疫情防控放在首位,维护了广大师生的健康安全;限时、限量合理安排学习,又能促进学生全面发展、身心健康。作为一名乡村教师,仲威平更关注通知中的一句话:"特别要加强对防疫阻击战一线人员子女和农村留守儿童的学习指导和关爱。"农村贫困孩子没有被遗忘,仲威平真的特别替他们高兴。因为这些家庭大多贫困,或者不具备网络条件,或者无法下载和使用直播教学平台,所以,教育部将安排中国教育电视台通过电视频道播出有关课程和资源,以解决这些地区学生的居家学习问题。

学习问题不必担忧了,仲威平更担心孩子们的身心健康,越是疫情严重,越要让孩子们劳逸结合。张丽娟姐弟三人都很勤奋好学,成绩在班里名列前茅,都拼着劲儿想考上好大学,将来改善家里的条件,让全家人过上好日子。除夕那天没去上,仲威平一直牵肠挂肚,惦记着他们吃得好不好,穿得暖不暖,学得累不累。后来为了等口罩,就把慰问的日子一拖再拖，结果口罩依然断货，消毒液也没买到。一转眼到了正月十二，仲威平再也等不及了，决定先把物资送过去，等什么时候买到口罩后再特意去送一趟。

拿定主意，仲威平根据掌握的防疫知识，自己进行了必要的防护：翻出一件干净的雨衣，套在大衣外作为"防护服"；戴上社区发的口罩，外面又围上厚围脖，当作"防护面具"；棉手套也干干净净的，作为"防护手套"；鞋子上套了干净的塑料袋，算作"防护鞋套"。说心里话，仲威平对自己的身体状况很有把握，没有疫区旅居史、没有病患接触经历，平时自我防护也非常注意，所以才会成为一名合格的志愿者。不过，去看望青春年少的孩子们，必须要以更安全的姿态出现，不能带去一丝一毫的"疑似"问题，否则爱心变成"害心"，耽误了孩子们的前程，岂不是千古罪人了？这样的案例并不少见，"最亲近的人彼此伤害最深"，是新型冠状病毒带给人类最大的悲剧……

仲威平骑车走了两里多的路，竟然没有碰到一个行人，午后1点半的时光，山村前所未有地空旷。村里的大喇叭反复播放防疫知识，要求村民们不出门、勤洗手、戴口罩、常通风。此情此景令仲威平很欣慰，村村都加入了"战斗"，人人都成了"战士"，那么还有什么不能战胜的呢？

把车子停在张丽娟家院门外，仲威平怀着复杂的心情走进这个简陋的家。两间低矮的平房，室内采光不是很好，没有什么像样的家具，一个破旧得很不成样子的书柜靠在西墙边，里面摆满了三个孩子的书本。双胞胎姐姐很懂事，正在厨房帮妈妈做饭，弟弟张晓军则趴在炕头看书。

第一部分 疫情就是命令

屋里一点儿也不暖和，三个孩子都穿着厚羽绒服，依然能看出脸上的凉意。仲威平的突然出现让三个孩子一阵惊喜和欢呼，姐姐俩放下手中的活，近视镜后面的大眼睛写满了思念，张晓军则迅速坐起身，有些腼腆地喊了声："仲老师！"张妈妈招呼仲威平坐下，又是倒水又是拿糖块，热情的笑容瞬间让屋子亮堂了许多。仲威平对这个家太熟悉了，这个家对仲威平也非常熟悉。他们像亲人，彼此温暖着，激励着。

"三个孩子状态都不错，不仅坚持自主学习，还对疫情非常重视，一直没有出去串门。我又给他们讲了一些防护知识，叮嘱他们要劳逸结合，午间阳光充足，可以适当地在院子锻炼身体。遇到什么难题，姐弟三人研究着解决，不行就联系我，大家一起想办法。"仲威平向我讲述着那日的重逢，仿佛是她的三个孩子，语气柔和而亲切，"感觉他们都长大了，临别时一个劲儿地嘱咐我小心，做志愿者更要做好防护……"

听完这段故事，我被这份师生情所感染，情不自禁地说："仲老师，虽然元宵节的诗兴被打乱了，但我觉得不必遗憾，因为这些学生就是你最好的诗作，他们的成长就是最好的主题，你付出的爱就是最博大的情怀。"

仲威平的回答更令我感动："谢谢你！虽然这对我来说是过誉了，不过孩子们真的很优秀。我真心希望每个人都能有出息，写好自己人生这本书。"

于是，我们又从"诗意"聊到了一些文艺作品。最先想到的自然是作家毕淑敏的小说《花冠病毒》。这本书出版于 8 年前，封底写着"20NN年，人类和病毒必有一战……"，小说描写了一座上千万人口的大城市，突发瘟疫,城市封锁,民众出逃,抢购物资,当然更多的是抗击病毒。如今疫情当前,很多人重读这部小说,惊叹说作者是"神"预言。然而,毕淑敏则希望小说所写永远不重现。仲威平也看到了这条新闻,不过与我的角度略有不同,她由于近几年教心理健康课,所以更关注毕淑敏从心理咨询师的角度对民众心理上的指导。比如,对于宅在家里办公的职场人士,毕淑敏提出几个问题:你是否热爱你的工作?你和同事是否有良好的关系?你珍惜工作机会吗?你赋予所肩负的工作何种意义?你的工作是不是你人生存在的价值体现?如果这些概念搞清楚了,那么无论在哪里办公,都不会产生太大的问题。

　　同理,这些道理也适用于任何群体。比如说"停课不停学"这件事,"教育之于心灵,犹雕刻之于大理石",疫情当前,在线教育迎来重大机遇,面对五花八门的网课,选择学些什么更重要。疫情给了我们一次反思教育的机会,相信随着时间的推移,得益于多方合力,线上、线下教学一定能相辅相成,更好地引导学生正确看待学习的内涵,为成长提供更好的助力。因此,无论是哪种行业、哪个年龄段的人,如果能够调整好心态,保持内心的定力和安稳,那么无论在哪里学习和工作,都会有所收获。

　　后来,我们不知不觉又聊到美国电影《传染病》。据说影片几乎完全再现了2020年武汉疫情的场景:蝙蝠、病毒、抢购、发国难财、封路等。网友评论说,这不是电影,而是预言性纪录片。虽然我俩都没看过,没看过就没有发言权,但这次我们的观点出奇地一致:那部电影与现在的疫情是两回事,它可以预言蝙蝠是源头,但预言不了中国全国同力、全民同心、众志成城抗击疫情的精神;它可以预言一些场景,但无法预言

第一部分 疫情就是命令

全国对湖北的支援采取"一省包一市"的形式,这在世界防疫史上是没有过的。正如习近平主席所说,经过艰苦努力,疫情形势出现了积极变化,防控工作取得了积极成效。这是来之不易的,各方面都作出了贡献。

"是的,当志愿者这段时间,我真切地体会到了这一点。"仲威平对此深有感触,讲起了经历过的几件事。

她工作的防疫宣传志愿者服务点在铁力市阳光小区大门外,是完全露天的模式。东北零下20多度的天气,志愿者要连续站立6个小时,棉衣、棉鞋都是最厚的,围脖也捂得严严实实,可是再厚也抵挡不住持续吹来的寒风,不一会儿全身就冻透了。这么多年的风雪送学路,她的双脚一直在自行车上用力蹬，虽然累，但比此情此境暖和多了。没有可以临时取暖的条件，也不能擅自离岗，仲威平只好不时用力跺着双脚，免得双脚冻伤。时间久了，困扰她多年的风湿病又出来作祟，真想找个地方坐一会儿，可是服务点只有一张登记用的桌子，没有椅子；地上是厚厚的积雪，大冬天的也不适合"席地而坐"。最后实在站不住了，她就趁着无人出入的时候，把手套放在车后架上，然后坐上去略略歇息一下。一旦看到小区有人进出，她就赶紧从自行车上跳下来，耐心地办理出入登记。

　　阳光小区住户较多，虽然严格控制出行，但每天进出人数也在100人左右。每个出行者都戴着口罩，各式各样的、各种颜色的都有，他们显然比她有预见性，提前备下的口罩派上了用场。尽管彼此并不相识，但仲威平能感觉到，那些目光里充满了关怀。有一次，一位阿姨出去买菜时，手里拎着个热水壶，隔着口罩说："这冰天雪地的太不容易了，我熬了红枣水，赶紧暖暖身子吧。"仲威平连忙打开自己的水杯递了过去，热气腾腾的红枣水那么甜，甜得她的眼睛都湿润了。还有一次，一个停业的店主出门时，看到仲威平坐在车后架上，就把他店里的坐垫送过来，厚厚的、软软的，坐在上面既舒服又暖和。回到家里，仲威平跟爱人学说了这些事，爱人也不住地点头，说他所在服务点的居民也很善良。昨天有一个年轻的小伙子，给他和同事带来两杯热水，用的都是一次性纸杯，既暖心又贴心⋯⋯

　　仲威平讲的故事让我心头涌起一阵阵热浪。最近有很多类似的小视频，镜头里的人物不是大明星：有年近古稀的长者，把积蓄捐献给疫区；

第一部分 疫情就是命令

有风华正茂的青年,给坚守防控第一线的交警送饺子;有"蒙面人"神秘出现,把成箱的防疫用品悄悄放进院子;有性格爽直的阿姨,把带来的慰问水果隔着门塞进屋里,不容志愿者们婉拒;有还未上学的孩子,用画笔勾勒出一个个白衣天使的形象,稚嫩的声音喊着"武汉加油"……这些故事的主角都是平平凡凡的普通人,做着平平凡凡的普通事,没有惊天动地的言语,可是疫情当前,这些人、这些事又如此不平凡,令观者为之动容。用央视元宵晚会的诗句去概括或许再准确不过:"你的样子,就是中国的样子;你什么样,中国就什么样……"这些普通人的样子,就是你我他的样子,真实、朴素、热爱、团结。有人说,团结就是最强的免疫力——有了免疫力,定能共克时艰!

2月14日下午,仲威平突然在微信上留言:"有件事情和你分享!真心感谢延边大学出版社,得知我这里急需口罩和消毒液后,他们想办法采购到一些给我寄了过来,今天接到快递太惊喜了!这真是雪中送炭,明天我就派送给学生们,让他们记住这份阳光般的温暖!"

一种无法言说的激动伴着一连串"太阳"表情从手机那端传过来,我瞬间也感受到了阳光般的温暖。我情不自禁地笑了,回复仲威平更多的"拥抱"表情,同时加上无数微笑的太阳和无数攥紧的拳头。然后,双方都不再说话,仿佛有了口罩和消毒液久久悬着的心就略略安定了。

于是,我想起那些阳光灿烂的日子,想起那些与自由有关的话题,想起每一个看似平淡的点滴,想起那些天真的、跃动的,抑或深思的时刻,甚至拥挤的车站和忙碌的加班亦如此难忘。我曾经很认同一句话:人生如逆旅,你我皆过客。如今,在"闭关"的日子里与真实的自我相遇,才发现无穷的远方无数的人们都和我有关。

真想隔空给前线的"逆行者"一个拥抱，唯愿帮他们缓解疲惫，唯愿战"疫"能早些结束，听到他们凯旋的足音，看到他们都能阖家团聚。

真想隔空拥抱每一个挚爱的亲友，只有努力活着，才能给每一朵雪花取一个浪漫的名字，给每一滴冰雨写一段新奇的故事。

真想隔空拥抱远方善良的陌生人，播洒一缕阳光，唤醒一片荒原。虽然不是人人都能当英雄，但是每个人都可以成为战士，在强大自己的同时彼此鼓舞，因为有爱的日子才不孤单。

真想隔空拥抱大自然，给山水一句赞美，向动植物道一声问候，在时间和空间的坐标上找到最佳平衡点，人与自然能和平共处。走多远都不要忘记，万物皆有美的因子，懂得珍惜方能遇见。

只是，轮椅上的我什么都做不了，不能做"逆行者"奔赴第一线，亦做不了仲威平那样的后方志愿者……

不！诗人里尔克说："挺住意味着一切。"

既然2020年不能重启，那么只能奋力与时间赛跑，与病魔殊死较量！风霜雨雪皆是暂时的考验，每个人都可以像仲威平那样，把苦痛和阴影都化为力量，然后带上自己的阳光上路。一缕阳光护佑一粒种子，那么齐心同所愿，定会迎来春暖花开时！

这次疫情比起仲威平坚守"一人一校"、顶风冒雪、行程8万多公里的艰难送学送教路来说，真的只是其中的浪花一朵。而成为防控疫情志愿者，也只是她为人师、送学送教30余年从教之路的延续。

第二部分
接过父亲的旗帜

① 父亲的事迹

在中国最北、最东、纬度最高的黑龙江省，有一个叫望奎的县城，是仲威平的祖籍所在地。那里隶属绥化市，旧名双龙城，土名五井子，地处松嫩平原东部、呼兰河北岸、小兴安岭西南。前清时期，此地是清政府封禁的围场。放荒之初，因山地居高，遥望西北，卜奎隐约可见，因此得名"望奎"。

仲威平的父亲名叫仲德清，1925年出生于望奎县红三后村。那时的中国还处于半封建、半殖民地社会，经济非常落后，人民大众的生活也异常困苦。仲德清是普通百姓家的孩子，从小就失去了父母，由好心的养父母带大。养父母家的生活一贫如洗，不要说上学读书了，平时衣食住行都很窘迫，仲德清连一双像样的草鞋都没有。还不到八岁，他就开始给有钱人家放猪，谋取一点儿微薄的工钱。夏天的时候，即使毒辣的太阳晒得皮肤生疼，但总好过寒冷的冬天。因为他的衣衫太单薄、破烂了，实在顶不住寒风的"摧残"。最可怜的是双脚，没有棉鞋可穿的脚丫像冻伤的木头，很多次因麻木而失去了知觉。为了不让双脚被冻掉，仲德清想到了一个办法——眼一闭、嘴一捂，然后双脚一伸，插进刚排出来的猪粪里取暖……

第二部分 接过父亲的旗帜

  这个看着恶心、实则有效的取暖办法,小时候仲威平听父亲讲过无数次,尽管充满了好奇,但她从来不敢尝试。她出生的年代已经是1966年,农村的生活虽然不富裕,但远比父亲的童年好多了。她的脚上穿着母亲一针一线缝制的布棉鞋,既结实、保暖,又比草鞋美观。不过,她依然无比好奇,忽闪着一对黑葡萄般的大眼睛,指指自己脚上的布棉鞋,再指指父亲脚上的乌拉鞋,用充满稚气的声音地问:"你小时候,妈妈为什么不帮你做一双鞋呢?"

  仲德清浓黑的眉毛挑了两下,炯炯有神的眼睛里漾起少有的笑意,女儿太天真可爱了。他伸出青筋突起、粗糙有力的右手,慈爱地抚摸着仲威平的小脑袋,而目光却跟随着屋里屋外忙碌着家务的妻子——这是一位普通的东北劳动妇女,淳朴而坚韧,为他生育了四个儿女。再想想几个渐渐长大的儿女,个个身体结实、诚实善良,让他这个当父亲的很欣慰。人生还有什么遗憾的呢?仲德清只觉得时光既漫长又温暖,童年吃过的苦和遭过的罪仿佛也都只是故事里的事,不再有丝毫的痛和怨。是的,仲德清讲述童年的经历不是为了诉苦,更不是为了博得听者的同情——他只是想警示孩子们,今天的生活来之不易,一定要懂得珍惜。

  仲德清属牛。在仲威平的记忆中,父亲不仅像老黄牛一样勤劳,而且性格也像牛一样犟。因此,母亲经常说他是"犟牛拉重铧口"。小时候,仲威平不理解这句话什么意思,只知道父亲听到这句话有时候是和颜悦色的,而有时候则变得特别严肃,做出像牛一样要"顶"人的样子。于是,她跟姐妹们就赶紧悄悄躲起来,担心父亲犟劲儿上来伤到自己。

  多年以后,仲威平上学读书了,才悟出母亲这句话的含义。当时农村种地,机械化很不发达,所以人们为了方便、省力,常常养一些牲畜来下地干农活。对人帮助最大、最实用的动物就应该是牛了,因为牛有力气,所以驾车、拉地、田间农活都能用到牛。正如人的性格各异,牛的性格也是各不相同,犟牛是指性格非常倔强的牛,常常不愿意听主人的使唤。不过,犟牛虽然性格倔强,可往往特别强壮、有力,干起活来从不偷懒和惜力。于是,细细回味母亲当时说这句话的神情,仲威平品出几种不同的味道:有时候,是夸奖父亲坚持己见、有个性、有主意;有时候,则是批评父亲固执、不服劝,经常办一些吃力不讨好的事;有时候,则是心疼和无奈。

不可否认,这世上有很多人跟仲德清一样,有一股宁折不弯的犟脾气,哪怕只有"拉重铧口"的份儿,也绝不给自己任何松懈或轻言放弃的理由。比如我们勤劳、俭朴的父辈,比如东北大地上面朝黑土背朝天的农民,比如千百年来那些默默耕耘的劳动者……如果没有老黄牛般的勤奋,如果没有犟牛一样的个性,又怎么会让坚硬的土地变得松软,用颗颗汗滴浇灌出艳丽的花朵?

我对此话题特别感兴趣,生活中也遇到过一些有犟脾气的人,但不同的人又呈现出不同的表达方式。那么,仲威平父亲的"犟"是什么样子的呢?没想到我的问题一出口,仲威平就不假思索地回答:"我父亲其实犟得有些过分,一辈子从来不端别人家饭碗,也包括自己子女家!"

我闻言一脸惊诧,不端别人家饭碗似乎可以理解,但一辈子不端自己子女家饭碗似乎有悖常情。中华民族向来提倡百善孝为先,乌鸦反哺、羔羊跪乳,子女孝敬父母是天经地义的。可是,仲德清对子女们如此"绝情",拒绝孩子们的"饭碗",究竟为什么呢?

"我父亲是一名退伍老兵。他常说,军人就要遵守铁的纪律,绝不

第二部分 接过父亲的旗帜

能拿群众一针一线。"见我满脸疑惑，仲威平的眉头微微蹙了一下，不无遗憾地叹息道，"唉！一位严父坚守了纪律，却伤害了我们的感情……说真的，做子女的也想对父亲表达一点孝心，结果他用严肃拒绝了我们与他亲近的机会，也剥夺了我们尽孝的权利……"

随着仲威平的娓娓道来，一位老兵的光辉形象渐渐清晰起来，令听者肃然起敬。随着故事的缓缓展开，历史回溯到第二次世界大战末期的旧中国。

那是 1945 年 8 月，苏联政府对日本宣战，出兵中国东北，全面对日作战。八路军也适时出关，与日伪军队作战，收复东北。8 月 15 日，日本宣布无条件投降。中共中央派干部、军队陆续开赴东北，建立东北根据地。至 1945 年 11 月，中国共产党已有 10 万余军队、2 万名干部到达东北。

而与此同时，国民党在美国帮助下，也加紧从大西南往东北调兵，陆续委派接收大员进入东北各城市，建立国民党各级政权，并四处网罗伪满残余武装和土匪、地主武装，做接应国民党主力部队并长期统治东北的打算。1946 年 1 月 13 日，由于驻东北苏联军队北撤回国，使东北之争失去了外交制衡，国共军队爆发了新一轮更大规模的军事冲突，战火由南向北蔓延到扼守着东北腹心的咽喉要地四平，并在这里缠绕成战争的死结。

四平现为吉林省的地级市，地处东北松辽平原腹地，辽、吉、蒙三省、区交界处，东依大黑山，西接辽河平原，北邻长春，南近沈阳，是连接东西南北铁路和公路的交通枢纽，又是粮食集散地。如此一个物流节点城市，被誉为"关东门户"，成为战争年代兵家必争的军事重地，而在东北解放战争期间，其战略地位更加突出。

1946年3月15日，四平战役打响，史称"东方马德里之战"。这是国共两党在东北战场上一次最为惨烈的较量，东北人民解放军经过四战四平，最终使四平回到了人民的手中。"四战四平"从"一战"的发生到"四战"的结束前后将近两年时间，锤炼了东北人民解放军的正规化作战能力，也锤炼了每一个参战军人的英雄气概——仲威平的父亲仲德清就是其中一位。

1946年，21岁的仲德清得到家人的支持，毅然加入了中国人民解放军，勇敢地参加了四平解放战役。后来由于功绩突出，被任命为39军某团团长。那次战役大多数都是白天作战，头天夜里行军去占领作战点。有一次，距离有利的作战点还有90公里，仲德清带领100多名战士，一夜负重跑步前行，大家连口干粮都没吃着，双腿已经成为机械性的跑动，只想快些到达目的地。天亮以后，战士们才掏出揣在怀里的、仅有的一块玉米饼子，想抓紧时间赶快吃掉。而这时，敌人的飞机已经开始轰炸，战斗打响了！一位受伤的战友刚刚把大饼子放在嘴里，还没来得及吃完，就光荣地牺牲在敌人的炮火中……

退伍后，父亲经常声音哽咽着，给孩子们讲战场上的往事："那撼天动地的炮火，那血光飞溅的厮杀，四平的每一块砖头上都是密密麻麻的弹痕啊……无数解放军战士用鲜血与生命铸就了'四战四平'的历史，夺取了四平之战的最后胜利，使其成为关东大地的历史名篇……而我，是从战友的尸体上活过来的，所以，我要替战友们好好活着……"

是的，军人父亲的经历对仲威平的影响特别深，可以说，她从小是听着革命先烈的英雄故事长大的。那些故事像一颗红色的种子，成为她

第二部分 接过父亲的旗帜

永远无法抹去的红色记忆，虽然年幼的她还不太清楚"战争"二字的沉重分量，但"英雄"这个词已经扎根心底，时刻激励她努力向父亲学习，做一个不屈不挠的人。如今，历经半个多世纪的光阴流转，岁月沉淀了战争风云，仲德清也已经告别了人世，但他讲述的这段历史故事却愈加散发出迷人的魅力，让仲威平每每回想起都震撼不已，无法忘记父亲那悲壮话语和闪闪泪光。

在父亲的讲述中只有战友们的英雄形象，一次也没讲过他自己经历的苦难。仲威平以普通乡村小女孩的视角无法想象残酷战场上的细节，也无法想象在解放战争战略过渡阶段，在那场打得时间最长、规模最大的"四平保卫战"中，父亲是怎样英勇奋战、最终幸存下来的。她只知道，正是那无情的枪林弹雨磨炼了父亲顽强的意志，使他拥有了老黄牛般不怕苦、不怕难的勤奋和永不服输、绝不放弃的"牛脾气"。

此时此刻，作为仲威平的忠实聆听者，我也有些懂了：她坚守贫困乡村教学第一线，从来没被泥泞的道路和风霜雨雪吓退过，对每一个渴望读书的孩子都不放弃，那么在某种程度上来说，何尝不是一种与自然环境的战斗呢？而这种精神支撑最初一定是来自父亲的教育和影响，因为作为仲威平的第一位老师，父亲一直向她传递着积极的思想、英雄的精神和努力的方向。仲威平在潜移默化、不断成长和学习的过程中，自然会以父亲为榜样，经常进行自我反思，自我提升，从而坚定地明白自己想要什么，并明确地知道一切都要靠自己的努力来实现。

试想，如果父亲传输给仲威平的是消极思想，很可能就会让她产生自我否定的心理，埋怨自己命运的不公平，埋怨乡村教学环境的艰苦，埋怨所教学生的天赋不足，埋怨一切困扰她的事物。人一旦对自我现状

产生不满又无法改变的时候,就会一味地依赖他人,或者想从他人身上获取自己想要的。那样的结果是,不仅这100多名孩子得不到慈母般的呵护,仲威平自己的人生也会缺少幸福感。

于是,我忍不住与仲威平讨论关于教育的话题。我们都认同教育学家斯宾塞的这样一个观点:家庭对于一个孩子的心智和才能发挥有着极其重要的作用。是的,父母的教育和引导影响和决定着孩子的性格养成,甚至影响以后的成长之路。记得有心理学家曾经指出,很多孩子在12岁之前会把父亲当成自己的偶像,对父亲往往有一种强烈的崇拜之情,将其当成自己智慧和力量的象征,下意识地去模仿父亲的行为方式。所以在这个阶段,如果父亲以正确的方式教育孩子,能给孩子指明一个正确的方向,让孩子用自己的力量去抵达目标,那么对孩子锻炼自立的能力是最有效的。当孩子的心智成熟之后,由于受过这样的立志教育,一定会努力去达到甚至超越父亲的高度。

仲威平对自己的成长很是感恩,为能拥有这样一位"英雄"父亲而自豪。由自己的童年经历她自然联想到了新时代的青少年,言语中不无感慨:"时代快速发展的今天,学校教育的改革与发展面临着巨大的挑战,家庭教育也同样不容忽视。教育孩子需要多个环节共同努力,除了学校和社会外,家长在孩子的成长中起着至关重要的作用。"

回望那段战争岁月,仲德清是幸运的,在硝烟与战火中存活了下来。回望成长的道路,仲威平是幸运的,能够在红色基因的滋养下慢慢长大。

第二部分 接过父亲的旗帜

② 童年趣事

黑龙江省是中国最大的林业省份之一，天然林资源主要分布在大小兴安岭和长白山脉。对于像我这样的外省人来说，则是小学课文中的那篇《美丽的小兴安岭》开启了我对这片森林的向往，那数不清的红松、白桦、栎树……几百里连成一片绿色的海洋，简直是一座天然秀美的巨大宝库。

聊到自己的家乡，仲威平的脸上泛起赞美之情，嘴角抑制不住地轻轻上扬着，那弯曲的弧度笑得很美好。她说："土生土长在小兴安岭脚下，得益于一年四季诱人的美景，我的童年时光显得无忧无虑。"

春天的时候，山上的积雪慢慢融化，雪水汇成小溪缓缓地流淌，仲威平喜欢站在树木旁，看着刚刚探出脑袋的嫩绿叶子，享受着乍暖还寒的早春时光；盛夏来临，轻纱般的薄雾被太阳驱散后，五颜六色的野花竞相露出笑脸，她喜欢跟姐妹们冲出家门，在浓密的绿荫下与蝴蝶嬉戏；秋风吹来的时候，大人们纷纷上山，采摘酸甜可口的山葡萄、又香又脆的榛子、鲜嫩的蘑菇和木耳，而她则喜欢捡拾一些黄的、红的叶子，把一个季节珍藏在书本里；北风呼啸的寒冬，没过膝盖的白雪积满大地，她和姐妹们丝毫不害怕寒冷，天真的笑声成为这个季节最生动的乐曲，

逗笑了一排排挺拔的红松,直到父母喊"吃饭"的声音响起,她们才恋恋不舍地跟可爱的雪人告别……

聆听一段诗情画意的告白,走近一种朴素的风土人情,了解一位勤奋、严谨的父亲,也就不难理解仲威平的热情、淳朴、踏实,不难找寻她的性格起源。听我如此赞誉,仲威平显得有些不好意思,羞涩地说:"其实每个孩子都像一张白纸,生下来时都是天真无邪的,并不能很清楚地分辨一些是非对错。我跟姐妹们也一样,不是神童,当然也做过一些幼稚的事,惹父亲生气。当时心里有些小委屈,但事情过后就慢慢懂了,父亲所做的一切都是为了我们好。"

仲威平至今仍保存着父亲的遗物,一本红色的退伍军人证明书,是中华人民共和国国防部统一颁发的,也是父亲人生经历和荣誉的见证。四平战役结束后,仲德清又随部队辗转各地作战,直到新中国成立。复员的时候,回到老家望奎县红三后村,又以大队长的身份为"加强国家社会主义建设"尽心尽力地服务。

1970年,仲威平刚满4周岁,上有一个哥哥、一个姐姐,下有一个可爱的妹妹。那一年,伊春市改为伊春地区,素有"八山一水一分田"之称的铁力县,也由绥化地区划归伊春地区。那一年,父亲仲德清突然接到新任务,带领一家老小前往铁力县,兼任工农乡五花村和兴隆村两个村的村支书。那一年,全国各地新建了一大批化肥厂,大力发展和振兴农业,而五花村和兴隆村的条件都特别艰苦,仲德清的任务就是带领大家改善生活条件。

一家人从望奎县一路颠簸,终于在铁力县工农乡五花村安营扎寨了。仲德清负责的两个村子相距5公里,他每天的工作就是步行往返于两村

第二部分 接过父亲的旗帜

之间,风雨不误。饿了,啃一口背包里妻子做的玉米面大饼子,就一口咸菜疙瘩;渴了,就近找一些凉水,"咕嘟咕嘟"大口喝下。由于多年奔波和劳碌,再加上营养不良,人到中年的仲德清头发已经花白,身体也日渐消瘦。可是他从不肯停歇脚步,精神矍铄的样子就像当初那个在战场上拼杀的战士!每天目送父亲出门,仲威平小小的心灵就会莫名地升起一种羡慕之情——什么时候自己能长大,再不用被哥哥、姐姐"监视"着,再不用听母亲不厌其烦的唠叨,而是像威武的父亲那样昂首阔步、威风凛凛地行进在乡间的土路上?

多年以后,当仲威平终于实现了这个愿望,如父亲般每日往返穿梭于乡村,骑坏了8辆自行车的时候,才彻底感受到父亲的劳苦。只是,她从来没问过,父亲当初磨坏了多少双鞋子;从来没问过,父亲被评为"铁力市劳动模范"受到表彰的时候,心情是什么样子。

多年以后,当她持续不断地"送学"下乡,才真正体会到父亲在那条路上的期待,以及由点滴耕耘而磨砺出来的百味人生。幸运的是,她有很多机会与父亲分享自己的行走,分享一路上的苦辣酸甜,分享一个个沉甸甸的收获。

"同样的乡路,父亲是指引的灯塔,是精神上的付出和超越。"我听到这里,心中涌起无限感动,忍不住打断了仲威平的话,"那么,当你获得第一次荣誉和褒奖的时候,对父亲说过感谢的话了吗?"

"你说得对,父亲正是指引我前行的灯塔,所以后来我走在送学的路上,根本不觉得有什么不正常。但是,我对父亲的感情应该是'敬'多于'爱'吧,因为他是老军人,又是村支书,性格严肃、耿直,做事一丝不苟,所以从小我们就都敬怕他。不要说撒娇了,就是大声说话

都不敢，在父亲面前都拘谨，错事不做，错话不说，更不必说打架之类的……"仲威平摇了摇头，神色中有些许的遗憾，接着说，"可能遗传基因所致，我跟父亲一样不善于言辞，很多感激的话轻易说不出口。唉，如今想想，真的挺遗憾的……我猜，如果当初他能听到，应该会很欣慰，或者说高兴吧……"

我赶紧向仲威平道歉，一不小心，碰触到了一个让她有些难过的话题。仲威平旋即一笑，她认为这个话题很值得交流，因为不可否认，沟通是人与人之间、人与群体之间思想与感情传递和反馈的过程，以求达成思想一致和感情通畅。那么，亲子关系、夫妻关系、同事关系、邻里关系、师生关系……哪一种都只有通过恰当的沟通才能得到应有的和谐，取得相对完美的效果。

于是，我们又情不自禁地聊到了她的童年，聊到她的儿时趣事，聊到了父女间少有的一些沟通和交流。

"大概是我10岁的时候，地里的甜瓜成熟了，生产队集体用牛车往回拉瓜。那时候的瓜真香啊，远远地就能闻到清甜的味道，孩子们从四面八方跑来，哈喇子都淌出来了。大家互相取笑着对方是馋猫儿，可是谁的目光也舍不得离开瓜车，仿佛瞅着也能过瘾似的……"仲威平笑眯眯地讲着，将我也带到了童年的快乐时光，同样在农村土生土长的我，又何尝能够忘记那些朴素又单纯的日子呢？

二十世纪六十年代末七十年代初，生产队都时兴种瓜，在离村子不远的地方种上一片甜瓜和菜瓜。瓜地中间是看瓜人的窝棚，由四根结实的木桩支撑着，上面用苇席等铺成人字形，下面是个正方体，两头空荡荡的呈三角形。如此造型很具有一种神秘感，据说看瓜人的视野很广，

第二部分 接过父亲的旗帜

哪个角落有人想偷瓜，他都能第一时间发现并制止。调皮的孩子们嘴馋得不行，总是想趁看瓜人打盹之际，悄悄偷瓜解馋——而大多时候，都会被逮个正着；极少的时候，看瓜人会睁一只眼闭一只眼。

每当瓜将熟之际，父亲总会及时警告孩子们，千万不可有偷瓜的念头，甚至为了避嫌，如果必须经过瓜地，都要远远地尽量绕着走。仲威平跟哥哥、姐姐严格遵守父亲的教导，从来不偷瓜，并且离瓜地远远的，眼睛根本不往那些甜瓜上瞟。然而，香味在空气中自由游走，即使闭上眼睛也能闻得到，孩子们觉得这不怪自己，因此经过瓜地旁边时就悄悄地多闻一闻，至少过过"鼻瘾"。

"那一次分头茬儿瓜，几个劳力从瓜地里摘瓜回来，就赶着车往生产队走，等着给社员们分瓜。瓜车正好经过我们家，当时我跟姐妹们在路边玩耍，有一个叔叔就跳下牛车，主动塞给我和姐姐一个大甜瓜。那瓜真香甜啊，闻着就觉得幸福。"仲威平回忆着当时的画面，脸上一片陶醉的神色，仿佛有一个又大又甜的香瓜就在眼前。那是物资无比匮乏年代的一种美味，与今时今日的瓜果梨桃相比，实在是意义非凡。

然而，面对如此"诱惑"，姐妹俩谁也不敢伸手接——因为父亲实在太严厉了，尤其叮嘱不能拿生产队的任何东西。别人给的东西不能贪占，哪怕这个东西是集体的，也不能要。如今这个甜瓜正是后者，只是通过别人的手转给她们，她们自然不能要。

"如果真要了，结果会怎么样呢？不过是一个甜瓜，反正生产队也是要分给大家的。"我追问了一句，在孩童面前，在朴素的乡土风情面前，一个甜瓜的"威力"到底如何衡量呢？

师道

"绝对不能要,真的。"仲威平连连摆手,泛着笑容的脸上似乎还能找到儿时心有余悸的影子,她说,"有一次,村里的贺大爷给我和姐姐一个大萝卜,紫红色的皮,球形的大脑袋,绿色的缨子,可招人稀罕了。我跟姐姐乐颠颠地把萝卜抱回家,幻想着先用水洗净,在母亲做萝卜汤前先切下两小片脆生生地咬一口,一定非常清香……可是一到家,偏偏父亲刚进门,见到大萝卜就皱起眉头,问哪儿来的?事情的结局可想而知,我跟姐姐灰溜溜地把大萝卜还给了贺大爷。而且,不仅我们姐俩儿委屈,贺大爷也认为父亲不给面子,所以很长一段时间不理睬我们……"

想想仲威平和姐姐委屈的样子,我忍不住被逗笑了。众所周知,萝卜是世界上最古老的栽培作物之一,在中国各地普遍栽种,也是东北秋、冬季节的主要蔬菜之一。也就是说,贺大爷送给姐妹俩儿的并非什么稀有之物,无论按照朴素的邻里关系还是长辈对晚辈的怜爱,应该都可以欣然接受的。将来仲家的白菜丰收,亦可由姐妹俩回送一棵,一来分享劳动果实,二来也是增进邻里之情。从邻里相处这个层面上讲,仲德清如此"退还"的做法似乎有点儿"绝情"了,难怪贺大爷的自尊心会受到伤害。

于是,通过仲威平的回顾我认识了仲德清的正直、廉洁。作为两个村子的村支书,他一心向着百姓,一心为百姓做事,从来没有任何私心杂念。比如黑龙江人最重要的节日——春节,从腊月初八到正月十五,杀年猪、包饺子、贴对联、做干粮,喜气洋洋辞旧迎新。有的邻居家里条件不错,杀了年猪会宴请左邻右舍,大家借此机会欢聚一堂也是常情,可是仲德清从来不接受宴请。有的邻居比较热情,杀了猪会送来一些猪肉,父亲知道后,总是责令母亲立刻送回去,无论如何也不接受这些礼物。

第二部分 接过父亲的旗帜

慢慢地,村民也了解了仲德清的脾气,再也不敢贸然送东西了,也不敢贸然请他吃饭了。最后,村民们这样评价仲德清——红事从来不参加,白事跑在头里,实实在在的好支书!

"我父亲就是这样的性格,慢慢地村民们习惯了。我们几个孩子也习惯了,见到再好的东西也不动心,包括兄弟姐妹之间的东西,也不能无缘无故地使用。"讲完这些童年趣事,仲威平如释重负地叹了口气,但语气中没有任何遗憾,而是无比地坦然,"所以,虽然我们的日子不是特别富裕,但兄弟姐妹们过得都很心安。"

我认同地点点头,在笔记本上郑重写下"心安"二字。人生在世,每个人的思想和行为不同,对生活的理解也各异,由此导致了自卑、自傲、自负、攀比等。那么,从这种意义说,仲德清不仅是战场上的英雄,更是生活中的英雄,因为他能够把自己的心给稳住,并且教育后代也做"心安"之人。

宋代大文豪苏轼有词云:"此心安处是吾乡。"正是父亲仲德清如此严厉的家教才影响并教育着仲威平,让她以安然的心态、安稳的脚步、安详的微笑,徜徉在美丽的小兴安岭南麓,行走在"传道、授业、解惑"的路上。

3

兄弟姐妹情

二十世纪六七十年代出生的人，家中一般都有几个兄弟姐妹。作为家中排行第三的孩子，仲威平从小就很珍惜亲情，跟哥哥、姐姐、妹妹相处非常融洽，她一脸幸福地回忆说："年幼时，哥哥、姐姐带着我和妹妹，同吃一锅饭，同住一铺炕，同在父母的抚养下无忧无虑地成长。那时候我们都很听话，一起嬉闹，一起学习，一起干活，是最值得回忆的快乐时光。"

说到亲情，我想起中国那句谚语："打虎还得亲兄弟，上阵须教父子兵。"自古以来，中国人对于具有血缘关系的亲人是非常重视的，譬如父母和孩子之间的感情、兄弟姐妹之间的感情，这些都是亲情。

通过各种媒介，不难找到各种描写亲情的语句——亲情是雨后的那滴甘露，滋润了原本贫瘠的土壤；亲情是破晓的那声鸡啼，唤醒了原本沉睡的大地；亲情是汪洋大海上的那叶小舟，拯救了挣扎在其中的人们；亲情是漆黑港口的那盏孤灯，温暖着返航的水手；亲情是阳关古道上的那个驿站，慰藉着浪迹天涯的游子。亲情如良药，可以治愈你的伤痛；亲情如美酒，愈久愈香醇；亲情如影子，无论贫富，无

第二部分 接过父亲的旗帜

论贵贱,总是无怨无悔地伴你一生……诸如此类的诗意描述,身为教师的仲威平如数家珍,也都很喜欢。

我有些调皮地看着她,试探性地提出一个新问题:"平时都是你给孩子们讲课,今天想请你做一道语文题——用一个比喻句描述一下你心中的亲情。"

"好吧,那我就做一下这道题。"仲威平腼腆地笑了,郑重其事地回答我说,"如果人生是一个五味瓶,那么亲情就是最甜的一个;如果人生是一幅画,那么亲情就是最绚丽的一笔。"

于是我猜想,仲威平比喻句中的"甜"是有故事的,"画"是有情节的。她的父亲虽然做了 20 年的村支书,但并没有享受什么"特权",跟普通村民一样挣工分,吃的同样是返销粮。那时候村民的生活都比较困难,家家户户条件都不好,返销粮不够吃的时候,只能各自想办法糊口。有的挖野菜充饥,有的采来榆树钱掺些玉米糊,有的人家孩子多,就叫孩子们去田地里挖老鼠洞,找寻可怜的玉米粒或黄豆粒。童年的记忆是绵长的,而哥哥、姐姐带着她捡拾玉米粒的情景,却总会在某个时间和地点不经意地冒出来,温暖她更绵长的成长之路。

"哥哥最大,憨厚、朴实,不善言辞,也不喜欢和外人打交道。不过,他像所有家中长子那样,很早就知道替父母承担家务,分担忧愁,也非常疼爱我们三个妹妹。"仲威平讲到哥哥时,眼睛里闪着亮晶晶的光,仿佛已经穿越回童年,跟哥哥一起在田野里干活,她说,"遇到什么重活、累活,他总是冲在前面,比如挖老鼠洞时他负责挖,捡拾玉米粒时他负责背口袋,我和姐姐一般情况下就负责捡拾,干的活儿都比哥哥简单、

轻松。"

一幅农田的画面徐徐展开,一个朴实、憨厚的乡村少年,个子不是很高但体格健壮,阳光把他的肌肤晒成健康的古铜色。他大步在前面"冲锋",三个小妹妹紧随其后,捡拾每一粒珍贵的玉米。玉米粒很"狡猾",都躲在深深的泥土里或石缝间,需要用耐心和细心才能发现。几个孩子不厌其烦,每当找到一粒玉米都会惊呼起来,仿佛邂逅了世间最难得的金子,那感觉肯定如煮熟的玉米粒般,甜丝丝的……

说到哥哥,仲威平又郑重地讲了另一件事:小时候家里烧火的引柴不够,她必须常常跟哥哥、姐姐去拾柴。有一年秋天,生产队拉麦秆的车从家门前经过,由于垛得不坚实,结果车轮硌到一道深辙后,麦秆随着车子的颠簸掉下来一堆。几个孩子乐坏了,感觉幸运从天而降,立刻把麦秆抱到自家的爬犁上,然后迫不及待地拉回家。晚上,父亲得知情况后,严厉地责骂了他们,问谁是主谋?为什么贪占别人的东西?仲威平和姐姐吓得瑟瑟发抖,眼泪噼里啪啦往下掉,这时哥哥挺身而出,勇敢地承认他是主谋,结果挨了父亲抡起的巴掌……由于柴火已经烧掉,没有办法再送还了,最后父亲只能再次严厉地警告他们——以后走在路上,看到什么也不能捡,因为那是公家的东西,做人绝不能有贪念!

"我不仅跟哥哥感情深,和姐姐的感情也非常好。她大我两岁,从小就带着我玩,还帮我编麻花辫。虽然父亲比较严厉,不让我们随意用姐妹的东西,但姐姐从不吝啬,总是悄悄地把她最喜欢的东西分享给我。"仲威平讲起童年往事,心情变得轻松而美好,眼神也愈发柔和。

第二部分 接过父亲的旗帜

如果说亲情的温暖像一道阳光,那么姐妹的深情就是阳光下的彩虹,迷人而绚烂。

那时候的物资特别匮乏,不能每个孩子都穿新衣服,仲威平的母亲做衣服时也会特意做大一点儿,为了让他们多穿几年。这样一来,无论是哥哥的衣服还是姐姐的裙子,轮到仲威平穿的时候基本上已经很旧了,有的还打上了补丁……哪个女孩不爱美呢?仲威平也一样啊,因此有时候特别羡慕哥哥和姐姐。记得有一年秋天,母亲给姐姐做了一件红黑相间的外衣,姐姐喜欢得差点儿没蹦起来。不过当天晚上,姐姐就发现了仲威平的小悲伤,明白妹妹也喜欢这件新衣服,于是也没跟母亲商量,就把新衣服给了仲威平。虽然第二天父亲知道这件事后责备了仲威平,但姐姐对她的爱护比父亲的严厉更有力量,更让这个小女孩感动。

也正因为哥哥和姐姐做好了榜样,所以仲威平对自己的妹妹也非常疼爱,有什么好东西也知道跟妹妹分享。兄妹四人虽然年纪小,但亲密无间的感情是最难得的。母亲看在眼里,喜在心上,有时候也会悄悄劝父亲,对孩子们不要总是那么严厉。可父亲有自己的道理,认为"严父慈母"是最好的家庭模式,所以他必须保持严肃的形象,避免"慈母多败儿"的悲剧发生在自己家里。

母亲说服不了父亲,但她理解他的心情,也深知他对孩子们的爱是真的,责任心是真的。于是,母亲又说了一句"犟牛拉重铧口",比喻父亲明明深爱孩子们却让孩子惧怕,同样是一种"费力不讨好"的表现。每当这时,父亲往往停下手中的活儿,猛一抬头,瞪大了两只"牛眼睛",假装生气地冲母亲吼两声:"磨叽啥?该干啥干啥得了,一边凉快去!"母亲再一次败下阵来,只能退而求其次地想——只要父亲心里跟孩子们是亲近的,干吗还在意形式上的呢?于是,就按父亲说的那样不再磨叽,到一边该干啥干啥去了。

听着仲威平讲的点点滴滴往事,我不由得感慨万千:亲情诚可贵,但并不是所有家庭都能保持这份可贵。因此,我向仲威平请教道:"小时候兄弟姐妹多,确实是件幸福的事情,这是很多独生子女感受不到的。不过,随着年龄的增长,各自都要走向自己的小家庭,那么很多时候彼此的关系就会产生一些变化,有的甚至导致某些冲突和误解,致使亲情越来越淡漠。对此,你是怎么看的?"

"长大后亲情有所淡化,但并不是绝对的,主要看大家怎样去维护和珍惜。我今年已经50多岁了,还是很看重兄弟姐妹的感情,我希望兄弟姐妹有事没事常聚聚,遇到困难互相扶持、帮助,遇到问题互相理解,有困惑及时交流、沟通,这样才能永远是一家人。"仲威平略作思忖,接着又一分为二地解答道,"谁有力谁出力,谁有钱多出钱,这应该就是亲情的本质吧。我们兄弟姐妹四个,现在也是一样亲密。"

我不住地点头,仲威平讲得没错,即使有血缘关系,但如果不经常沟通,亲情也会变得疏远。比如他们兄妹四人,哥哥毕业于黑龙江中医学院,作为1977年恢复高考后的第一届大学生,全家人替他感到幸运,也为他能有一份医生的工作而高兴。姐姐初中毕业后,选择了自由职业,如今生活过得很像样,在仲威平最困难的时候经常帮衬她。妹妹初中毕业后也很自强,开了一家裁缝铺,生意很好,而且还经常

第二部分 接过父亲的旗帜

帮她做各种服装。至于这么多年来,自己为哥哥、姐姐、妹妹做了哪些事,仲威平谦虚地只字未提。但我相信,她是如此善良的一个人,对陌生的学生也那样用心,所以在亲情的付出上也一定不会欠缺的。

"或许你说得对,亲情应该是这样吧。我的兄弟姐妹都很善良,对我最大的爱就是全力支持,包括物质上的和精神上的。"或许是我的形容触动了她心中最柔软的部分,仲威平的声音有些激动。

"投之以木桃,报之以琼瑶。"我在笔记本上又郑重地记下这千古名句。其实,不仅亲情如此,友情如此,世间情或许皆如此吧?人与人的交往,无论是熟悉还是陌生,无论是有血缘关系还是没有,最终的美好与否不都是缘于这个"情"字吗?比如仲威平与她的118个学生,算起来都是非亲非故的关系,但她给予他们的爱又何尝不是最伟大的亲情呢?这种最美的师生情是超越了任何限制的大爱,情同父母,近如兄弟姐妹,亲如子女。

一提到自己的学生,仲威平的眼神愈发温柔,声音也如水般清澈起来:"谢谢你的理解和赞誉。我的父亲话语不多,但他数十年对岗位的坚守,对群众热情的帮助和无私的付出,对我来说真的是最好的身教。所以,在我帮助这些学生的时候,也想像父亲那样竭尽全力,给学生们最持久的动力。"

说得多好啊——最持久的动力!试问,谁的人生不需要这种动力呢?正如一台机器,如果没有了原始的动力,又与一堆废铁有什么区别呢?正如一个人,如果没有了前行的动力,又跟行尸走肉有什么分别呢?

"所以,每个人都应该拥有一颗感恩的心,尤其像我们这一代人,年轻时虽然艰苦,但有亲情一直陪伴在身边,就已经非常幸福了。不像现在有的家庭,为了改善经济状况,父母不得不出去打工,于是有了越来越多的留守儿童。而这些儿童大多是独生子女,即便个别家庭有二胎,跟我们那一代相比也是相对孤单的。"仲威平从自己的相对幸运,又联想到了"留守儿童"的不幸。亲情的缺失对儿童的成长非常不利,要如何才能改变这样的状况,她也很困惑。

我也同样困惑和无助。于是,上网搜索了一下相关资料,发现"留守儿童"是一个集合名词,指外出务工连续三个月以上的农民托留在户籍所在地,由父、母单方或其他亲属监护接受义务教育的适龄少年儿童。产生的原因有家庭和社会两个方面:一是家庭的贫困,使孩子的父母不得不走出农村到城市务工;二是中国长期的城乡二元结构以及社会对"农民工"不公平的待遇,使广大农民没有办法及能力带着孩子一起走进城市。而由此产生的一连串问题,也越来越引起社会的高度关注。

"教育问题,是其中很重要的一个。所以,我才会选择留在兰河村,让每个孩子都享有上学读书的机会。或许他们考不上大学,但至少能掌握谋生的本领,在社会上能自己养活自己。"仲威平脸色变得有些凝重,一如她沉重的心情,接着她又说,"至少给亲情缺失的孩子一些陪伴,不让他们误入歧途,不让他们危害社会,那么我坚守乡村教育第一线就有了很大的意义……"

听到这里,我的心仿佛落进一滴春日里的甘露,映照出仲威平那

第二部分 接过父亲的旗帜

没有任何杂质、没有丝毫虚伪的精神世界。之前,曾经冒昧地请她造了个关于亲情的比喻句,而此时此刻,这一滴甘露竟然让我萌生一种冲动——给仲威平造一个比喻句。

是的,如果一定要用比喻句描述她,那么她就应该是月上雪、眉间霜,总能在污浊的旅途中涤尽跋涉者的征尘。哪怕没有血缘关系,相通的血脉间彼此也会心照不宣,在悲怆的岁月里也能抚慰失落者的心田。

4

求学成长路

    1974年初秋,年满8周岁的仲威平步入小学校门,开启了难忘的求学生涯。然而,读书的意义是什么,幼小的仲威平并不清楚。她只知道一直羡慕哥哥、姐姐能够上学,所以当自己也背上书包的时候,心情像鸟儿迎来春天一般愉悦。

    那么,为什么要读书呢?父亲仲德清有自己的说法。他的童年很困苦,没有上学读书的机会,不懂"立身以立学为先,立学以读书为本"的道理,但在儿女们上学这件事上态度是绝不含糊的——那就是必须识字认字,做一个有文化的人!

    小学离村子大概一里远,教室是两间土坯草房,低矮、阴暗、潮湿。老师们很亲切,像肥沃的土地一样朴素,每天除了喊"上课、下课、留作业、检查作业",似乎从没讲过什么励志名言,因此孩子们并不明白——读书能改变命运。

    虽然比仲威平年纪小,但对于二十世纪七十年代农村的教育状况,我也听长辈们讲过一些,因此并不觉得奇怪。相反,我倒是很关心另一个问题:"无论是否明确学习的意义,但至少能上学了,这已经比我们的父辈幸运了。父亲那么严厉,你的学习成绩一定不错吧?"

第二部分 接过父亲的旗帜

"父亲严厉是真的,但我的天赋并不高,学习成绩处于中游水平吧。"回忆起自己的求学路,仲威平非常诚恳地说,"那时候真的什么也不懂,跟大多数孩子一样,小学三年级之前都是懵懵懂懂的,只是为了上学而上学,没有什么明确的目标。上课时叽叽喳喳,下课后嘻嘻哈哈,遇到老师生气、发怒的时候,才会像模像样地站直、坐正。"

听着仲威平的叙述,我的脑海中浮现出一幅生动、活泼的课堂画面,忍不住笑着追问:"哈哈,好天真无邪哦。你那么调皮,有没有逃过课呢?"

仲威平连连摆手,非常肯定地回答:"绝对没逃过课,绝对没有!一来,我喜欢上课,舍不得逃课;二来,害怕我父亲责骂,所以根本不敢逃。你不知道啊,我父亲是个特别守规矩的人,他对我们三令五申,谁如果敢迟到、早退或者逃课,就打折我们的腿。"

或许很多父母都说过类似的狠话,可是一旦真遇到了肯定不会那么做。一来,法律不允许;二来,父母根本舍不得下手。然而,仲威平对此一点儿都不怀疑,因为父亲"以身作则"的诸多事例很鲜明,在她心里已经打下深深的烙印。

比如,父亲刚当村支书那年,既要管理两个村子的事务,又要以"打头人"的身份带领村民热火朝天地劳动。换句话说,村支书不仅要具有领导和管理才能,还必须有过硬的"劳动本领",干啥活儿像啥样儿,村民们才能心悦诚服。劳动本领没问题,父亲本身就具有"老黄牛"的勤奋精神,春耕、夏耘、秋收、冬藏,样样都是名副其实的"打头人"。可是在管理上,前期就有些困难了,一些村民思想观念落后,参加劳动时不是迟到就是早退,有的甚至无故旷工,引起其他村民的强烈反感,严重影响了劳动效率。为此,父亲制定了奖罚分明的规矩,严格要求不许迟到、早退。

然而,规矩发布的第二天,父亲吃完早饭却在家磨磨蹭蹭,没有像往日那样早早去生产队干活。母亲疑惑地询问他原因,父亲神秘兮兮地说,这是他的工作方法,稍后自然见分晓。又过了很长时间,父亲才起身去生产队,结果自然是迟到了。村民们窃窃私语,等着看父亲如何处理自己的"笑话"——而父亲泰然自若,让生产队会计根据奖罚规矩,对自己的迟到公事公办,该扣多少工分必须扣多少,一点儿也不能马虎。村民们这才明白父亲如此严格的工作作风,是警示大家遵守规矩,是为了整个村子的建设和发展。从此以后,村子里再也没有无故迟到或早退的现象发生。后来有一天,父亲还特意把孩子们叫到面前,以村支书兼父亲的身份上了一堂严肃的思想政治课——上学后,必须遵守校规,严格约束自己,谁无故逃学,就打折谁的腿……

我由衷地伸出大拇指,为仲威平的父亲点赞。自律是一种不可或缺的人格力量,没有它,一切纪律都会变得形同虚设。真正的自律是自省、自警,仲德清的言传身教法实在值得大家学习。如果人人都能做到自律,把自律当成一种自爱、一种素质、一种觉悟,那么小到家庭,大到一个社区、工厂、学校,乃至整个社会,一切都会井然有序。反过来,人们也会透过这井然有序的人文环境,感到幸福快乐、淡定从容、内心丰盈,从而积蓄更多积极、向上的力量。

仲威平很赞同我的观点。她说自己长大以后,才理解父亲的良苦用心,可是小时候不明白,认为他实在太固执了,一点儿情面也不留,令人望而生畏。记得曾经有一件事,母亲埋怨过父亲很多次,甚至到晚年了还不止一次提起。事情还要追溯到仲德清任望奎县火箭乡红三后村大

第二部分 接过父亲的旗帜

队长期间,当时生产队养了很多牲畜,需要专门有人负责铡草料。仲德清的岳父也就是仲威平的姥爷,比较会铡草,成为铡草的主要负责人。可是有一次,仲威平的姥爷有些着急,草料没有以前铡得利索。仲德清知道后很生气,回家后严肃地找姥爷谈话,批评他不应该工作不认真,如果再出现类似情况,就不要继续铡草了。姥爷被自己的姑爷批评了,觉得在家人面前抬不起头,好几天茶饭不思,心情无比郁闷。母亲自然觉得父亲不对,背后责备丈夫说话太过分了,毕竟是孩子们的姥爷,该留的情面、该有的孝道必须得有。父亲则认为母亲公私混淆,自己批评孩子姥爷是从工作的角度,孝顺孩子姥爷是从亲情的角度,这是两码事。再说了,平时他对老人家非常孝敬,无论是饮食起居还是生活中的困难,他都会想方设法帮助解决。虽然仲德清从不端别人家饭碗,但只要自家略微改善一下伙食,都会第一时间让孩子端给老人家……母亲争不过父亲,只能把埋怨的话咽回肚子里,留到多年后父亲年迈了再讨论。

"我母亲的口头禅就是'你爸脾气不好,那就自己先做好了,免得被他批评'。"仲威平讲到这里,被自己长辈的认真和可爱逗笑了,笑了笑接着又说,"其实,我挺理解母亲的,一面是自己的亲爹,一面是自己的丈夫,她夹在中间左右为难。不过还好,那件事之后,姥爷铡草再也没出过差错,父亲也没再批评过姥爷。而且,我父亲是个公私分明的人,那件事过去以后,他平时照样孝敬我姥爷,有时候比我母亲做得还到位,所以姥爷最后也原谅了他。"

透过仲威平的讲述,不难分析出她父母之间的关系,应该就是普普通通的农村夫妻,相互理解,相互支持。但更多的时候母亲则严格服从父亲的指令,是典型的中国式贤妻良母。也正是这种"严父慈母"式的传统家庭教育,让仲威平和兄弟姐妹们一样,养成了自爱、自律的好习惯。她也跟父亲一样:说话直来直去,不喜欢拐弯抹角;做人、做事遵守一切应该遵守的规则,从不贪图任何便宜。

"仲老师,我很想知道,你是什么时候度过迷茫期,对理想有了初步认识的?"聊天的氛围轻松、愉快,我适时调整了方向,把话题拉回到学习上。

"这个嘛……应该是小学五年级,心中才开始有了'理想'的概念。"仲威平蹙了蹙眉,认真思索了一会儿,给出了一个相对明晰的时间点,"不对,应该是六年级的时候,是周玉凤老师帮我种下了理想的种子!"

说到周玉凤老师,仲威平的目光中充满了感激。她说小时候家里很贫困,同时供兄弟姐妹四人读书,父母有些吃不消了,小学五年级的时候不得不把仲威平送到望奎县姥姥家寄读。当时姥姥家条件也不好,仲威平从家里穿来的一条补丁裤子一个学期也没有换。人生地不熟,家境贫寒,仲威平难免出现自卑的情绪,学习成绩也下降了许多。班主任周玉凤老师非常善良,了解到仲威平的情况后,经常找她谈心,鼓励她一定要努力读书,生活中的困难可以找老师帮着解决。渐渐地,仲威平脸上有了笑容,慢慢融入了这个新班级。周玉凤老师也说到做到,经常想方设法帮助她,有的时候她没有笔和本了,周玉凤老师就动员全班同学支援她。一直到她小学毕业,没有一个同学因为她的贫困而歧视她,而是在周玉凤老师的引领下,和她结下了深厚的同学情谊,这样温暖的班集体特别令她感动。

也正是在周玉凤老师的关爱下,仲威平开始对教师这个职业有了新认识,不仅仅是教文化知识,还能育人、爱人、帮助人。所以,小学六

第二部分 接过父亲的旗帜

年级毕业时,她在作文中郑重写下自己的理想:当一名像周玉凤老师一样的人民教师!

小学毕业后,仲威平升入望奎一中。随着年龄的增长和知识面的拓宽,仲威平对"理想"二字的认识也在加深,对未来也有了更美好的想象和希望。同时她也知道,理想分短期和长期的,美好的生活人人向往,而短期内的目标会帮助自己实现更长远的目标。不过,除了学好每一门课程,认真完成作业,短期的目标还有什么呢?当仲威平还没有完全理清的时候,突然有一件事震撼了她——学校的展示牌前和黑板报上,端端正正地粘贴着来自全国四面八方的感谢信,写信人是望奎一中的历届优秀毕业生。课间和午休时,仲威平一次次跑到展示牌前,一遍又一遍地阅读那些感谢信,情不自禁地在心里默默背诵那些内容,仿佛那些文字有一种神奇的力量,让她莫名地感到热血沸腾,浑身充满了前进的力量。尤其是一封来自北京航空航天大学的信,令仲威平情有独钟。因为土生土长在乡村里的孩子,对天空一直有种无法言说的憧憬,那已经不单纯是神秘感了,可能还承载着一代又一代人向往自由、渴望飞翔的大梦想。而自己的学校如此优秀,已经有学子圆了航天梦,那么她作为学校的一员,同样感受到一种神圣和自豪之情。

就这样,"理想"一词变得实实在在、清清楚楚了。仲威平有自知之明,自己的资质、天赋很普通,因此不敢奢望航空航天,只想脚踏实地当一名教师,培育更多优秀的学子去更广阔的天地追梦。

仲威平上初二那年,仲德清的工作有了新变化,组织上照顾他年龄越来越大,身体也没以前硬朗,便把他调到了工农乡五七厂上班,力所能及地做一些工作。为了工作便利,一家人从五花村,搬到离铁力市工农乡最近的新一村。不久，父亲又调到工农乡敬老院，负责管理工作。至此，仲家正式在新一村定居了，仲威平也由望奎一中转到铁力市第四中学，在崭新的环境中学习和生活。

从新一村到铁力市第四中学只有一公里，仲威平在那里读完了初中和高中。如今每每回忆起来，仲威平都觉得那段时光最幸福，因为那条路最平坦、最坚实，是她一生中有关求学、求职、工作所走过的最短的距离了。也正是在那段路上，她对读书的意义的认识不断更新着，其中最现实的一个想法就是除了天赋异禀之人，绝大多数人若想改变现状，必须通过学习才能"逆袭"。所以，她必须不断努力。虽然有人笑话她脑子笨，但笨不一定是坏事，反而能督促自己一步一个脚印，更严谨地做事。

"有人说，如今读书的定义已经不再单纯局限于上学了；也有人说，不必到学校就读，直接在家里由父母辅导即可。对这样的观点，你怎么理解？"我凝视着仲威平，求学求知路上的苦可想而知，那么人生路上的不断求索又有几人能体会呢？

"活到老应该学到老，这话没有错。"仲威平点了点头，很认真地分析道，"现在我对读书的理解跟上学时肯定截然不同了。读书不一定改变命运，但一定能丰富人生。而上学的意义又是很直接的，相对于家庭，学校是孩子们的第二个课堂，在校园里将经历那些在家里永远也不会发生的有趣、有意义的事情，让孩子们的生命更多彩。所以我个人建议，孩子到了一定年龄还是应该走进学校，初步体会一下人生。因为现代社会需要的不是'书呆子'，而是德、智、体、美、劳全面发展的人……"

一阵微风从窗外吹来，吹开了我的笔记本，似乎在浏览着仲威平的

第二部分 接过父亲的旗帜

童稚光阴和青春岁月，分享着她在那些年做过的那些事。"路漫漫其修远兮，吾将上下而求索。"愿每一个喜欢读书的人都能像仲威平那样，在求学路上采撷到累累的硕果。

5

梦开始的地方

伊春作为黑龙江省的地级市,风光秀丽、景色怡人,一直是仲威平神往的地方。

上学时,她就听历史老师讲过,伊春的历史可以上溯到周朝。清末民初时,这里还是一片原始森林,直到抗日战争胜利后,才设置了伊春镇,逐步发展成一个多民族散居的边疆城市。生物老师也讲过,伊春的动植物资源极为丰富,拥有亚洲面积最大、保存最完整的红松原始林,各种名贵的针阔叶树种达100多种;森林里还栖息着东北虎、马鹿、黑熊等珍稀野生动物。而地理老师则自豪地说,伊春之所以号称"天然氧吧",正是由于小兴安岭特殊的地理位置。也正因为如此,才会拥有这么多的奇山异水。比如大森林中千姿百态的奇岩怪石,已经成为中国北方罕见的地质奇观;比如那环山而行的清澈河水,最适宜旅游休闲及探险漂流……

大自然的美丽景色异常吸引人,对从未出过远门的仲威平来说也不例外。不过,伊春市最吸引她的却是那里的一所高校——成立于1958年的伊春师范学校。

"师者,人之模范也。"尽管全国各地师范院校的名称不同,级

第二部分 接过父亲的旗帜

别有异,但对于"师范"一词的认识基本相同,都是指培养教师。1982年9月,党的十二大报告第一次把教育提高到现代化建设战略重点之一的地位。1983年,邓小平给景山中学题词:"教育要面向现代化,面向世界,面向未来。"这"三个面向"不仅是对景山学校的要求,也成为后来中国教育改革的总方针。

1986年,我国颁布中华人民共和国义务教育法,有效地保障了适龄儿童、少年接受义务教育的权利。同时,中国广大的城市、乡村教育战线急需大量的师范类人才,师范教育成为比较关键的人才输送环节。这样的信息令20岁的仲威平激动不已,感觉自己的梦想有了实现的机会。于是,当年夏天的高考志愿,她填报了梦寐以求的伊春师范学校,希望通过几年的正规师范教育,早日成为一名合格的人民教师,为乡村教育事业作出一份微薄的贡献。

然而,梦想很丰满,现实很骨感。成绩发布后,仲威平却因几分之差而名落孙山,心情瞬间跌入低谷,那个美丽的伊春成为一个幻影,遥不可及得像个神话,令她心痛、心碎。她忽然意识到,可能自己真的很笨,无论平时如何用功读书,最终还是没有过关。所以,沮丧之余,仲威平想到了放弃。然而,这个念头一出现,她又特别不甘心!辛辛苦苦12年,难道因为一次失利就否定所有的努力和付出吗?父亲总是教育他们,遇到什么事不能轻言放弃,为什么她会如此脆弱、如此不堪一击呢?

正在她思潮起伏、不知何去何从之际,父亲仲德清郑重地跟她谈了一次话。仲德清第一次没有那么板着面孔,而是心平气和地帮助她分析情况。首先,高考是所有学子间的较量,不亚于千军万马过独木桥,这就跟敌我双方打仗一样,总会有人上桥有人落水,结局如何都正常;

其次，人与人的天赋、资质不同，聪明些的人胜出的概率就高些，那些资质平平的人被淘汰也没什么不可以接受的；最后，还说"四战四平"，如果第一次结束就放弃，怎么会取得最终的胜利？所以，考场如战场，父亲鼓励仲威平复读，争取明年榜上有名。

父亲的一席话让仲威平很快走出了落榜的阴影，抹掉失意的眼泪，踏上了复读之路。语文、数学、英语、化学、物理、政治……每天，她跟所有同学一样，淹没在各科目的题海里，坐下来的时候认真做题，站起来的时候默默背诵，走路的时候、洗漱的时候、上厕所的时候，满脑子也都是各种公式、各类题型，甚至梦里也在复习、备考，精神处于高度紧绷的状态，很快整个人就消瘦了许多。

已经从医学院校毕业当了医生的哥哥经常给仲威平写信，鼓励她一定要有信心，只要再加把劲儿，就会有"守得云开见月明"的收获。以前哥哥从来没讲过这么有诗意的话，但自从考上大学以后，整个人都像脱胎换骨了似的，谈吐与气质跟村里的同龄人有天壤之别。仲威平很羡慕哥哥，也从哥哥身上体会到读书与不读书的区别。所以，她把自己设置成"闹钟模式"，每天定点起床、定点吃饭、定点复习、定点休息，不舍得浪费一点时间。

姐姐和妹妹虽然只读到初中，毕业后就回家帮助父母务农了，但对仲威平继续求学的事都特别支持。姐姐经常说自己不是读书的料，所以希望仲威平能坚持下去，让别人看看，仲家不仅男孩有出息，女孩也不孬。妹妹则总带些自嘲的语气，一面笑着说自己脑子不灵光，与读书实在无缘，一面又调皮地冲仲威平做鬼脸，说"书山有路勤为径，学海无涯苦作舟"，鼓励仲威平加油复习，早日成为教书育人的"女先生"。

第二部分 接过父亲的旗帜

母亲的态度则跟以前不太一样,仲威平放学回家后不再唠叨一些家里或村里的琐事,而是心疼地打量自己的二女儿,然后默默地帮她整理东西,再把家里仅有的一些好吃的变样做给仲威平吃。姐姐和妹妹假装吃醋,撒娇地说母亲"开小灶",偏心疼爱仲威平。母亲也不气恼,一本正经地对两姐妹说:"威平是脑力劳动,比干农家活儿更累,所以得多补充营养,这样才能记住更多文化知识。"

每次吃母亲开的"小灶"时,仲威平都不敢抬头,因为眼泪就在眼圈里打转,只怕一碰触母亲关爱的目光,瞬间就会滑落下来。每一口香甜的食物仿佛都是一个沉甸甸的希望,令她感动,更令她感到前所未有的压力。她忽然意识到:考大学当老师不再是她一个人的梦,而是承载着全家人的寄托,已经成为全家人的梦想。

如今回想起来,仲威平说那一年复读的经历其实压力更大于动力:一是纠结于自己的智商不高;二是担心再考不好,辜负父亲和家人的期望;三是眼看着国家越来越重视教育,那么新的一年报考师范院校的人会更多,她胜出的概率似乎就更渺茫了。

"嗯,家人爱得越深,你的压力就会越大。"我虽然没有复读的经历,但很理解仲威平的心情,接着对她说,"一年一年的高考从某种程度上说,不仅在考学生,也是在考家人。尤其是复读的学生,会面临来自各方面的压力,因此心态好特别重要。有人说,自信来源于成功的心理暗示,自卑来源于失败的心理暗示。你能战胜种种压力,很了不起。"

仲威平情不自禁地咬了咬下唇,脸上闪过一丝无法掩饰的遗憾,叹了口气,喃喃地说道:"唉,哪有什么了不起啊?复读一年是挺过来了,可是学习成绩一直不温不火,算不上好也算不上坏。最后高考的结果也令家人大失所望,再一次落榜了……我彻底承认自己脑子笨,可能姐姐说得对,我们天生就不是读书、求学的料……"

蓦地,我有些茫然,不知道用什么样的话语来安慰多年前那颗失落的心?抑或是,如今时过境迁,她已经自我调节完毕,不再需要任何无谓的安慰?其实换位思考一下,谁在年少时没做过梦?有的想当科学家,有的想当发明家,有的想当军事家……孩童时代的奇思妙想、天马行空,是多么神奇又浪漫的事啊!然而,我们又不得不面对残酷的现实,经过无情岁月的冲刷,不是每个人的梦想都能如愿以偿得以实现。但是,谁又有权利否认梦想的重要性?谁又能忽略追梦路上的风景?

是的,梦想非常可贵,而沿途的风景亦是梦想的一部分,同样美好而珍贵。仲威平的两次落榜令人心痛,但她努力进取的精神令人佩服。所谓"条条大路通罗马",高考梦虽然破灭了,但人生并未落幕,还可以用其他方式继续寻求一条教书育人的出路。毕竟社会这所大学校,更需要品德高尚的人"传道、授业、解惑",仲威平善良的品格和坚韧的个性完全符合这一要求。

"你说的没错。本来我以为自己的人生完了,再复读也是浪费时间和金钱,所以最好的选择是跟姐姐和妹妹一样,学一门手艺,自力更生就很不错了。可是后来发生了一件事,成为我人生的转折点。"仲威平的神色恢复淡然,走过这么多年的风雨路,所有的遗憾和失落其实早就释然了,她接着说,"当时,新华村小学急需代课教师,而我作为高中毕业生,是他们最合适的人选。借用一句老套的话,那就是命运为我关上了高考的门,同时为我打开了代课教师这扇窗。"

第二部分 接过父亲的旗帜

新华村与新一村同属工农乡,两村的距离很远,单程要10公里。仲威平悄悄在心里琢磨了一下,感觉自己年轻的双腿还能承受。于是,即将熄灭的梦想之火再次点燃,仲威平的双眸又恢复了亮晶晶的神韵,鼓足勇气站到父亲面前,说出自己想当代课教师的想法。

时隔多年,仲威平已经不记得当时的具体情景了:父亲当时在做什么?穿什么样的衣服?脸上是什么样的神态?那天清晨有没有按时刮胡须?他的眼睛有没有瞅她?如果瞅了,眼神里是什么内容?不过,仲威平还清楚地记得父亲说过的话,那是一种斩钉截铁般的声音,掷地有声,他说:"去吧!乡村教师能跟百姓在一起,好好干,没错!"

就这样,刚跨出高中校门,仲威平又走进了小学校门。同样是在学校里,只不过身份不同了:以前是学生,现在是教师。尽管是没有事业编制的代课教师,但对于仲威平来说,简直是一次"重生的机会"——因为从1985年开始,国家教育主管部门为提高基础教育师资质量,在全国"一刀切"规定不再新招代课教师。但工农乡地处偏远、贫困山区,因财政困难而招不到公办教师,也有一些公办教师招了也不愿来,所以教师岗位空缺,急需代课教师来补充。

这份工作没有任何"名分",从工资待遇、社会保险到职称评定、业务培训等,均无法与正式在编教师享受同等待遇,获得的实际报酬仅仅是在编教师的1/3不到,被称为实实在在的"铁人"。根据新闻媒体报道,薪酬和待遇是代课教师最不愿提及的痛楚,而"存在感"又是另一种隐痛,总感觉自己不是所在学校的主人,而只是一个临时工罢了。有的教师即使多次被评为优秀或先进教师,但同样会有很大的精神压力,连喊"上课"的底气都不足,因为不知道下一年自己身在何处,大有"梦里不知身是客,夜半醒来四顾茫然"之感……

想到林林总总关于代课教师的话题,我忍不住与仲威平继续探讨:"有一部叫《凤凰琴》的电影,不知道你是否看过?影片中的主人公英子跟你一样,也是连续高考失利,最后不得不到边远山区小学任代课教师。但没想到的是,界岭小学从校长到教务主任全都是代课教师,而英子初出茅庐,又不懂得人情世故,在陌生的工作环境里闯下大祸,心情也是大起大落……那么我很想知道,你初为代课教师时的心情是什么样的?"

"我没看过这部电影,谢谢你的推荐,有时间一定看看。"仲威平摇了摇头,接着又说,"当时我的心态特别平衡,一来是自己圆梦的喜悦,二来是对自身条件的明确定位。我知道那时自己根本没有资格争什么,唯有珍惜这难得的从教机会,在这特定的阶段力所能及地发挥积极作用。哪怕只能当一天教师,也要对得起'教师'这个称谓。"

这段话是一位年轻代课教师的"告白",更是一位乡村教师的"宣言"!我被仲威平那颗真挚、淳朴的心灵震撼着,无须再多问,眼前已然能看到她站在讲台上时庄重的神情,耳边已然能听到同学们喊她"仲老师"时的那份敬重。

此刻,不知谁家的音响里正在播放李健那首《最美的春天》,明丽、清新的曲风令人耳目一新,似乎正在应和仲威平这种朴素的心境。与伊春师范学校擦肩而过,但梦想之路并未画上休止符,21岁的仲威平从另一种角度在教书育人的路上圆梦。正如歌中所唱的那样——开始的路就不叫远方,这似乎不仅是歌手的心声,更像是仲威平对小兴安岭的承诺。

第三部分
渴望的眼神

① 初到兰河小学

仲威平的教师生涯与工农乡的一山一水、一草一木分不开,与这里的小小村落分不开,更与兰河村分不开。但是在正式介绍兰河村之前,有必要梳理一下相关地理位置,及各个地名之间的关系,便于我们在心中勾画出一幅简易地图,更清晰地追随她"送学"的步伐。

首先,说一下铁力市。铁力因古代铁利府与铁骊部而得名,历史悠久,先秦时期已有人在这一带生活。这里地处伊春市的南大门,地势东高西低,境内最高峰是海拔1429米的平顶山,为小兴安岭主峰。境内最长的河流是呼兰河,最低处是海拔190米的呼兰河谷。农业种养业方面,绿色水稻、速冻玉米、林蛙、林灌鸡已成为闻名遐迩的铁力"四宝"。

其次,仲威平生活的工农乡。这里隶属铁力市管辖,位于市境西北边缘地带,地形狭长。东北与伊春市毗连,北以依吉密河与庆安县分界。总面积746平方公里,当时共辖新一村、新兴村、胜利村、兰河村、新华村、二屯村、新民村、树林村、五花村、北星村、林场村和参场村12个行政村。

再次,要说的是五花村,是仲家早期从望奎县搬来后最先居住的地方;接着就是新一村,是仲家后来搬迁、定居至今的地方,也是工农乡政府驻地;然后是新华村,是仲威平第一次代课从教的村庄,与新一村

第三部分 渴望的眼神

相距 12 公里。

最后，要重点说的是兰河村，这是仲威平扎根 20 多年的东北普通村庄，属于城乡接合部，与她家住的新一村相距 10 公里，途经二屯村，也就是仲威平爱人王田家所在的地方。

仲威平与兰河村结缘于 1988 年 3 月。那一年，是中国改革开放 10 周年，举国上下一派生机勃勃的新气象。那一年，铁力县迎来一件大喜事——撤县建市，成为伊春市唯一的县级市，政府驻地铁力镇。那一年，经上级批准，工农乡教育系统面向社会招聘民办教师。那一年，仲威平迎来一个特大喜讯——由于是高中毕业生，所以有机会参加公开应聘考试。得知这个喜讯，仲威平的脸上露出了久违的笑容，虽然那时高中毕业生也不少，但与高考的阵容相比，毕竟竞争的激烈程度要小得多。

机会总是留给有准备的人的。此时此刻，虽然时隔 30 余年，我还是真心替仲威平感到高兴："祝贺你！民办教师与代课教师相比，身份和待遇应该更高一些吧？"

"是的，代课教师只是临时性的，说不定哪天就会被辞退。而民办教师是相对正式的，打个比方，有点儿类似于现在的合同工，双方是要正式签订合约的。"仲威平讲到最初的从业经历，依然充满喜悦和自豪，几乎忘记了她现在得到的各种荣誉，她接着说，"虽然在外界眼中，民办教师与正式编制的教师还有差距，但我已经十分知足了，因为能从事自己喜欢的工作，真的是一种莫大的幸福。"

感受着仲威平的幸福，我第一时间上网查阅有关民办教师的信息。民办教师是中国特定历史条件下的产物，出现在二十世纪五十年代中小学全部为公办学校的时候,是农村普及九年制义务教育的一支重要力量。据《教育大辞典》记载,民办教师是指中小学中不列入国家教员编制的教学人员,一般具有初中以上文化程度,由学校或当地基层组织提名,行政主管部门选择推荐,县级教育行政部门进行文化考查,通过后发放民办教师任用证书。生活待遇上,除享受所在地同等劳动力工分报酬外,另由国家按月发放现金补贴。民办教师除极少数在农村初中任教外,绝大多数集中在农村小学。改革开放之初,我国教师队伍中的1/3为民办教师。几十年来,广大民办教师忠诚于党和人民的教育事业,在基层尤其是乡村学校,与公办教师承担着同样的教学任务,付出比公办教师更多的青春时光。随着我国社会主义事业的不断发展,到了世纪之交,民办教师已经逐步走进人们的视野,成为人们密切关注的话题……

据仲威平回忆,她第一年正式上班每个月工资16.5元,第二年涨到了每个月27.5元,后来又涨到了每个月32元。我不由得用这些数据暗暗与现在的教师薪资进行比较,得出的结果令人瞠目结舌。我不知道是应该感慨那时候的物资匮乏,还是应该感叹如今的生活水平显著提高?同时,我又产生了一种疑问:不同的教学环境、不同的薪资条件,哪个时代的教师更有幸福感和获得感呢?

对于我的疑问仲威平回答得很巧妙,她认为不同时代有不同的追求,不同薪资条件有不同的支出分配。总体来说,新时代人们的生活水平提高很多,幸福感和获得感也大大增强,这是改革开放40余年带给人们的福利。但就个人的感受而言,刚刚参加工作时的那份喜悦和激动是后来的日子里再难找到的。那是一种无法形容的美好,纯净得像那条缓缓流过的呼兰河水,令人永远也不忍心亵渎。

第三部分 渴望的眼神

我试着分析仲威平的话，也试着分析自己作为一个独立个体在时代变迁中的各种转变。有一本书名叫《人生最美是初心》，或许仲威平说的就是"初心"吧。那时候的幸福感与工资多少无关，与地位高低无关，只与对工作的热爱程度有关，只与那种教师的责任有关，只与师生之间的情感有关。所以，仲威平描述的心境才令人怀念，历久弥香。

仲威平觉得我总结得有道理，她说现在有时候晚上睡不着觉，常常回想起当年第一次走进兰河小学的情景。可是，每次回忆都是相同的结果——能记住的内容其实很笼统，比如学校坐落在村子西南，规模不大，没有正规操场，没有体育设施，没有图书室，更没有音乐和美术室。教室不足20平方米，只有4张旧课桌、8把破椅子和1张老式办公桌。至于学校的更多细节都是后来"日久生情"，她才记得扎扎实实，蒙上眼睛也能数清校园里的一砖一瓦、一草一木。

她也扪心自问过，为什么记忆如此模糊？最后得出的结论是，当天自己太激动了，以至于只记住了学生的眼神，其他什么都没记住。说完，仲威平忍不住笑了，我也跟着笑了。或许这才是有血有肉、活生生的人吧，当情绪达到某种极致时，便会进入到一种超乎寻常的状态，往往令自己都惊诧不已。仲威平应该就是这样，她的本心是教育学生，因此起初并未在意学校环境和教学设施，有条件就利用条件教学，没有条件就自己创造条件，无论如何不能耽误孩子的学习。

我由衷地赞叹道："虽然没有接受过正规的师范教育，但你骨子里的善良和认真让你自觉地遵循了'以学生为本'的教学理念，真的是名副其实的好老师。"

仲威平有些羞涩地笑了笑，说："你过誉了，当时我的所作所为都是自发的，没有太高深的思想。但是可以肯定的是，看着那些孩子们稚嫩的脸庞，凝视那些渴望读书的眼神，我顿时感到自己肩上担子的分量。如果我不负责任，是会误人子弟的，那么我就成千古罪人了。所以，现在回想起来，挺感谢那一个个眼神的，是孩子们给予我信任，激励我努力做一名合格的教师。"

我在笔记本上记下两个字"眼神"，并且很自然地想起蔡琴的那首歌曲《眼神》，心里瞬间荡过一丝细雨拂柳般的甜蜜。眼神真的是一种特别神奇的东西，像音乐的不同旋律，给听者各种复杂的感受。人们都说眼睛是心灵的窗户，一个人的精神和心理状态都能透过眼神表露出来，传递内心世界的本质。

因此，也有专家根据经验得出结论：一个公正无私的人，他的心底就像一方晴朗的天空，清澈、洁净、透明，从他眼神中流露出来的那种公正、公平的力量，能让我们的心情变得阳光，变得灿烂；一个与人为善的人，眼神中流动着的鼓励和肯定，像一股股暖流温暖、滋润着我们的心田，鼓舞着我们的斗志；一个充满爱心的人，眼神也一定充满爱意，严肃中透露着慈祥，平静中透露着期盼，就像一条汩汩流淌的河流，不断地荡涤着我们的心灵。

"你能描述一下孩子们中最特别的一个眼神是什么样子的吗？"我问。好奇心驱使着我继续探寻兰河小学的点点滴滴，尤其是孩子们眼神的内容。

"其实，大多数孩子都差不多，眼神里满是对我的好奇，又对知识充满了渴求，其中最特别的一个眼神，至今我还记忆犹新。那是教室最后排的一个小女孩，齐耳的短发稍微有些凌乱，红格子衣服也很破旧，

第三部分 渴望的眼神

就那样坐在角落里定定地看着我,眼神中满是与年龄不符的冷漠,写满了疑问和不信任。"仲威平细细地描述着那个特殊的孩子,语气中充满了怜惜,停了停又说,"这样的眼神对我是一种挑战,我以为她认为我年轻,或者民办教师没有公办教师讲得好,所以就暗暗下决心,必须讲好每一堂课,用自己的能力换来她的认可。"

"这孩子好奇特,后来呢?"我追问道。

"后来,我才知道是一场误会。这个女孩家庭情况非常特殊,母亲患有严重的精神病,据说会遗传,因此大家都嘲笑她,孩子们也不愿意跟她玩。当天她那么瞅着我,是觉得我也是'坏人',也会跟其他人一样歧视她。"仲威平揭开了"眼神"的谜底,真相令人很意外,同时又很心痛,她接着说,"了解了情况后,我就对症下药,试着与她多交流,让她感受到世上还有平等和尊重,只要她愿意相信,我和同学们都会成为她的好朋友。我是这样说的,也是这样做的,并且教育班里的孩子也这样做。天长日久,她慢慢有了变化,眼神中终于有了阳光和温暖,脸上也开始有笑容了。"

"能遇到你这样负责的老师是孩子们的幸运。相信你的课堂一定非常有秩序,孩子们的收获也会很多。"师者仁心,我发自内心地替那些孩子感谢仲威平。

"嗯,遇到他们更是我的幸运。他们真的很懂事,课堂上都能专心听讲,积极回答问题,认真做课堂练习。无论年龄大小,都严格遵守课堂秩序,没有一个捣乱的,让我非常感动。第一天下班回到家,母亲担忧地问东问西,父亲则沉默不语地看着我,眼神中满是担心。呵呵,当时我是怎么回答的,具体的内容已经记不清了,但父亲听了我的话,原

本严肃的脸上顿时充满暖意,我至今还记得非常清楚。"仲威平沉浸在对往事的回忆中,脸上也洋溢着阳光般的温暖,就像要把周围的事物都照亮似的。可想而知,与兰河小学的相遇令仲威平多么兴奋。

"你平时回馈给孩子们的是什么样的眼神呢?"明知道仲威平和蔼可亲,但我还是想通过她自己的描述,穿越到那时、那地、那间教室,体味一下眼神的力量。

"很多家长都说,我对学生就像对自己孩子一样,咋看也看不够。其实,我自己并没什么特殊的感觉,就像我看你的眼神一样,对学生我也是一视同仁。"仲威平听我这样问,就向前探了一下头,特别正式地端详了我一会儿,眼神里有坦诚相待、直言不讳、亲切关怀和平等尊重。然后又很快坐直了身子,继续回答说:"再者说,那时候我还没结婚,不知道瞅自己孩子是啥样儿……如今仔细回味起来,我只是把学生们当作家人看待了,所以才会觉得特别亲。后来,很多孩子写作文时都会说新来的仲老师很不一样,眼神里充满鼓励、充满关怀、充满爱。说实话,读到那些质朴的文字,我也挺欣慰的……"

我也学着仲威平的样子,微微向前探了探身子,非常正式地凝视着她的眼睛。这一刻,我没再问什么,她也没说什么。但我们相信,此时无声胜有声,眼神可以传递一种春风化雨般的温情。

第三部分 渴望的眼神

② 那座无名山

在仲威平的影集里，排列着不同时期、不同场合、不同年龄段的照片，记录着她这一路的风雨兼程。其中，有一张泛黄的旧照片，特别吸引人的眼球。

照片的右上角不知何时撕破了一小道口子，如飞机划过云层时的优美弧线。照片上的姑娘站在向阳的山坡上，穿着雪白的长袖衬衫，左臂弯曲叉在腰间，温柔中不失英姿飒爽。她圆圆的脸庞，眉清目秀，一头乌黑、发亮的中长发，齐眉的刘海错落有致，两根可爱的麻花辫儿整齐地搭在双肩上。周围的榛子树刚刚齐腰高，绿油油的叶片自由地舒展着，有的呈矩圆形，有的呈宽倒卵形，叶子边缘的不规则重锯齿清晰可见。榛子树丛中，零星点缀着数朵橘黄和粉红的花朵，映衬着她如花般恬静的笑靥。

据仲威平介绍，照片拍摄于1988年的初夏，是她到兰河村拍的第一张照片。当年22岁的她正是花一般的年纪，有着所有女孩都有的浪漫情怀，喜欢所有美好的事物，包括学校的一桌一椅，也包括村子北面那座小山。至于那座山叫什么名字，仲威平一直没弄明白，有人叫它北山，有人叫它老山头，也有人叫它北山坡，还有人直接叫一个字——山。

　　那天中午天气特别晴朗，孩子们都回家吃饭了，同事们便叫上仲威平，一起到北山坡去玩。山坡海拔并不高，不一会儿就登了上去，新栽的松树刚有一人高，一排排像刚入伍的士兵。无巧不成书，旁边的榛子树林里，有个人正背着相机在给几个人拍照，同事们看到后，立刻欢呼雀跃起来。因为二十世纪八十年代的农村还很落后，想照相只有两种方式：一是到乡里的照相馆；二是请摄影师来村里。而那一天惊喜从天而降，同事们怎么能错过这样的机会呢？于是，同事们叽叽喳喳地跑过去，讨价还价地恳请对方帮忙拍照，摄影师见有意外的收入自然热情地答应了。

　　就这样，仲威平初到兰河小学就留下了珍贵的照片。她指着照片上的花朵回想着当年的心情，说："那真是一次奇遇，没想到能有机会拍

第三部分 渴望的眼神

照片,简直跟孩子一样无比兴奋。后来,同事们按照摄影师的指导,还采来一些五颜六色的野花,把榛子树林简单地装饰了一下。你看看这些花多美啊,不了解真相的人一定以为是榛子树开的花呢。"

"何止是花美?人更美!"我捧着这张旧照片,大有爱不释手之感,情不自禁地说道,"年轻真好!仲老师,我建议你把这张照片放大,然后挂在家里卧室的墙上。这张照片实在太有意义了,你的梦想、你的坚守、你的大爱和付出,一切都源于照片中这个年轻女孩的初心,不是吗?"

我这样的提议仲威平显然从来没想过,包括这张照片的意义,她似乎也没有这样思考过。所以听我说完,她的神情变得异常凝重起来,小心翼翼地从我手中接过照片,认真凝视起那个年轻的自己。良久,不发一声。

我没有轻易打扰她,因为我知道,这是一种时光的穿越,这是一种自己跟自己的对话。人到中年,除了慨叹时光催人老,一定还会有其他的心情。很多时候,人们为了生存、为了梦想,常常只顾低头赶路,不断地攀登一座又一座无名的山峰,蹚过一条又一条无名的大河,累了、倦了也舍不得歇息。有时候,不仅忽略了自己的健康,也忽略了沿途的风景,更无暇回望来时路上的那个自己。

岁月是一段历史时期的日子,也是那段日子里的生活经历,承载着人们的感情。它如包罗万象的宇宙,可以容纳世间一切悲欢离合、酸甜苦辣和柴米油盐酱醋茶。于是,我们又会听见一种叹息——什么时候迷路了呢?什么时候把自己"弄丢"了呢?什么时候不懂得心疼自己了呢?又是什么时候我们有所觉醒,努力试着找回那个最初的自己……

"如果不是你的提醒，我真没发现这张照片的内涵，有时间一定把它放大洗出来。唉，人生一晃走过50余载，确实没有认真回望一下，此刻看着照片中的自己，尤其是两颊上朴素的微笑，我自己都感觉很美好。"仲威平终于平复了心绪，打破了刚刚的沉默氛围，脸上泛起如22岁时的笑靥。只是，眼角的笑纹也跟着加深了，悄悄展示着岁月的痕迹。

"嗯，应该感谢那位摄影师，留住了你美丽的青春。"我也有感而发，因为在我的影集里也有许多珍藏版的旧照片，无论童真无邪还是青春洋溢，或是现在的成熟中年，都承载着不同季节的美丽。

仲威平感叹道："是啊，如今不敢提青春了，很多美好的愿望只能寄托在学生们身上，希望他们能够青春无悔。"

仲威平就是这样，三句话不离自己的本职工作，即使在回顾最美的青春时光时也念念不忘那些孩子。于是，我们的话题又转到兰河村，回到那个普通的村办小学。这次，仲威平在纸上画了个草图，比较系统地介绍了学校的情况。

兰河村有一条主街贯穿东西，道路两侧是低矮的土房。再往南北延展，前后各有两条街道和两排民房，构成了全村80多户家庭相对集中又各自独立的居住格局。

兰河小学坐落在村子西南角，一排土坯房很老旧，勉强分出5间简陋的教室。可是，当时小学实行六年制，每个年级的人数有多有少，无论怎么分也无法把孩子们分配均匀。所以，跟新华小学一样，兰河小学也根据情况的特殊性，对部分年级采取"复式教学"的方式。由于仲威平多少有复式教学的经验，所以，二、三、四年级复式教学的重担顺理

第三部分 渴望的眼神

成章地落到了她的肩上。

虽然在工农乡各个小学复式教学的现象很普遍,并不是什么稀罕事,但仲威平接到这个任务后,还是隐隐地感到有压力。在新华小学代课的时候,因为知道只能代2个月课,所以相对轻松一些,不会再纠结2个月之后的去留问题。可是,一旦拿到民办教师任用证书,隐形的压力也就接踵而来。比如,至少一年内把课程都讲好,把学生们都教好,这样才能获得第二年应聘的机会。再比如,听说干到10年以后,民办教师有转正的机会,那么谁不希望转正呢?所以,潜意识里又有了新期待,一种长远的压力化为一种期冀,既若有似无又如影随形,既令人向往又令人倍受煎熬。幸好,仲威平遗传了她父亲的基因,凡事不过多地纠结:既然学校领导信任自己,那么唯一能做的就是勤奋、努力。至于将来的事,就留给将来决定吧。

这样，仲威平上岗伊始就投入到疯狂的忙碌状态中：先按人数把教室分出三个区域，所有学生共用一个教室，同时二、三、四年级相对独立；接着，每个年级按个头排好座位，排好学号；然后，设置同一节课的不同内容，必须保证时间安排有序，每一节课有计划地交替进行，保证有的孩子在听新课，有的孩子在做作业或复习，哪个年级都不能出现没事做的现象。至于回到家后如何批改各个年级的作业，再如何准备第二天的新课，仲威平都没有考虑。不过，由上面课堂教学的安排就能想象得出教学工作量之大、内容之复杂。

"这样的教学方式实在是太辛苦了。可不可以这样理解，身体是一个身体，但大脑中其实是三个仲老师在运转？"听着仲威平对复式教学的解释，我惊讶得瞪大眼睛，因为在我的印象中，小时候似乎没经历过这样的课堂。大多数的时候，每个班级会有一位班主任。班主任一般情况下只负责一门主课，可能只教自己班级的孩子，也可能兼任其他班级的同类课程。而其他课也都会再配其他课任教师，显得相对"专业"。

"哈哈，你说得对也不对，因为对于这个复式班级，我既是班主任又是课任教师。"仲威平的笑声很爽朗，疲惫之余有些自豪，接着又说，"当时体育和美术没有其他课任教师，所以我初到兰河小学时，同时教三个年级的语文和数学。也就是说，实际上是六个仲老师在运转，厉害吧？"

我用力地点头，不由自主地伸出两个大拇指，不仅仅是点赞，更多的是心疼和佩服。一个人的大脑竟然会如此神奇，能够同时应对多门课程，而且讲课时间少，教学任务重，对备课、教学、组织、时间分配和教学秩序的处理都有更复杂的要求。此外，她还要负责班级事务管理，

第三部分 渴望的眼神

负责孩子们的心理辅导，负责与家长沟通、交流……这样周而复始地上课，一般的人都会焦头烂额，一天下来就会头昏脑胀，那么仲威平是如何做到轻松应对的呢？

"累是必然的。但熟悉了整个环节之后，直接教学和学生自学或做作业交替进行就井然有序了。其实，这样的教学方式最早起源于德国，我国在清朝末年就采用了。当时，江苏还专门培训了进行复式教学的师资，后来逐步在全国推行。中华人民共和国成立后，在人口居住分散、交通不便的山区、牧区和农村，也沿袭了这种复式教学，它有着强大的生命力。"仲威平见我"孤陋寡闻"，就耐心地为我解释了一番复式教学的历史，帮我开阔了教育视野。然后又接着说："复式教学日课表的编制以'同堂异课'编排为好，一般是把直接教学时间长的课程同便于安排自习、做作业的课程相互搭配。复式班的座次编排是左右划片分别安排不同的年级。如果是单班学校，则一般把低年级学生排在中间，便于照顾。"

我终于明白了什么是"复式教学"。同时，心里又产生了疑问，体育、美术、音乐课怎么上呢？会不会出现这样尴尬的局面：二年级学生在唱歌，三年级学生在画画，四年级学生在做体操。这样的情况仲威平会如何处理呢？这算不算是复式教学的硬伤呢？

"音、体、美三门课程我也有分配。如果三个年级都能听懂的课，就集中上大课；必须分开上的，我就把课时穿插开，室外上体育，室内上音乐或美术，绝对互不干扰。"仲威平觉得这个问题很简单，又说，"我认为复式教学最大的硬伤是学生的年龄层次问题，还有复式教学的师资

问题。因为一些教师退休后,一时找不到合适的教师来接替,难免会影响孩子们的学业。"

"嗯,明白了。那你大概用了多长时间才真正适应这样的局面?"我的大脑在飞速旋转,"六个"仲威平在眼前走过来走过去,晃得我眼睛都花了,好想给她搬一把椅子,沏一杯清茶,让她歇歇脚,陪她说说话。

仲威平笑着解释:"我的抗压能力很强,这肯定与父亲的遗传分不开。大概不到两周,我就完全适应了兰河小学的工作,所以才会有心情跟同事们去北山坡玩。"

后来,仲威平又透露了一个小窍门:"其实复式教学我摸索出一条经验,为了相对地增加直接教学的时间,适当地减少在教学中难以分身的困难,可以培养品德和学习较好的学生当小助手,协助做一些力所能及的工作。"

比如1988年的第一届,一共有23个孩子,她选拔出一个特别棒的小帮手,名叫孙德利。当时孙德利读二年级,母亲是兰河小学的第一批教师,也是很负责任的老校长。由于家庭教育理念好,父母智商都很高,孙德利小小年纪就表现出不同寻常的才华。虽然在全班同学中孙德利的家庭条件属于上等,但他一点儿也没有瞧不起其他孩子,也不抵触年级不同、年龄不同、身份不同的班级模式。更难得的是,他还非常懂事,能够主动帮助仲威平分担事情,还能像模像样地照顾其他同学。遇到有同学不会做题,他还能模仿仲威平的样子,热心地给同学讲解。仲威平看在眼里,喜在心上,作为一个班集体,正需要这样一个团结友爱、互相学习的榜样。于是,她当机立断,选孙德利做了大班长,在保证不耽

第三部分 渴望的眼神

误学习的前提下，力所能及地协助她一起管理这个班级。孙德利也没有辜负仲威平的期望，不仅学习成绩一直名列前茅，班长也一直当到小学毕业，相对减轻了她的许多压力。与此同时，孙德利也锻炼了个人的能力，升入初、高中后，学习成绩和各方面表现也数一数二，最终考上了理想的大学。

仲威平由衷地喜欢这个得意门生，说："这孩子是发展最好的一个。大学毕业后，在长春一汽工作，经常有去德国进修的机会，无论心胸、视野还是社会地位，都令我这个当老师的佩服！"

"这些照片上哪个是孙德利？好想认识一下。"我由衷地为孙德利喝彩。同时，也深知他的成功与家庭因素、自身因素、社会因素都有关，但一定也离不开仲威平对他的教育和影响。

"没有他的照片。因为他是第一届毕业生，当时我还没有经验，很可惜没能留下毕业照。"提到这个话题，仲威平遗憾不已，接着说，"这孩子现在成功了，但没有忘记兰河村，也没有忘记我这个老师，经常给村里的孩子介绍外面的工作、学校，帮助更多年轻人走出家乡，走向更广阔的世界。逢年过节的，只要回工农乡，他就会第一时间来看我，让我心里热乎乎的。"

听到这里，我的心里也感觉热乎乎的。为人师者都期望桃李满天下，而尊师重教则是中国历来的传统。早在公元前11世纪的西周时期，就已提出"弟子事师，敬同于父"。孙德利从国外学成归来后，第一时间就来看仲威平，对她说："儿童时代我从老师身上学会了爱自己、爱别人，现在我要把自己所学和我的爱献给家乡、献给祖国。"听着孙德利发自

内心的言语，仲威平又一次哽咽了，从前的乡下孩子如今长大成人了，并且以自己的方式回馈社会，她怎么能不激动呢？

或许，攀登一座山并不难，就像兰河村那座无名山；但攀登人生这座山却没有那么容易，因为"山高人为峰"。仲威平来到兰河村，把自己当成无名小山，帮助更多学子走向更高的山峰。

第三部分 渴望的眼神

3

一块黑板一方田

许多人提起懵懂的童年时代,耳畔就会响起罗大佑那首脍炙人口的《童年》。伴随着欢快的节奏和朗朗上口的歌词,那种轻松、快乐、无忧无虑的生活,那些最灿烂、最快乐、最美好的时光,顿时又重现眼前。一首歌曲寄托着希望,给人无尽的憧憬;一些时光令人渴望,产生无限的遐想。

仲威平也喜欢这首歌曲,还多次教给自己的学生们演唱。不过她最喜欢的歌词不是"池塘边的榕树上,知了在声声叫着夏天",也不是"操场边的秋千上,只有蝴蝶停在上面",而是"黑板上老师的粉笔,还在拼命叽叽喳喳写个不停"。身为二十世纪开始从教的一名乡村教师,仲威平最熟悉的伙伴除了学生,应该就是黑板和粉笔了。因此,每当提到这两个词时,她心中都会有种深深的感触,同时还伴有感恩。

当年兰河小学最早使用的黑板,是一块用黑漆涂抹的质地坚硬的木板。木板长2.5米左右、宽1.5米左右,据说最初采用黑漆涂抹的目的是为了保护木板不受侵蚀。等涂料晒干后,再用一些适当的器具作辅助把黑板镶嵌到教室正前方、正中央的墙壁上。随着时间的推移,因为长期使用,黑漆会变得黯淡、灰白,就要把黑板简单清洁干净,然后再补刷一层新的黑漆。如此加工、制作、修复，一块质量相对好、够大、够结实、够便宜的黑板，就可以多年反复使用。正是这块简陋的黑板在学生的注视中送走一个个日子，也在这些日子里送走了一批批学子。

而在黑板上写字，书写工具自然就离不开粉笔了。国内使用的粉笔主要有普通粉笔和无尘粉笔两种，仲威平在兰河小学使用的都是普通粉笔，而且以白色的居多。白色的粉笔在黑色的黑板上写写画画，对学生来说特别容易看清，因而她一直使用白色粉笔。当时彩色粉笔很稀少，但比单调的白色粉笔具有吸引力，学生们都喜欢这些粉笔的颜色。可是由于数量有限，仲威平一般情况下不用彩色粉笔，只有在设计黑板报或者上美术课的时候，才用红的、黄的、绿的粉笔进行装点，尽量为学生们描绘出一幅多彩的画面。

仲威平说，出于对彩色粉笔的好奇，有个男同学偷偷藏了几根，回家时在坚硬的土路上画画。她发现后并没有严厉地责备那个男同学，而是鼓励他认真上美术课，什么时候画得栩栩如生了就选他画黑板报。这个男同学受到激励，一学期后画得越来越好了，仲威平也兑现了自己的诺言——每当有特殊的节日或者开班会的时候，都让这个男同学负责画黑板报。看着男同学庄重的神态，仲威平由衷地感叹一支彩色粉笔的魔力。

"黑板＋粉笔、老师＋学生"这种模式就是仲威平一直以来的生活，陪伴她度过了漫长的教学生涯。上课时，她在黑板上书写数字、汉字、拼音，绘制图形，帮助学生理解、掌握知识。也就是说，每一堂课对于学生都至关重要，大部分时间学生的目光都聚焦于黑板，跟随仲威平的板书指引，从中获取知识，并对内容进行加工、理解、记忆。所以，黑

第三部分 渴望的眼神

板作为授课载体非常重要,粉笔作为授课工具也非常重要,而教师的板书是否规范更重要。

为了让学生更好地集中注意力,未接受过正规师范教育的仲威平,严格按师范生的标准要求自己。她经常虚心向老教师请教,从授课方法到板书设计,一一取长补短,尽量让不足4平方米的黑板展示更多、更重要的信息。每天放学后,她批改完学生作业又赶紧备第二天的课,然后在草纸上反复设计版块,让黑板的布局更合理、有效。第二天上课,她总是第一个到学校,把需要展示的学习任务事先端端正正地写到黑板上,便于学生们到校后第一时间进入学习状态。

对于板书,仲威平尽力做到一丝不苟。她说,板书看似只是用粉笔在黑板上写字,但实际上并非那么简单。从动态的角度理解,它是教学信息的传递,是教书育人的一种言语活动方式;从静态的角度理解,是教师以凝练的文字、符号、图表等呈现的教学信息。因此,板书不仅要简洁整齐、完备美观,还要具有启发性,以便有利于知识的传授,有利于兴趣的培养,有利于课堂气氛的活跃,有利于增强学生的记忆。

在仲威平的影集里有这样一张带有板书的旧照片:教室正前方的墙上,在靠近棚顶的地方贴着八张菱形的红色剪纸,上面写着"好好学习天天向上"八个大字。剪纸下面是一块长条形的黑板,上面用粉笔分出面积大致相当的四部分:

左数第一部分,应该是三年级语文课,正上方是课文标题"我们的民族小学";标题的下方是用标尺画出的一行四线格,里面写着规范的汉语拼音;紧挨着四线格的下方,是上面拼音所对应的生字;再往下,是这些生字拓展出的生词——"蝴蝶、招手、坪坝、戴上"等词语。这些字透过泛黄的照片依然非常清晰，一笔一画，横平竖直，一个个方块字结构合理，彰显着仲威平的板书功底。

左数第二部分，应该是二年级的数学课，内容是"比较数的大小"。进行比较的阿拉伯数字从左到右整齐地排列在六行里，就连中间填大于号和小于号的圆圈也是用圆规画出的标准圆形。仲威平说，如果她在黑板上画得不规范，有的孩子难免把圆圈看成数字"0"，那样在比较数字大小的时候就容易造成误导。另外，不管是哪门课程，仲威平认为都应该注重板书，因为每个文字和符号都有它的意义。比如，阿拉伯数字"0"是一个细长的椭圆，跟汉语拼音的"o"很像，如果书写稍微不规范，也容易引起孩子们的误解。教师必须时刻做到严谨，学生们才能同样认真。

左数第三部分，工工整整地写着一道应用题，从两步运算过程等内容上看，应该是四年级的数学课。整个版面非常清晰、完整，既有文字的原题展示和思路分析，还有解题算式，最后一行是答案。仲威平说，小学阶段最重要的题型就是应用题，既有已知条件，又有所求问题，相当于把语文和数学进行了完美的结合。所以，很多人说语文成绩很好的学生，数学成绩一定也不会太差。对于高年级的学生，她特别注重进行应用题的训练，以便锻炼学生们的思维能力，为今后升入初中学习物理和化学打好基础。

黑板最右侧的部分，是针对全体学生的公开栏。上面一部分是四线格，规范地书写着全部的汉语拼音；下面一部分是田字格，展示着从数字0到9的规范格式。仲威平一直认为，"字"是人的第二相貌，作为一名小学教师，指导学生规范书写义不容辞，比如正确的坐姿、正确的

第三部分 渴望的眼神

握笔姿势、正确的落笔姿势、正确的书写速度……只有老师和家长时刻提醒并督促,学生才能从小养成好习惯。

从仲威平的旧照片中我更清晰地理解了"复式教学",同时也对写规范字有了一些思考。现在,越来越多的人认识到规范书写的重要性,很多家长也把规范书写提到日程上来。正如郭沫若先生说的那样:"培养中小学生写好字,不一定要人人都成为书法家,总要把字写得合乎规格,比较端正、干净,容易认。这样养成习惯有好处,能够使人细心,容易集中意志,善于体贴人。草草了事,粗枝大叶,独行专横,这容易误事的。练习写字,可以逐渐免除这些毛病。"

"学生都具有很强的向师性和模仿性,教师的一言一行都可能成为学生模仿的对象。比如你美观的板书就是表率,为学生们树立了良好的

榜样,相信他们也会写出一手规范字的。"放下手中的旧照片,我又忍不住赞美身边这位好老师,她是那么普通,又是那么不平凡,时刻践行着"为人师表"的教育理念。

"你又过奖了,我的板书没你说的那么好。不过,安排好字的结构、注意字的笔顺,展示给学生一个个端正的汉字,这绝对能做得到。"仲威平谦虚地笑了笑,接着说,"其实,只把板书写好还不够,平时在批改作业的时候也同样要注意批语的书写。有时候发现了学生的错别字,我在批改的过程中也会端端正正地写在作业本上,这样学生看到活生生的'标本',才能照着认真写,因此我一刻也不敢马虎。"

我认同地点了点头。从某种程度上说,教师就好比一面镜子,学生看到什么往往也会模仿什么。多年来,仲威平在那块长方形的黑板上用粉笔认认真真地耕耘着,学生们在自己的作业本上也在认真地完成每一个学习任务。可以说,黑板和粉笔对教育的发展功不可没。

然而,原始黑板和普通粉笔也有不足之处,这是不容忽视的。比如,空气中的粉笔屑在阳光的照射下四处飘舞;比如,由于书写姿势不对,黑板上偶尔会发出难听的"吱吱"声,令多动的孩子更无法安静地学习。还有一个值得关注的问题,吸入过多的粉笔灰对教师的身体是不是有害?就拿仲威平来说,在40多分钟的一堂课里,三个年级的教学内容需要交替书写,那么就要多次反复擦掉黑板上的字,才能重新在有限的黑板上书写新的内容。我仿佛已经看到,每次下课后,她的手上、袖子上甚至头发上、肩膀上,都落上了一层浅浅的白色粉笔灰。偶尔鼻子里吸进粉笔灰,她是否被刺激得直打喷嚏?偶尔粉笔灰落到眼睫毛上,她下意识地用手一揉,但忘记了手上的粉笔灰更多,结果眼睛

第三部分 渴望的眼神

是否因此被刺激得泪水直流？如此成年累月上课，她消磨掉了数以万计的粉笔——那么她的皮肤、气管、咽喉等有没有发出过"抗议"呢？

"真心感谢你的关心，其实广大教师也很关注这件事。据有关资料显示，粉笔灰尘的颗粒较大，大多不会吸入到下呼吸道，再加上粉笔的成分是石膏，本身对人体无毒，医学界至今也尚无因吸入粉笔灰引起肺部疾病的报道。"仲威平态度公正，很客观地分析问题，她接着说，"尽管粉笔灰对人体无害，但是每天都生活在粉笔灰尘中，鼻子和嗓子确实会感到轻微的不适。至于粉笔划黑板的声音，我可能是习惯成自然了，反而觉得像音乐一样动听。"

听完她的话，我笑了，试着理解仲威平的这种感觉，或许这就是"爱屋及乌"吧。仲威平由于热爱教学，所以爱与之有关的一切。而古往今来，诸多为人师者不正是如此吗？

时光回溯到两千多年前，在还没有粉笔的时代，孔子由克服当时的不利条件，已经开始用沙盘和石板作"黑板"，用树枝或木棍作"笔"，为学生传道、授业、解惑。

随着时代的进步，教学条件也得到了很大改善，黑板逐渐取代了沙盘，墨绿色黑板和环保白板同时出现。墨绿色黑板不刺激人的眼睛，有利于保护视力；白板板面为白色，可以用各种水彩笔书写。紧接着，投影幕布以闪亮的姿态丰富了课堂，交互白板实现了黑板和电脑的互通互联，在把互联网的一切资源展现在方寸之间的同时，还能任由教师随意点画书写……

时代的变化日新月异，但不变的是教育的初心，是对教育阵地的坚

守。正如仲威平所言,她对黑板是怀有感恩之心的,因为拥有了属于自己的那块黑板之后,她才有机会以人民教师的身份站在神圣的三尺讲台上,挥舞着一支充满神奇的粉笔,与学生们畅游在知识的海洋里。改革开放40多年来,黑板的变迁已给教育带来了巨大变化,她想象不出以后的黑板还会变成什么样子?

仲威平对黑板和粉笔的深厚感情使我想起了中国著名教育家顾明远先生。顾老被尊称为"比较教育研究之父",他的第一份工作就是在上海一所小学代课。顾老总结了两条教育真理:"没有爱就没有教育,没有兴趣就没有学习。"他曾在《留一块黑板》一书中写道:"留一块黑板,在繁华落尽之后,我们可以轻轻地给孩子写一个'人'字。教育,有些东西是一直不变的。"

一块黑板,一支粉笔,三尺讲台,一生追求。在自己这方"田"里,仲威平用爱心、耐心、热心和责任心,耕耘出了一个端端正正的、大写的"人"字。那一块简陋的黑板,早就定格成一幅意境优美的中国水墨画,镶嵌在每个学子的童年记忆里,气韵生动,妙不可言。

第三部分 渴望的眼神

④ 幸福自行车

如果说黑板和粉笔是仲威平的"教学伙伴",那么自行车则是她的"送学伙伴"。从家到兰河小学的10公里土路,单靠步行至少需要2个小时;骑自行车的话,40分钟左右即可到达。为了减轻女儿的劳累,节省时间更好地工作,父亲果断决定:自己步行上班,把家里唯一的自行车让给女儿骑。

父亲的自行车非常老旧,属于二八型黑色载重自行车,车身结实但很沉重,骑起来除了车铃不响,其他地方的零件几乎都响。当时仲威平挺奇怪的,这辆自行车是1983年买的,如今不过5年的时光,怎么落得如此狼狈不堪?她还清楚地记得,自行车买回来后,村里人有多么羡慕,纷纷来围观这个"大件"——在二十世纪七八十年代,自行车是凭票供应的奢侈品,也是一个家庭生活水平的象征。无论是繁华都市还是穷乡僻壤,人人都以拥有一辆自行车为傲;有的女孩子找对象,彩礼也会要上自行车、缝纫机、手表这"三大件"。当然了,仲德清买自行车不是因为家庭多么富裕,而是由于工作需要,所以才置办了这辆"豪华坐骑",每天载着他马不停蹄地工作,工作,再工作。

就这样,仲威平每天骑着父亲的旧自行车,开始了上班之旅。可是,

车子不光叮当作响,还动不动突然"罢工",走到半路上不是车链子掉了就是车把不听使唤,或者车胎瘪了。那时候,仲威平还不懂如何解决车链子问题,急得在路上直跺脚。幸好,遇到过路的老乡帮忙,总算鼓捣明白了。最怕的是车胎泄气,尤其遇着前不着村后不着店的时候,只能推着车子一点点往前走,既担心时间被耽搁了迟到,又担心推得太重把车胎轧坏。如此折腾几次,仲威平不堪其扰,觉得不如步行来得痛快,大不了早晨再早起一会儿,晚上再晚睡一会儿。父亲不赞同她的观点,认为这是逃避问题,遇到困难就退缩不是好同志。说完,他又教了仲威平一些修理技巧,还一本正经地说:"求人不如求己,带上工具上路,有备无患才会一路畅通。"

从此以后,仲威平的车上就多了个简易工具箱,每日奔波于家和兰河小学之间。从 1988 年 3 月 4 日开始,那辆自行车风雨无阻,陪伴仲威平度过了很多宝贵时光,人们经常在那条乡路上邂逅她修理自行车的身影。直到暑假前夕,自行车实在太累了,"罢工"的次数越来越多,修理工具对它也不起作用了。最后,只能把它停在仓房旁边,仲威平则起早贪黑步行上班,紧锣密鼓地帮学生们复习,准备期末考试。这时,双脚踩在雨后泥泞的土路上,她才恍然大悟——不是父亲不懂得珍惜自行车,而是行程安排得太紧张,经历的路途太坎坷,才让一辆自行车过早地"衰老退休"了。这就像一个人,如果常年超负荷劳作,不停地透支自己的身体,却不知道保养和呵护,就会在某个时间点过早地退出历史舞台。

暑假的时候,三个年级的学生都取得了理想的成绩,仲威平也领到了第一笔工资。工资虽然只有半年的,但依然蕴含着沉甸甸的收获感。

第三部分 渴望的眼神

最初,她想给家人买点儿礼物,不过父母认为那样做不合适,把那么多的钱浪费了可惜,应该做更有意义的事——买一辆新自行车,帮助仲威平下学期更好地上班。仲威平明白,家人是心疼她。所以,她听从了父母的建议,跟父亲一起去买自行车,当时自行车的价格可不便宜。

"你买的新自行车是什么样子的?在那样物资很匮乏的年代,拥有自己的自行车一定非常激动吧?"我知道自行车对于仲威平的重要性,所以问她。

"自行车是二八型红旗牌的。是啊,当时不光我激动,姐姐和妹妹也跟着高兴。村里人来围观的时候,姐姐已经将自行车擦得一尘不染;妹妹则找来了几小块红布,精巧地做成一朵红花绑在了车头上,说这样代表喜庆、吉祥。"仲威平一脸喜悦地说,"家里简直就像办喜事一样热闹。父亲比我还着急,第二天就到派出所给车子办证、上牌。我记得特别清楚,派出所的工作人员在车把手中间和三角架的中轴上都打了钢印,然后发给我一本自行车证。那一刻我感觉特别神圣,不亚于现在的人拿到汽车驾驶证。为了防止自行车被偷,父亲又专门给车子配了一道锁,每天上班走出院门,母亲都会不放心地跟在身后,提醒我把车子锁好,千万别弄丢了。晚上回家后,父亲必须把车子推进厨房里,细心地检查一遍各处零件,这才能安心地睡着觉。"

我不忍心打断仲威平的思绪,同样成长于二十世纪的农村,同样落后的经济条件,对自行车的感情也大同小异。村里那些有自行车的人家,差不多都跟仲威平的父亲一样。比如车钥匙一般都由家长管着,车子平时轻易不让别人碰,包括自己家的小孩;有邻居来借车子,主人会先让

对方骑车试试,技术不熟练的人绝对不能借,否则一旦摔倒了,不仅会伤到借车人,自行车也会留下各种"伤病",比主人自己摔伤了都心疼;偶尔借出去了,也会坐立不安,一次次到院门口张望,怪时间过得太慢,车子怎么还没送回来;一旦车子送回来了,主人也会像仲威平父亲那样,把自行车仔细检查一遍,仿佛车子遭遇了什么不幸似的。

改革开放以后,社会经济得到了快速发展,自行车作为环保的交通工具越来越普及。后来,随着人们生活水平的提高,千篇一律的黑白式自行车逐渐被色彩艳丽的新式自行车所取代。在快节奏的现代生活中,又有人把自行车作为健身器材,每日骑行一定路程来锻炼身体,或者轻松地骑行出游。骑着这种靠自身体力去踩的双轮脚踏车,会感觉十分自由、畅快。因此,在城市里一度出现这样的景观:上下班时,一排排壮观的自行车汇聚成洪流,彰显着健康、时尚、完美的新观念。

我正胡思乱想之际,仲威平从影集中抽出一张旧照片,说是当年自己骑自行车时的情景。我接过照片仔细端详着:

盛夏的炎热还没消散,空气中仿佛能听到知了的叫声。远天万里无云,近处树木葱郁。一条相对平坦的土路铺展在照片中,路旁是摇曳的树荫,洒下难得的清凉。

仲威平端坐在自行车上从远处缓缓骑来:一顶白色的遮阳帽端正地戴在头上,前面淡红色的装饰图案隐约可见;刘海依然乌黑、发亮,映衬得遮阳帽更加纯白;脸庞丰满、圆润,与那张北山坡的照片相差不多,眉毛是自然的弯曲状,嘴唇是天然的红色,没有施任何粉黛却愈显清丽;青绿色的小翻领短袖衬衫,双肩上是当时比较流行的肩牌,分别缝着一

第三部分 渴望的眼神

枚铜黄色的纽扣,与对襟那排纽扣的风格一样,远远望去像某个单位的制服似的;双手稳稳地握着车把手,左手腕上戴着一块黑带手表;一条深蓝色长裤很贴身,即使骑车时也能看出双腿很修长;脚上白色平底鞋一尘不染,轻踩在脚蹬上不敢有半点儿马虎;车子前轮正对着镜头,显得很圆、很大、很有力量,承载着仲威平的身体和梦想,也承载着上方那个崭新的车筐;车筐里放着黑色人造革工作包和白色的工具袋,与车铃紧紧挨着,像是随时要提醒仲威平小心骑车,注意安全。她的影子和车的影子形影不离,成为路面上的动态风景,紧紧跟随着她和车子向兰河小学前行着……

"有了新自行车,路上的风景仿佛都变美了。那么,这一路上有没

有遇到什么有趣的事呢？"我收回目光，试探着问仲威平，希望得到一些惊喜。

"如果说惊喜，还真有一个……就是不太好讲出口……"仲威平略作思忖，面带羞涩，欲言又止。

我的好奇心立刻被调动起来，怎么肯放过这个细节呢？仲威平于是红着脸讲起这件"有趣"的事。那是一个初秋的傍晚，她正骑车走在回家的路上，突然下起了冰凉的秋雨。路过一个拐弯处时，遇到一位大婶没带雨伞，单薄的衣服都快湿透了，在秋雨中瑟瑟发抖。仲威平赶紧下车，把自己的雨衣脱下来，借给大婶披上，然后让她坐到自己的车后座上，冒雨把对方送回了家。这件事过后，仲威平得了一场感冒，但学生们都在等着她上课，所以她连休息的时间都没有，第二天又照常去上班了。

过了一段时间，仲威平已经把这件事忘了。突然有一天，一位姓王的叔叔找到了仲德清，说很多人都夸仲威平好，温柔、贤惠。最后，还提到那次帮助陌生大婶的事。王叔叔之所以找父亲面谈，是相中了她的人品和性格，想给自己的儿子说媒。仲德清这才意识到，自己的二女儿已经长大成人了，如今工作基本稳定，也该谈婚论嫁了。

就这样，仲德清送走王叔叔后，又私下里托人打听。了解到对方一家四口人，两口子带着两个儿子踏踏实实地过日子。王叔叔的大儿子叫王田，比仲威平大一岁，毕业于伊春师范学校，属于在编的公办教师，除了正常的文化课水平很过硬之外，还特别擅长音乐。了解了基本情况后，仲德清还特意到王田所在的学校去"暗访"，发现这个小伙子方方正正的脸庞，一看就让人觉得踏实、放心，不是那种俊俏、轻浮的后生。

第三部分 渴望的眼神

仲德清在心里反复掂量,虽然王家为了供王田读书日子过得有些紧,但只要小伙子人品好,积极、勤奋、肯吃苦,不愁以后日子过不红火。所以,仲德清在回家的路上心里美滋滋的,基本上已经替女儿作主了。

仲威平晚上下班后听到这个消息时有些懵。按年龄来说,农村的很多同龄人都当妈妈了,所以她并没有拒婚的理由。可是按情感来说,她一门心思放在教学上,还没有做好谈婚论嫁的心理准备。父亲脸一板,立刻严肃起来,说:"你们俩年纪相当,又都是老师,有共同话题,还需要准备啥?"仲威平这才静下心来认真思考感情问题,结果按父亲提供的线索,发现王田不是别人,竟然是自己在新华小学代课时的同事。仲威平的心开始怦怦乱跳了,因为同事两个月,她对这个王田的印象很不错……

接下来的事情就显得很顺理成章、水到渠成了。王田的父亲托了媒人登门提亲,仲德清爽快地应下亲事。仲威平和王田相处了一段时间,觉得彼此很中意,爱情之花渐渐绽放出美丽和芬芳。

1990年2月14日,两个年轻人心手相连,幸福地步入了婚姻殿堂。结婚时连仪式都没有举办,两人去铁力市照相馆照了张照片,就骑自行车回了王田家,这样就算结婚了。住了一段时间,由于王家住房条件有限,而仲家哥哥、姐姐都成家单过了,家里就显得很宽绰,所以仲德清就让他们来仲家居住。这几间房子仲威平一直住到了今天。

婚姻是人生最关键的转折点之一,仲威平与王田开启了崭新的生活。每天早上,两个人同时从家里出发,王田先用自行车载仲威平一段。到了兰河小学门口,仲威平下车,王田自己再骑车到新华小学上班。晚上

下班，王田再去接仲威平一起回家。后来，王田调到离家更近一点的二屯小学，仲威平又开始了一个人的行程……

那段弯弯曲曲的乡村土路，由于多了一份牵挂，忽然变得跟以前不同了；那辆普普通通的自行车由于承载了一份爱和幸福，忽然显得比以前更重要了。幸福的自行车载着仲威平，阅尽斗转星移，看尽风花雪月，虽然辛辛苦苦、忙忙碌碌，但依然精神抖擞地转动着车轮，不知疲倦。

第三部分 渴望的眼神

5

生活即教育

"教育"来源于孟子的"得天下英才而教育之",是一种教书育人的过程,也是一种提高人的综合素质的实践活动。

当然,在古今中外的教育学界,关于"教育"的定义多种多样,可谓仁者见仁、智者见智。比如,美国的杜威提出"教育即生活";英国的斯宾塞认为"教育为未来生活之准备";中国的孔子认为"性相近也,习相远也",教育和人口、财富是立国的三大要素,知识和道德都是要靠学习培养出来的,所以他主张"有教无类"的教育思想。

仲威平觉得这些都有道理,但她最欣赏的教育理念却是陶行知先生的"生活即教育"。她坦言,自己虽然读书不多,但因为喜欢教育事业,所以一有时间就补充必需的教育理论和知识,因此对陶行知先生的事迹很了解,也特别敬仰他。

众所周知,陶行知先生是伟大的教育家、思想家、爱国者,14岁时就曾在学校的墙上挥笔写下了"我是一个中国人,应该为中国作出一些贡献来"这样的豪言壮语,抒发他满腔的爱国热情,并激励自己为祖国早日走向现代化而发奋学习。1917年从国外留学归来,26岁的

他研究西方教育思想并结合中国国情，开始了富有创意而又异常艰辛的教育生涯。陶行知特别重视农村教育，认为在农村普及教育至关重要。他不仅在理论上进行探索，又以"甘当骆驼"的精神努力践行着平民教育，提出了"生活即教育""社会即学校""教学做合一"等完整的教育理论体系，为我国教育的现代化作出了开创性的贡献。陶行知先生以赤子之忱表达的思想和实践，代表了近代中国先进文化的前进方向，被毛泽东和宋庆龄等称为"伟大的人民教育家"和"万世师表"。

"学习陶行知先生的事迹和教育思想后，我认识到自身的渺小。同样是从事教育工作，但他是世所共仰的教育家，而我只是兰河小学的一只'井底之蛙'，既才疏学浅又孤陋寡闻。"仲威平讲完这段话，不无感慨地叹息着，既有对陶行知先生高贵品格的敬仰之情，又有对自身实际状况的自怜。

我理解仲威平的心情，所以试着从自己的角度讲出内心的真实感受："继孔子之后，被尊为'万世师表'的人只有陶行知先生一位，自然是值得所有中国人学习的。不过，作为从事教育工作的后辈也不应该自卑，而是要汲取陶行知先生的教育思想，像他那样努力践行，培养有行动能力、思考能力和创造力的人。仲老师，你虽然与陶行知先生的起点不同，但'甘当骆驼'的精神是相同的，20多年坚守乡村、坚持送学，一样值得敬佩。"

仲威平自然明白我说的道理，只是一个渴望上进的人总是会以榜样的标准要求自己。她不由自主地点了点头，像是回答我的话，也像是劝慰心中那个要强的自己，接着说道："有人说，教师是太阳底下

第三部分 渴望的眼神

最光辉的职业，教育学生明辨善恶，向学生传授知识，内心要守住光明，才能担当重任。从这个层面上讲，我虽然没有陶行知先生那样高深的思想，但至少传递的都是真、善、美的力量。或许如你所说，能做陶行知先生教育理念的践行者也是我最大的幸运。"

仲威平的心绪恢复了平和，我们又继续聊着有关教育的话题。在人类文明的历史长河中，40年不过弹指一挥间，但对于我国教育发展来说，这40年的变革则具有里程碑式的意义。所以，我尤其想了解一下，仲威平作为最基层的一名教师，对改革开放40多年来中国教育的变化有哪些最切身的体会。

"是啊，这两年几乎人人都在说这40年，因为很多变化都体现在生活的细节中。那么就教育这一块来说，它的发展史也是一幅美妙的画卷，散发着生机，抒发着豪情。40年对于人的生命历程来说是漫长的，每个家庭都最少经历了两代人，所以每个人都是亲历者，都有发言权。"仲威平对这个话题很感兴趣，正如她所说，作为一个女儿、一名教师、一位妻子、一位母亲，她似乎更有发言权，因此又接着说，"我很认同一句话：'这40年是教师在一天天改变教育，反过来，教育在改变世界的同时也在成就着每一位教师。'"

仲威平顿了顿，开始从第二个"十年"说起。那时候，义务教育目标愈加明确——百年大计，教育为本。仲威平每天骑着自行车上班，沿途经过四个村庄，随处可见"人民教育人民办，办好教育为人民""再苦不能苦孩子，再穷不能穷教育"这样的标语。骑车到了兰河小学后，校园的墙壁上也是同样的标语，每位教师都跟她一样充满热情，全心全意地投入到教学工作中,很少有谁考虑个人得失。在这十年里,中国教育发生了划时代的变化,从中央到地方一心抓教育,全力推进并实现九年义务教育目标。作为乡村最普通的一线教师,仲威平耳闻目睹这些真实的变化,每一个时期的情形都历历在目,心情自然会波澜起伏。

1992年8月,作为一名民办教师,仲威平迎来了一个喜讯——国家教委等部门联合下发了《关于进一步改善和加强民办教师工作若干问题的意见》,明确提出了解决民办教师问题的"关、转、招、辞、退"五字方针,加快了解决民办教师问题的步伐。同年10月,中国共产党第十四次全国代表大会在北京召开,会议指出:"我们必须把教育摆在优先发展的战略地位,努力提高全民族的思想道德和科学文化水平,这是实现我国现代化建设的根本大计。"在中国共产党的执政史上,第一次明确提出要把教育摆在优先发展的战略地位。仲威平与全校教师一起学习十四大精神,都为时代的变化所感动,都为国家对教育事业的重视所感动。仲威平讲述这段往事的时候声音几度哽咽,她说并不仅仅是因为自己会有"转正"的机会,那只是"小我"世界的一个惊喜,她更被整个中国教育的变化激励着。如果说以前她把"转正"的事放在心底,只把教好每一天的课、教育好每一个学生当作目标,那么这一刻她的思想忽然有了些许转变。是的,她渴望能尽快"转正",不是为退休的时候有"劳保",而是希望以更名正言顺的身份勾画、参与并见证中国教育发展的美好蓝图。

"其实,那一年除了工作上的惊喜,我还有了另一个惊喜,就是

第三部分 渴望的眼神

怀上宝宝了。"仲威平面色红润,微笑着主动开启了另一个话题,说,"作为一名成年女性,尤其是每天跟学生们在一起,我特别喜欢孩子,所以一边担心有了孩子会影响工作,另一方面却又非常盼望当妈妈。"

我情不自禁为她鼓掌,一来祝贺仲威平即将升级为母亲,二来为她可以借产假的机会好好歇息一段时间而高兴,因为我一直很心疼她每日奔波。在正式与仲威平见面之前,我不仅对她的事迹进行了了解,也对铁力市的地理位置和气候做了功课。铁力市属于标准的东北气候,冬季漫长、寒冷、干燥,最低气温可达零下42度;夏季短暂、温和、多雨,最高气温将近零上37度。春夏秋冬,斗转星移,就那样风里来雨里去,如果换作是我,能否会像她一样持之以恒?扪心自问过很多次,在面对仲威平的时候,我却迟迟不敢告诉自己答案。

"我一直认为,因为那时候的生活环境和父亲的影响,我们姐妹三人都是天生的'女汉子',平时不会娇里娇气的,似乎也不懂如何撒娇。所以,怀孕后我根本没当成了不得的事,每天照常骑着自行车上下班;六一儿童节的时候,照常带领学生组织文体活动;夏天被雨水淋湿了是常事,感冒了也不敢吃药,怕对胎儿有影响;教师节的时候,照常带领学生去采野花,回去一起编成美丽的花环;冬天最难走,尤其是风雪天,我穿着厚厚的军大衣骑自行车,确实很费劲……"仲威平回忆着那个特殊的时间段,一路的艰难又要超过平常很多倍,她又说,"不过宝宝很听话,跟着我春、夏、秋、冬折腾来折腾去,没有发生过任何不适的现象。更有趣的是,直到放寒假的时候,周围很多人还不知道我怀孕的事。事后他们批评我太拼了,怎么能为了工作拿一个小生

命开玩笑呢?"

确实有些冒险,听着仲威平轻描淡写般的讲述,我的心也一直提到了嗓子眼儿。幸好,上天眷顾,一切平安。十月怀胎,一朝分娩,1993年3月25日,仲威平的儿子以洪亮的啼哭声唤醒了春分时节萌发的万物,也为这个小家庭带来了生机勃勃的希望。

望着襁褓中的儿子,仲威平喜上眉梢,轻轻抚摸他的每一寸肌肤,忍不住亲吻他的额头、他的眉眼、他的小手和小脚。然而,初为人母,她的心情既激动又复杂,一时理不清头绪。从一个女孩成为一个母亲,从心理到生理都有了很大变化,也有一些措手不及。面对新的生命,她充满了喜悦,这个生命是自己带到世界上来的,多么神奇!同时,她又有些紧张,不知道如何做一个合格的母亲,把这个小生命养大成人。

孩子满月后,仲威平原想立刻回校上班,可是大家都劝她再休息一段时间,一来要给孩子喂奶,二来她长年累月奔波也需要好好调整一下节奏,让身体恢复到最佳状态,将来才能更好地投入到工作中。仲威平望着怀里的儿子,儿子甜甜的笑容确实让她舍不得,那初为人母的幸福感与日俱增。看着儿子每天的变化,她感到自己是在创造生命的奇迹——不,应该是创造生活的奇迹!经过再三考虑,她终于接受了家人和校领导的建议,决定正式请半学期产假,自己的班级继续由代课教师帮忙管理。

1993年9月新学期开学伊始,仲威平又精神焕发地站到了三尺讲台上。学校的领导对她特别关照,担心她由于路远没法给孩子及时喂奶。但仲威平认为这都不是问题,吃不吃自己的母乳并不重要,重要的是

第三部分 渴望的眼神

自己爱孩子就够了——因此，她直接给六个月大的儿子断了母乳，改吃4.5元一袋的"大庆"牌奶粉。如今回忆起来，仲威平依然特别感动，因为母亲和婆婆都很支持她，两位老人齐心协力，轮流帮忙照看孩子。有时候赶上两位老人同时有事儿，仲威平的姐姐和妹妹也会赶过来，把照看孩子当成家里的第一大事。全家人目标非常一致——工作要紧，绝不能拖仲威平的后腿。

印象中只有一次，母亲因为孩子的事跟仲威平生气。那时孩子突然发高烧，早晨母亲想让仲威平请假，一起带孩子去医院做个检查，免得烧出肺炎等病症。可是，仲威平用额头贴了一下孩子的额头，又轻轻趴在孩子前胸听了听呼吸，感觉问题不大，就正常上班了。晚上回来的时候，孩子高烧还没有全退，母亲忍不住埋怨起来："你平时不在家可以，但孩子有病了你怎么也得带着去医院吧？"仲威平从母亲怀里赶紧接过孩子，拿出白酒想给孩子物理降温。这时，母亲又迅速把孩子从她手上接了过去，对仲威平说："你还真精神，折腾一天了也不累吗？赶紧吃饭去吧。孩子没事，我刚刚给他擦过，医院给的退烧药挺好使的……"

仲威平这才知道，母亲已经抱着孩子去过医院了。她的眼睛一热，眼泪差点儿掉了下来，她赶紧跑到厨房假装吃饭，把感动的泪水与香甜的饭菜同时咽了下去。其实，她早晨之所以那么轻松地去上班，完全是因为心中有底，知道母亲和婆婆是自己的坚强后盾，知道她们比自己更爱这个新生命。如果说她是一位有爱心的教师，那么这份爱也是源于家庭爱的教育，源于这火热生活中的点滴滋养……

"父母是最伟大的老师，真心感谢他们！那么仲老师，你又是什么时候转正的呢？"孩子的问题解决了，工作也重新步入了正轨，我又开始关心仲威平的待遇问题，毕竟当一名正式在编的教师是她一直渴望的。我真心希望她的小梦想实现之后，不要忘记最初的大梦想，并且能持续追求梦想。

"是的，我也盼望着呢。不过，文件虽然1992年就下发了，但转正需要一个漫长的过程，必须从教满10年才有资格参加转正考试。我是1988年上班的，所以到1997年才有转正机会。"仲威平谈起这个话题，眼睛顿时一亮。

于是，随着话题的展开，时间又跳跃到1997年。那一年，党的十五大报告强调，要切实把教育摆在优先发展的战略地位，把发展教育和科学作为文化建设的基础工程；那一年，国务院办公厅发出关于解决民办教师问题的通知，要求确保到二十世纪末"基本解决民办教师问题"目标的实现；那一年，仲威平正式报名参加"民办转公办"考试。当时，整个伊春市报名的有几百人，最终只能入选20名，竞争蛮大的。但是她的心态比较好，之前又做了充分的准备，考场上发挥也很正常，结果成功入围。当学校通知仲威平去伊春师范学校进修的时候，她再也无法平静下来，禁不住热泪盈眶——学生时代就向往的高等学府终于向她敞开了大门……

听到这里，我的眼睛也湿润了。从小学五年级时播下梦的种子，到初一时生根，到高考时努力发芽，到当代课教师时破土而出，再到如今圆梦伊春师范学校——那颗种子已经一步步长成强壮的小苗，即

第三部分 渴望的眼神

将成为含苞待放的花朵了！这是仲威平追梦的过程，又何尝不是其他人的追梦之旅呢？坚持就会有机会，仲威平用实际行动证明了这句话，所以她收获了圆梦时的喜悦。而有些人因为种种原因没有坚持下来，最终也就错失了成功的机会。梦想的力量有多大？从梦开始的地方来，再到梦开始的地方去，仲威平的笑容始终如一。

"父亲知道后一定也非常高兴吧？还记得他怎么说的吗？"我一直认为，仲威平的成长受父亲的影响特别大，所以她圆梦的这一刻，父亲应该以一种隆重的方式出场才对。

"那时候家里还没安装电话，所以只好等到星期天，我才骑着自行车匆匆赶去给父亲报信。父亲那天真的笑得特别开心，从我记事以来，他所有的笑容加在一起也没有那天的多。"仲威平回忆着父亲的音容笑貌，幸福在嘴角微微泛起涟漪，"他从来都是话语不多，特别容易记住。那天，他一个劲儿地说'听党的话，好好干'。然后，只是瞅着我笑，就像是他自己转正了似的。我也是那一刻才发现，原来父亲挺爱我们的，有时候竟然像个孩子般可爱。"

1997年是牛年，是父亲的本命年。可是谁也没想到，那年的10月6日，仲德清因病医治无效，在他工作的地方——工农乡敬老院走完了生命的最后一程。

仲威平说，去世前很长一段时间他的身体就已经很不好，医生建议他卧床休养，可是他放不下工作，一直带病坚守在工作岗位上。家人们非常悲伤，可仲德清望着4个长大成人的子女，却很欣慰，临终只留下一句话："做什么事都要脚踏实地，听党的话没错！"仲威平

把父亲的话当成座右铭,一刻也不敢忘记。虽然父亲不能再"监督"他们了,但他"严、实、正、韧"的作风已成为仲家的家风家训,时刻教育着后代,做一个跟他一样的人……

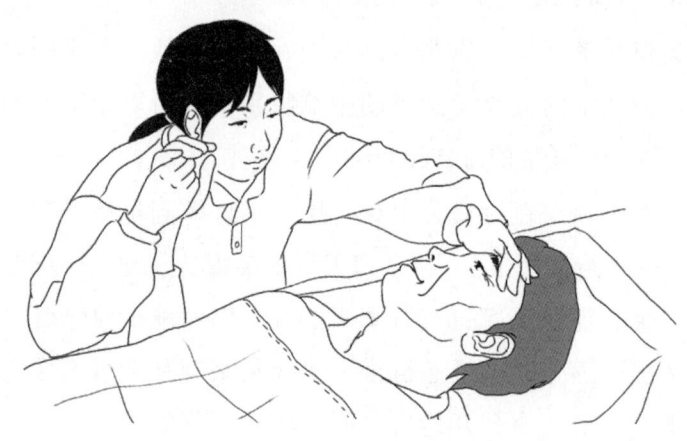

听到这里,我迅速在笔记本上写下"生活=教育"这个等式。

自改革开放以来,中国发生了翻天覆地的变化,教育有了飞速发展。而无论如何变化,教师都跟普通人一样,真实地"生活"在现实之中,真实地感受着其中的苦辣酸甜。他们中的很多人跟仲威平一样,一面接受着良好的教育,一面潜移默化地教育着他人。因此,一起向"生活"致敬吧,因为它才是一所真正的大学,能教会我们太多太多书本上学不到的东西。

第四部分
大手牵小手的暖

1

一人一校

  1998年初，为了优化农村教育资源配置，全面提高教育投资效益和教育质量，促进农村基础教育事业健康可持续发展，铁力市根据相关规定，决定摒弃"村村办学"的方式，对临近的学校进行撤并。

  首先，需要分析一下撤并的背景，这可以概括为"一少、一多、一高"。"一少"是指农村生源少了，"一多"是指很多孩子跟打工的父母到城里去了，"一高"是指家庭条件好一些的孩子直接转学到城里去了。兰河村作为工农乡最远的村庄，近几年虽然翻盖了砖瓦教室，但与邻村学校相比，整体环境还是很差。再加上学生越来越少，村里村外的人经常称这里为"教学点"，很少有人再称它为"学校"。外面的教师得知这里的情况后，更没有愿意来此任教的。这样一来，教学质量与其他学校相比自然也有些逊色。

  其次，要介绍一下撤并的办法。当时工农乡的实际情况是，已经由早年的12村子合并成了10个自然村。撤并的具体方案是，根据地理位置把这些村子分成东片和西片两部分，其中兰河村、新华村、新一村、二屯村属于西片，统一撤并到二屯村（因为二屯村学校的条件和整体环

第四部分 大手牵小手的暖

境比较好）。

消息一传开,有人欢喜有人忧,仲威平则是喜忧参半。喜的是,教育资源的整合会使学校的教学氛围更浓一些,师资更完备一些,对学生们的学习更有利。同时,二屯村位于兰河村与新一村的中间,也就是说,她上下班至少能减少一半路程。可是,喜悦还没在脸上绽放出花朵,忧虑就接踵而来——她上班的路程缩短5公里,可兰河村的孩子们上学就要多走5公里,每天往返就是10公里。那么小的孩子每天都要走这么远的路,家长有时间接送的自然不用担心,可是那些家长不能接送的孩子怎么办呢?

仲威平觉得撤并兰河小学似乎不太合适。爱人王田不同意她的观点,他劝仲威平别想太多了,凡事不能两全,为了大多数孩子能接受更好的教育,合并还是正确的决定。所以,他希望仲威平调整好心情,高高兴兴地投入到新的工作环境中,与他同在二屯小学任教,每天一起上下班也有个照应,同时还能节省时间多照顾照顾儿子。仲威平沉默了,因为儿子是她的软肋,作为母亲,她多么希望每天都能陪在儿子身边,爱他、呵护他、教育他,参与他的每一步成长啊!

晚上,把儿子哄睡了以后,仲威平躺在炕上,辗转反侧,心绪难平。学校至少有8个家长不能接送的学生,一旦撤并,他们将无法一同转学,那么最终的结果——只有辍学。仲威平双眼瞪着天花板,在黑暗中思考着对策。后来,不知道是她眼睛瞪酸了还是心里感到酸楚,两滴泪水不知不觉地滑落了下来。蓦地,她想起了一句话:"教师是世界上最孤独的职业,每带出一届学生就会经历一次离别,并在鲜活的年轻人中迎来自己的苍老。"仲威平回想起到兰河村这10年，相继送走了几批毕业生，每次送别虽然也会难过，但更多的是欣慰和期待，因为孩子们都正常毕业了、长大了。可是面对如今这种"离别"，她还没有做好心理准备，不仅要跟兰河小学告别，还要跟那8个孩子说"再见"——对于仲威平来说，这无疑是一件残酷的事情。

眼泪无声，心曲有声。天花板仿佛一面动态屏幕，次第上演着她与孩子们在一起的故事。尤其是那8个孩子的脸庞总是以特写的镜头出现，一次又一次不厌其烦，一下又一下揪着她的心。那些孩子尚年少无知，还需要有人对他们谆谆教导，不仅是文化课的传授，还有做人、做事的指引。或许王田说的有道理，为了大多数孩子能够得到更好的教育，撤并是一个好的选择。可是，这8个孩子也有受教育的权利啊！

思前想后，一夜难眠。她望着身边熟睡的儿子，心里牵挂着自己的学生，忽然有种"手心手背都是肉，放下哪边都难过"的心痛之感。第二天早上，她心事重重地骑上自行车，早早地来到学校，打量着教室里的一桌一椅，眼圈又红了。她赶紧拿起扫帚和抹布，认真地打扫着教室的每一个角落，那几张破旧的桌子，那几把老旧的椅子，此刻忽然像老古董般美好。她忍不住自言自语道："这个座位的孩子可调皮了，但是脑瓜最聪明，数学成绩一直很不错；那个座位的孩子身世挺可怜的，如果不读书，将来怎么办呢？靠窗子的小丫头最文静，画的画栩栩如生，如果好好培养一下，没准将来能考上美术学院……"

"仲老师！"

"老师早！"

第四部分 大手牵小手的暖

"老师好!"

"老师,刚才是您在叫我的名字吗?"

仲威平正沉浸在浓浓的离愁别绪之际,突然教室的木门开了,几个孩子冲了进来,围着她叽叽喳喳地说个不停。北方二月末的气温还很低,孩子们的小脸冻得红彤彤的,可是眼神中对上学的渴望——丝毫也没有变冷、变淡。

五年级的宫雪是孩子们中的大姐姐,也是这个班的班长。她用一双明亮的眼睛定定地瞅着仲威平,嘴唇哆嗦了几下,最终还是怯生生地问道:"我爸说看到您来学校了,所以我们就赶紧跑来了……老师,咱们学校真的要撤并了吗?如果那样的话,我们几个……就……就上不了学了……"

121

仲威平难过极了。面前站着个头参差不齐的8个孩子，他们用16只眼睛盯着她，令她有些紧张，也有些愧疚。昨晚担心的问题此刻就摆在面前，天花板上的"电影特写"此刻就活生生地上演着——她，该如何拯救这8颗脆弱的心灵？

"仲老师，您告诉我，这不是真的……"三年级的单井艳说，一脸可怜兮兮的样子。

"仲老师，我们想上学，可是我的腿……走不了那么远的路……"从小患有小儿麻痹症的孙雷，刚刚读二年级，自己走不了远路，家里也没有人接送。

"仲老师，您别走好吗？我们想上学！"宋慧杰已经读四年级了，可是从小身体残疾，母亲又患有癫痫，所以她不能到外校读书。

"仲老师，您别走好吗？"

"仲老师……仲老师，您不能不管我们……"见仲威平一直沉默不语，8个孩子就同时拉住了她的衣襟，边流泪边哀求着，说："我们想上学，求求您了，不要抛弃我们好吗？"

"抛弃"这个词像一块石头般砸下来，落到仲威平的心坎上，发出"咕咚"一声闷响，震得她身体摇摇晃晃险些摔倒。当初她选择了当教师，选择了与兰河村的孩子们在一起，从某种意义上说，就是选择了一种师生间的承诺、一种教书育人的态度。而如今，孩子们还没有小学毕业，而她竟然先"毁约"了，那么她"抛弃"的何止是8个孩子呢？

"放心吧，我留下来！只要有一个孩子在，老师就不走。"仲威平张开双臂与8个孩子紧紧抱成一团，面对这些被她视如己出的孩子，她

第四部分 大手牵小手的暖

无论如何也做不到"抛弃"。

孩子们终于破涕为笑了。而仲威平接下来的任务是向有关领导申请，同时说服自己的家人。中间经过了多少曲折，仲威平笑而不谈，她只是告诉我最终的结果——在她的坚持下，兰河小学保住了，1998年3月1日，被正式称为"教学点"。从此，仲威平开始了"一人一校"式的复式教学。

"一人一校？你考虑过这样做的后果吗？"我低声惊呼，不敢相信又不得不相信，因为眼前的她已经坚守了多年，至于什么样的"后果"她早就领教过了。

仲威平笑着解释，其实最初的一段时间还有一名校工，协助她处理校务。后来没过多久，这名校工也调到条件更好的学校去了。从此，她开始了真正的"一人一校"生涯——班主任、6门课程的课任老师、校工，全校工作由她一个人负责。

"8个孩子，都是几年级的，如何分配时间呢？"我开始帮着她计算。

"说实话，这8个孩子的班次有些复杂，确实需要投入很大精力。颜繁宇和狄方琪刚刚5岁，家庭都很贫困，不能到外校读书，只好把他俩编入学前班。苍海、孙立冬、孙雷都是二年级，相对好管理一些。单井艳自己读三年级，宋慧杰自己读四年级，宫雪自己读五年级。"时隔这么久，仲威平对这批孩子依然难忘，对每个孩子的名字、家庭基本情况、个人身体状况都记忆犹新，"8个孩子分5个年级，你算一算吧，所有科目累积起来估计需要用计算器了吧？我自己真没算过，反正适应了，每天上完这节上那节，日子过得很充实。"

说完，仲威平又递给我一张老照片：依然是那间简陋的教室，高矮分明的 8 个学生坐在 4 张桌子后边。仲老师手里拿着一支教鞭，正指着黑板上工整的板书。很明显，这堂课是二年级语文、三年级语文、四年级数学、五年级数学和学前班算术。这一刻，我突然有种奇思妙想，或许仲威平是位魔术师，正在用手中的魔术棒表演，5 个年级的 10 门课程就是精彩的节目，呈现给孩子们的则是知识与收获。

于是，我放弃了计算的冲动。或许，单纯的课程能计算出来，但仲威平对孩子们生活上的关心、精神上的指引和心灵上的教育又如何能算得清呢？正如她每天上下班要走 20 公里一样，按一年 180 个工作日计算，每年至少要走 3600 公里路，24 年下来差不多就有 8 万多公里。然而，这只是一个数据，数据背后的情感、心血和汗水又如何去计算呢？

"计算啥，不用计算，我就是舍不得这些孩子。可是，人生总是有得有失，这边保住了 8 个孩子的学习，那边就等于放弃了陪伴我儿子的成长。记得 3 月 1 日那天临出门前，我儿子拦在我前面，说什么也不让

第四部分 大手牵小手的暖

我推自行车。我一个劲儿地说好话哄他,可是小家伙腮帮子气得鼓鼓的,最后吐出一句话:'哪有妈妈离开孩子的?那都不是好妈妈。'"仲威平说到这里,眼圈一红,眼泪险些掉下来,她赶紧用力眨了几下眼睛,等止住了眼泪之后继续说,"这是我对儿子的亏欠,不能像其他妈妈那样参与儿子的成长,确实是我最大的遗憾。可是,如果只当他的好妈妈,就会有更多的孩子失学……究竟什么算好?什么算不好?面对才5岁的儿子的责备,我真的说不清了……"

是啊,生活中的很多事情不用说清楚。比如,仲威平艰难的选择和坚守,她夏日里的挥汗如雨,她冬日里的顶风冒雪,似乎用什么语言来形容都显得苍白、无力。此刻,我只想说清楚一件事——

1998年,小兴安岭南麓冰消雪融之际,仲威平放弃调转工作的机会,选择继续坚守在兰河村。一扇教育之门重新开启,推开这扇门,满是阳光和鲜花,那是仲威平给孩子们带来的自信、快乐和希望。

② 那面五星红旗

由于从小生长在五星红旗下,又伴随着父亲所讲的红色故事成长,因而仲威平早早就遗传了红色基因,在她的内心深处有着深深的爱国主义情怀。她始终认为,学校教育要有一门必修课,那就是爱国主义教育。学校和教师有责任通过爱国主义教育,在学生心中播下爱国的种子,使之生根发芽、开花结果,培养学生的爱国之情、强国之志和报国之行。

虽然在小山村任教,视野不那么开阔,但仲威平有种非常理性的认识:爱国主义需要仪式感,需要一个循序渐进的过程,需要时间和耐心。如今,兰河小学变成了教学点,不能像乡中心校那样每周升国旗、奏国歌了,可是这种仪式感不能缺失,对国旗的敬畏和敬爱之情不能缺失。因此,仲威平就给教育局领导打电话,申请在兰河教学点升挂一面国旗。教育局同意了她的申请,同时对旗杆的高度、国旗升挂的方式和国旗的维护等提出了具体的要求。

仲威平激动不已,放下电话就开始考虑下一步该怎么做。国旗可以到市里去买,可是旗杆怎么办?教学点的经费有限,购置正规的旗杆是不可能的,仲威平只能自己想办法。午休的时候,她匆匆赶到了村支书家——当时的村支书正好是孙德利的父亲,而孙德利作为仲威平的第一

第四部分 大手牵小手的暖

批学生,此时就读于铁力市重点高中,正紧张地准备高考。了解了仲威平的来意后,村支书认为这是正事、好事,村委会必须无条件支持。当天下午,村支书与村班子成员碰了头,然后就带人来到北山坡,按旗杆高度和粗细标准砍了一棵最适合的小白杨树。接下来,又按照仲威平的要求,将小白杨树进行了认真"修理",修剪掉所有的枝枝杈杈,只剩下笔直的细长树干。

星期天的早上,仲威平骑着自行车赶到市里,用自己的工资买了一面标准的国旗,小心翼翼地叠好放在车筐里,然后兴冲冲地往兰河村赶。到了兰河教学点,仲威平先把国旗牢牢地固定在旗杆的一端——由于条件太有限,升、降国旗都不方便,仲威平只能退而求其次,在国旗不破损的前提下,尽量让它悬挂更久的时间。

接下来,就要选择一个最醒目的位置竖立国旗。当时学校的环境虽然比 10 多年前有所改善,土坯房变成了红砖平房,但其他值得一提的东西,似乎只有那个老旧的篮球架了。而篮球架也只能投篮,学校前前后后面积也不大,并没有足够的地方可以称为"操场"。仲威平在教室外来回踱着步子,看来看去,最后发现五间连排教室的正中央位置,算是全校唯一"醒目而庄重"的地方了。于是,她当机立断,在村支书和村民的帮助下,把国旗稳稳地竖在了这个位置。当 4 米多高的白杨树干将鲜红的国旗托举到空中时,仲威平觉得兰河教学点的天空更蓝了。

第二天是星期一,仲威平比平时来得更早。她先把教室前的空地清扫干净,计划作为今后的"操场"。然后,又把旗杆底部加固了一下,免得风大的时候摇晃得厉害。接着,她就站在旗杆下,静静地望着校门的方向,等待着孩子们的到来。其实,所谓的"校门"并没有传统意义上的水泥石柱和高大的门脸，甚至连一个木头门也没有，那只是一条乡间小路的转角而已。仲威平每天都跟孩子们一样，从村子东头的大路向南转弯，然后径直走大概200多米，向右一转，就能看到五间红砖平房，最右边那间就是仲威平的办公室，门旁边钉着一块白漆黑字的木牌，上面写着学校的名字。仲威平说，以前那块牌子上写着"铁力市兰河小学校"，撤并后改成"兰河小学"4个字了。

"哇！国旗！"

伴随着一阵惊呼声，孩子们的身影出现在"校门"口，他们不约而同地注视着那面迎风飘扬的国旗。仲威平欣慰地笑了，这是她期待的第一个镜头——孩子们对国旗的敬爱，这是完全自发的。

接着，她把孩子们叫到旗杆下进行第二个环节——向国旗敬礼。仲威平仰着头，首先指着那面鲜红的五星红旗，声音有些颤抖地给孩子们解说："中华人民共和国国旗是中华人民共和国的象征和标志。升挂国旗时，可以举行升旗仪式。举行升旗仪式时，在国旗升起的过程中，参加者应当面向国旗肃立、致敬，并可以奏国歌或者唱国歌。咱们虽然不能每周都举行升旗仪式，但可以每天站在旗杆下，对国旗行举手礼和注目礼。"

说完，仲威平先站到前面，端端正正地给孩子们做示范：敬礼时，上身要正直，左手下垂紧贴裤缝，右手迅速抬起，五指并拢自然伸直，中指指尖靠右眉或轻轻贴到太阳穴，掌心向下略外张，手腕不能弯曲，大约与大臂平行。在整个过程中，目光要一直注视着国旗，不能东张西望。孩子们学得很认真，很快就做得有模有样。于是，仲威平让孩子们统一站到国旗的一侧，一起仰头凝视那鲜艳的红色，同时举起右手向国旗致

第四部分 大手牵小手的暖

敬。那一刻,由于年龄不同、身体状况不同,孩子们的站姿也许不是最标准的,但他们的内心是无比忠诚的。

"唯一遗憾的是,当时村里照相还是很困难,所以第一次升旗时没有留下记录,但孩子们敬礼的样子真的很令我感动。"仲威平一边描述,一边从影集中抽出一张老照片,说,"你看看这张照片,应该就能想象出当初的情景了。虽然这一届学生少,但大家对国旗的敬重之情是一样的。"

我郑重地接过照片,庄严的画面令人肃然起敬:照片是竖版的,房顶是一道自然的中界线,将整个照片分为上、下两部分。上半部分,以蔚蓝的天空为背景,映衬着一面随风飘扬的五星红旗和一部分旗杆;下

半部分，以红砖灰瓦的教室为背景，映衬着旗杆下的师生。7个学生分成两排，4个稍微大一些的孩子与身着黑衣的仲威平站在后排，3个学龄前的孩子站在第一排。师生8人都庄严地举着右手，抬头仰望着上方的国旗。虽然没有国歌那种振奋人心的旋律，但我仿佛听到孩子们正用稚嫩的童音演唱着雄壮的国歌："起来！起来！起来！我们万众一心，冒着敌人的炮火，前进、前进、前进进。"

仲威平听我这么一说，立刻频频点头说："是的是的，孩子们确实是在演唱。而且，这是我教他们的第一首歌，也是我们师生合唱得最好的一首。虽然我不擅长唱歌，但我真心希望孩子们会唱。"

举行完敬礼仪式，正好到了上课时间，仲威平又把孩子们领进教室，开始一天的授课。孩子们坐好后，不约而同地发出一声惊呼："国旗！"原来，今天黑板上的内容跟平常不同，不是划分为5个年级的版块，而是划分为3个版块：以中间的五星红旗为中心，左侧写着"国旗知识"4个黄色大字，右侧工整地书写着有关中国国旗的常识：

国旗设计者：曾联松；

红色含义：象征革命；

黄色含义：既象征红色大地上呈现光明，又象征中国人为黄种人之意；

大星含义：代表中国共产党；

小星含义：代表工人、农民、知识分子和民族资产阶级，四颗小星环拱于大星之右，并各有一个角尖正对大星的中心点，象征中国人民大

第四部分 大手牵小手的暖

团结和人民对党的拥护;

重要历史:1949 年 10 月 1 日,第一面国旗由毛泽东主席在天安门广场首次升起。

仲威平神色凝重,由一次升旗的仪式感联想到了"爱国主义教育"大课题。1994 年,中宣部发布《爱国主义教育实施纲要》,阐明了开展爱国主义教育的重要意义;1996 年,中央作出加强青少年爱国主义教育的指示。她很欣喜能看到这些教育方针,也想力所能及地实施,对自己的学生进行必要的指引。所以,她选择在国旗升挂起来之后,给全体学生上一堂公开大课——以美术课为载体,学画国旗,了解国旗知识,加深爱国主义情怀。

"你自己很喜欢画画吗?能不能找一幅作品让我欣赏一下。"我也受到强烈的感染,可惜无法穿越到那个时候,身临其境地感受一下课堂的氛围。不过我也很好奇,仲威平是如何教美术课的呢?

"我画画得不好,不过国旗可以用数学的方法画。各种学科之间是相通的,或者说艺术是相通的,这句话真的很有道理。"仲威平轻松地笑了笑,接着说,"我竟然从中品出一丝小小的骄傲之情,当然不是因为自己的才艺,而是为能教孩子们画国旗而自豪。"

"厉害!那你快说说,怎么用数学的方法画国旗?"我有些迫不及待了。

仲威平不再卖关子,开始耐心地讲解起来,听起来果然简单、明了。原来,她事先通过查阅资料,知道国旗长与高的比例是 3∶2,而 5 颗星的整体结构面积占整面旗的 1/4。掌握了这 2 个基本数据，就很容易设计出国旗的大致轮廓了。最关键的环节是在左上角的 1/4 处画星，而画星的关键是找圆心。

孩子们望着黑板上的国旗，不知道怎样把星画到正确的位置上。仲威平告诉了他们一个窍门：把左上角的小长方形用直尺分成长 15 等分、高 10 等分就得到 150 个小正方形，大星的圆心就在这个长方形上 5 下 5、左 5 右 10 的交叉点上。以此类推，仲威平耐心地指导孩子们把其他 4 颗小星的位置也找到了。

之后是勾画五角星的细节。这里虽有窍门，但由于是第一次画，有的孩子还不太会使用圆规，所以最终画得也不太规范。不过有一点，孩子们在仲威平的指导下都做得一丝不苟：5 颗星都有一个角尖朝向上方；4 颗小五角星各有一个角尖，正对大五角星的中心点。仲威平告诉孩子们，这种设计表示亿万人民心向伟大的中国共产党，就像众星拱月一样。

"如今 20 多年过去了，孩子们包括村民对升挂国旗这件事的看法如何？"我在笔记本上用数学方法画了一面简单的国旗，然后又紧追不舍，向仲威平提出另外的问题。

"孩子们肯定是特别欢迎，村民们的也是赞同的。我一直认为，教育事业的最终目的是培养孩子长大成为对社会有用的人。即使不一定每个孩子都成才，但最起码要懂得做人的道理。我给你举一个例子，这个学生受国旗影响就比较大。"仲威平边说边站起身，到柜子里找来一个红色塑料皮的日记本，随着她的翻动，我发现里面的纸已经有些泛黄了。

"这张画就是我的学生画的。你看这面国旗，虽然他家里困难没有

第四部分 大手牵小手的暖

彩笔，无法涂成鲜艳的红色，但我知道，国旗已经印在他的心里了，而且永远是鲜红、明丽、动人的。"仲威平说着，从日记本中找出一张白纸，然后平铺在桌面上，希望能让我看得更清楚些。

是的，我已经看得非常清楚了，这是一张普通的稿纸，比现在的纸既薄又小。虽然仲威平小心翼翼地把它夹在日记本里，一来为了珍藏，二来也为了避免破损，但随着时间的流逝，它还是不可避免地泛黄了，纸张的边缘也有几处破损。中间反复折叠的印痕依然还在，不过，这并不影响整幅图画的观赏性。而且，第一眼就可以看出来，这幅画的整体布局完美地表现了仲威平的"数学美术法"：

一栋长方体教室，一个等腰梯形的房顶，一面长方形的房身。两扇长方形的门，右侧中间部位各有一个小正圆形的门锁。两扇正方形的格子窗，各自又分出均等的四个小正方形窗棂。房子的右侧，一根笔直的圆柱形旗杆上，在高出房顶的位置飘扬着一面长方形国旗，星星大小和位置虽然不标准，但整体意境已经完全衬托出来了。房子前面靠左侧的位置，长着一棵茂密的大树，树干是敦实的、长方形的，树杈是三个虚拟的三角形，树冠是三个舒展的扇形。大树的右侧，是很工整的铅笔字："祝老师节日快乐！永远和我们在一起！"右下角的落款，只有署名"吕雪松"，没有画画的时间。

我把"吕雪松"三个字记了下来，希望找机会再多了解一下这个孩子。此刻，关于"国旗课"的访谈对我也是一种爱国主义教育。于是，我自然而然地想起一段文字："世界上有许多美好的地方。但是，那里有黄山么？有黄河么？有长江么？有长城么？……既然这些都没有，那么，祖国就是一个不可替代的地方。"这是著名作家路遥的诗作，当年曾激

起无数人的爱国主义情愫，激励着一代又一代人不懈奋斗。

仲威平虽不是作家，但也以"一阵温柔的波浪"使爱国基因扎根在学生心中，使他们一听到"国旗"二字，"眼里便闪现一片晶莹的泪花，血管里便沸腾着一股股热血"。或许，她就是兰河小学的一面旗，是学生心中永远飘扬的旗！

3

呼兰河畔

我最早知道呼兰河的名字，是缘于萧红创作的长篇小说《呼兰河传》。该小说以萧红自己的童年生活为线索，把孤独的童话故事串起来，形象地反映出呼兰这座小城当年的社会风貌、人情百态。所以在结识仲威平以后，听说她所在的村庄叫兰河村，村子西南果然有一条呼兰河时，我顿时对那里充满了神奇的向往。虽然知道，萧红书中描写的"呼兰河"并不是指那条流动的呼兰河，而是指该河河口的呼兰区，但是我依然执拗地认为——它们就是一回事。

仲威平笑了笑，说村里人可能只知道呼兰河而不知道萧红是谁。我有些惊讶，萧红就是黑龙江人啊，是"民国四大才女"之一，被誉为"20世纪30年代的文学洛神"，当地人怎么可能不知道？旋即又有些释然，这里是偏远的山村，孩子们上学都是一件难事，所以不知道萧红也不奇怪。于是，我们没有再聊萧红和那本书，而是把全部注意力都投入到仲威平的兰河小学，还有那些孩子们身上。

仲威平说她非常喜欢这条河，每次站在流淌的河水旁，总是想起那个北山坡，然后联想到那句"山不在高，有仙则名；水不在深，有龙则灵"。北山坡上有没有"仙",仲威平没有探究过,也没听村里人说起过。学校没有撤并的时候,她跟同事们有空会常去转转,大家有说有笑的也不害怕。可是变成"一人一校"之后,只有她一个人还在坚守,确实感觉很孤单,因此几乎不再上山了。后来,几个大孩子越长越高,春风轻轻拂来的时候,仲威平实在按捺不住对春天的向往,就利用午休时间跟他们到山脚下采点野菜,摘一些野花,然后嘻嘻哈哈地一路说笑着回到学校,捡几个瓶瓶罐罐放进去,教室里瞬间变得美丽了许多。对于那座无名小山,至今她只登上过这面山坡,从未尝试到那边看看。有句话说,山的那边是海,但仲威平知道,这座山的那边肯定不是海。究竟是什么?她不想去探究,登山只是为了充实生活,她可不想带着孩子们去冒险。

  可是反过来,对呼兰河的感情就不同了。或许每个人心中都有一片海吧,有没有"龙"不重要,重要的是"海"象征着诗和远方。从小生长在偏远的山村,仲威平同样向往大海,期待有朝一日能踩在沙滩上,那样面对蔚蓝大海的心情一定是辽阔的、高远的、明澈的、通透的、豁达的。只是她不知道,这个看海的愿望会不会有实现的一天?无论是否实现,她都不纠结,因为她暂时把呼兰河当成了那片海。遇到天晴少风的好日子,她经常腾出一些午休时间,独自到河边静坐一会儿,有时候想想远方,有时候什么也不想,就那样放空自己。天长日久,这变成了她缓解压力的有效方式,无论有什么烦恼,似乎都会被流淌的河水荡涤干净。

  由于呼兰河与学校之间有一段距离,中间又被树林等障碍物阻挡,所以平时在学校看不到这条河。孩子们有的行动不便,有的因为家长担

第四部分 大手牵小手的暖

心危险也不带他们到河边去,所以,很多孩子对这条河都很向往。有一年的儿童节,天气特别晴朗,一点儿风也没有。仲威平一遍一遍地看着天气,再看看孩子们期待的眼神,反复考虑是否要冒险,带孩子们到河边过一个不一样的儿童节。最后,她实在克制不住自己,家门前的风景应该让孩子们领略一下,所以下定决心——集体去"看海"。得知这个喜讯,孩子们甭提有多高兴了,一个劲儿地向仲威平保证会注意安全,谁都听话不乱跑。就这样,仲威平带上一些必要的工具,组织孩子们手拉手一起到河边去玩。

到了河边,她先找来一根树枝,在河滩上划出一道深深的界线,告诉孩子们必须提高安全意识,所有人只能跟她在界线这边的安全区域,任何人不能私自过界。孩子们异口同声答应了。仲威平略略松了口气,这才带领孩子们进入到游戏环节。她先教孩子们在河滩上堆城堡,又一

起玩老鹰捉小鸡和丢手绢,还玩沙滩跳房子。虽然孩子们的脚丫子上沾满了沙子,但谁也不在意脏不脏,尽情地释放着天性,逗得仲威平也跟孩子一样高兴。

后来,孩子们玩得有些累了,仲威平就让他们围成圈坐好,然后进入击鼓传花环节——鼓声停止,拿到花的人说一个与呼兰河有关的比喻句,说不出来的就罚唱歌。孩子们发出一阵欢呼,认为比喻句很容易,一个个跃跃欲试。仲威平也坐在河滩上,看着孩子们活泼的样子,心情异常愉悦。

"那一刻我忽然发现,这些小家伙都很机灵,个个出口成章。有的说,春天的河水是温柔的,就像妈妈的手抚摸我的脸;有的说,春天的呼兰河是欢快的,就像调皮的小伙伴在唱歌;有的说,清亮的呼兰河就像一面大镜子,照出太阳七彩的光芒;有的说,呼兰河弯弯曲曲像一条蓝色的丝带。就数苍海最有趣了,说呼兰河像大海,他就是海里的一条不听话的鱼,结果逗得孩子们哄堂大笑……"时间过去这么久了,仲威平依然记得孩子们的"比喻句",可见这条河跟这些孩子在她心中的分量有多重。

"或许这种形式跟作家采风相类似,孩子们身临其境感受到风景的美好、与小伙伴在一起的快乐,那么对生活才会发自内心地热爱。"我真心为这样的活动点赞,同时更向往那条像大海一样的呼兰河。

由此,我想起一本绘本故事《我想去看海》,讲的是小鸡卡梅拉不愿意重复下蛋的日子,在一只鸬鹚佩罗的指引下,在心中种下了看海的种子,经历很多挫折后,终于看到了梦寐以求的大海。同时,在这个过

第四部分 大手牵小手的暖

程中它也长大、成熟了,还赢得了事业和爱情的双丰收。或许从某种意义上讲,仲威平就是故事中的鸬鹚佩罗,她以导师的身份传授知识,也播种梦想。有的孩子资质平平,但在这种教育下,掌握了生存的技能,于是在平凡中幸福地度过一生;而有的孩子由于在仲威平这里得到了正确的引导,开阔了人生视野,种下了远大的梦想,那么总有一天会走到成功的彼岸。所以我认为,梦想很重要,但引导我们种下梦想并勇于追梦的导师更伟大。

"听你这样一说,我觉得挺有道理的。比如孙雷,虽然从小腿脚残疾,行动不方便,但性格特别开朗,眼神里有一股不服输的劲头。虽然我不敢自称导师……但他可能就是故事中那只不平凡的卡梅拉!"仲威平被故事打动了,眼前一亮,开始对号入座,讲起学生孙雷。

孙雷当时是二年级的学生,家里一共4口人,妹妹叫孙丽雪,也是仲威平教过的学生。他成绩非常好,可惜家庭很贫困,无法到外校读书。兰河教学点保留下来后,孙雷比谁都高兴,因为他特别喜欢读书,既聪明又勤奋,每节课都很认真地听讲,还积极、主动举手发言。仲威平也很愿意提问他,希望提升他的自信心。这孩子也特别争气,每张试卷都工工整整,而且轻易不丢分。每次遇到下雨天或下雪天,孙雷走路回家很吃力,仲威平都会骑自行车先把他送回家,以免他在路上摔伤耽误上学。在潜意识里,仲威平总想多关心孙雷,鼓励他向那些身残志坚的名人学习,将来也做一个自食其力的人。而孙雷确实很争气,小学毕业后又坚持读完了初中、高中,最终考取了江西省的医科大学。更可喜的是,考上大学后孙雷也积极进取,毕业后留在了母校。虽然孙雷小时候没说过"想去看海",但在仲威平的培养和指引下,早就在心中播下了梦想的种子，并通过自己的不懈努力，最终实现了由小村庄到大城市的跨越，人生也由此而变得丰富多彩。

"真心替孙雷谢谢你，也祝福孙雷的未来越来越好！接下来，我很想了解一下苍海，因为他的名字很'霸气'。"我又在笔记本上写下苍海的名字。这个名字起得很有文化底蕴，容易让人联想到元稹的诗句"战龙苍海外，平地血浮船"，还有曹操的"东临碣石，以观沧海"。对了，还有一句歌词："沧海一声笑，滔滔两岸潮。"那么，仲威平的这个学生又有怎样的故事呢？

仲威平点了点头，随即又摇了摇头，一副百感交集的样子。其实，苍海原本不是兰河村人，他的母亲是聋哑人，以前带着苍海在外地生活。等他长到13岁的时候，由于生活贫困，父亲只能常年在外地打工，聋哑的母亲无法照顾苍海，所以就搬到兰河村姥姥家了。

最初的一段时间，仲威平并不认识这孩子，只是发现每天上课的时候都有一个男孩趴在窗户上往教室里看，有时候趁仲威平不注意，就悄悄地向孩子们使眼色，"诱惑"孩子们出去玩。有一次，仲威平发现这个情况后，立刻走出教室询问，苍海吞吞吐吐地讲了自己的情况，担心被批评，一个劲儿地承诺以后再也不敢了。谁料仲威平并没有责备他，反而关切地问他是否愿意来上学？苍海愣了好一会儿，然后挠了挠脑袋回答："家里没钱，上不起学。"仲威平说："钱不是问题，只要你想上学，那明天就来吧，老师帮你准备学习用品。"苍海不敢相信这是真事，用力揉着眼睛，傻傻地看着仲威平，仲威平又重复了一遍，然后叮嘱他明天准时来上课。苍海这才如梦方醒，激动地跑回家告诉姥姥去了。

第二天早上，所有的孩子都来了也不见苍海出现。仲威平忍不住走

第四部分 大手牵小手的暖

出教室，发现苍海躲在远远的墙角处，眼神里有期待，也有胆怯。仲威平赶紧走过去，拉着他的手一起回到教室，并把前一天晚上准备好的书包和文具递给他。苍海一天学也没上过，家长也没有能力指导，所以，虽然个子高高的，但还是零基础，要坐在学龄前的区域，先跟小弟弟、小妹妹一起习"a、o、e"和"1＋1＝2"，然后再慢慢升级。不过，仲威平带的学生都很友好，从来不会歧视自己的同学，所以苍海也慢慢地适应了，不但不自卑了，遇到不会的问题还主动向其他同学请教。

仲威平笑着说，这孩子真的很好学，而且"不耻下问"，班里的小孩子偶尔也当他的小老师。就这样，在师生的共同帮助下，外地来的插班生苍海很快就融入这个大集体中，学习成绩也进步很快。一晃读到五年级，17岁的苍海长成大小伙子了，家里人就总劝他不要再上学了，说识几个字出去打工不被骗就行了。仲威平心里舍不得，就一次次地到苍海的家里，说服他家人同意孩子读书。最后，好歹把五年的课程学完了。可是，家庭又出现了变故，苍海的父亲因常年劳碌患上了脉管炎，已经不能再打工了。这样，苍海就成了家里唯一的"顶梁柱"，无奈只能到外面打工养家。临走时，他给仲威平深深地鞠了一躬，眼含着泪花对她说："老师，谢谢您，是您教会了我认字、算数。"

听到这里，我的心里仿佛有一块巨石压着，变得沉甸甸的。苍海本身是健全人，本该拥有健全人的一切权利，可是由于家庭的原因导致幼年失学、少年负重，没有机会享受该有的幸福和快乐。我甚至不敢问苍海后来怎么样了？仲威平也没有说。或许，他正在某个工地上艰难地劳动着；或许，正开着一辆快递车在大街小巷急驰着；或许，正蹲在马路边就着咸菜啃着馒头；或许……

　　但或许，还有另一种可能——经过这10多年的努力，凭着他朴实的性格、诚恳的态度，凭借他"不耻下问"的精神，赢得了社会的认可，逐渐打拼出一片自己的天地。亦或许，他为了生存一直在拼搏，虽然没有再次学习的机会，但社会这所大学已经让他变成了"饱经风霜"的导师。他的喜怒哀乐同样是一本书，无论是追求家人的简单温饱，还是"一个都不能少"的美好"小康"，只要他持续努力，那么我们就有理由相信：每个人都可以拥有梦想，每个人都可以"沧海一声笑"。

　　仲威平与我心有灵犀，冲我笑了笑。每次聊到一个有共鸣的话题，彼此都会这样看着对方。因为我们知道——属于每个人的道路，都在每个人的足下；属于每个人的历史，都在每个人的身后。只要心中有一片海，那么风越大，浪花就会翻腾得越美丽。

4

世上只有老师好

有人说，仲威平的兰河教学点简直就是一个创造奇迹的地方，对此我亦有同感。一间不足20平方米的教室，最多的时候有14个学生，最少的时候只有4个。当时，很多家庭都有好几个子女，而有4个子女的家庭更不在少数，比如仲威平就是兄妹4人。因此，单从人数来看，这里不像传统观念中的班集体，更像是一个和睦的大家庭。

仲威平说，她喜欢把这里当成家。不过，对孩子的感情可以像家人，但管理上必须像班集体，哪怕只有4个孩子，也不能有任何松懈的想法，这样孩子们的学习才能有条不紊。她边说边翻着影集，从中找出一张保存完好的老照片，照片的左上角标注着"2003年师生合影"。仲威平从左到右详细地告诉我每个孩子的姓名、年龄、性格，还有他们的学习成绩、家庭状况。就这样，跟随着她如风的话语，我穿越到了那个"五口之家"。

照片的拍摄时间是初秋，不远处是一片长着红缨的玉米；地点是兰河小学教室前的空地，那里长着一些低矮的小草。照片上一共5个人，仲威平身着米色夹克、黑色长裤，端坐在中间的棕色旧木椅上。

最左边的小女孩叫曹月，身穿蓝色外套、藏青色牛仔裤，脚上是一双红色布鞋。当时她刚刚5岁，读学前班。别看她个头最小，但乌黑、

发亮的头发很干净，精神状态显得特别饱满。那一刻她右手叉着腰，左手与身边的男孩子相互牵着，眼神里充满了自信。她有一个姐姐，父母身体都不好，仅靠几亩地维持生活。不过，全家人都非常支持曹月读书，她自己也特别刻苦，从学前班到小学毕业一直跟随着仲威平，后来又到铁力市读完初中和高中。2018年6月，她接到了黑龙江生物科技职业学院的录取通知书，全家人激动地到学校感谢仲威平。可以说，曹月从小村庄走进高等学府，等于圆了整个家庭的大学梦。

照片上的左数第2个男孩，是7岁的庞运发，正读一年级。小家伙身体很结实，留着短短的小平头，面色比曹月黑，鼻梁高挺，身上银灰色的夹克衫敞着衣襟，露出里面青蓝色的衬衣，下面穿着一条略显肥大的灰色长裤，脚上穿着露着脚趾的夏季凉鞋。他和曹月手拉着手，显得很亲密。仲威平说，这孩子可有故事了，说来话长，有时间再慢慢讲。于是，我在笔记本上记下这个孩子的名字，在心里留下一个悬念。

接下来，是紧挨着仲威平的右数第2个男孩，名叫张小军，后来改名叫张军了。4个孩子中他是大哥哥，10岁了，读三年级。那一天，张军穿着一件蓝白相间的校服，里面套着一件蓝灰色的衬衫，下面配了一条深蓝色牛仔裤，脚上也是一双红色的布鞋。他的发型很帅气，头顶上的短发根根挺立，参差不齐的刘海遮住了额头。只是他的神情没有发型自信，右手不自然地下垂着，左手则放到身边同学的左肩上。因为知道兰河小学没有校服，所以我分析这孩子的校服不是自己的。仲威平点点头，说张军的家庭生活很贫困，父亲因为一场大病医治无效离开了人世；母亲含辛茹苦，一个人带着他过日子。为了减轻母亲的压力，张军小学毕业后就回家务农了。现在他也长大成人了，常年在外地打工，全靠体

第四部分 大手牵小手的暖

力挣钱生活,很让人心疼。不过,仲威平记得父亲在世时常说一句话——"肯吃苦就是好样的",所以看着张军的家庭情况有所好转,她也略感宽慰。

仲威平拿出这张照片来,最想说的其实是第4个孩子,也就是照片最右侧的吕雪松。那一年拍照的时候,吕雪松刚刚7岁,跟庞运发同读一年级。从照片上看,这孩子最吸引我的是他的眼神。其他3个孩子都是大大方方地抬着头,双眼直视镜头;可是吕雪松不一样,他的脑袋微微低着,紧皱着小眉头,目光中充满了审视的味道。他的头发也有些长,不过跟张军的帅气发型不一样,很明显好久没有理发了。上身的土黄色衣服既像衬衫又像外衣,左手同样叉腰,却没"叉"出曹月的气势——可能是面对镜头有些恐惧,胳膊肘和手腕弯曲得很无力,手指摸着左侧的衣兜,像是要悄悄转移摄影师的注意力。灰棕色的裤子有点长,几乎盖住了脚上那双红色的布鞋。他的脚下是一簇开得正旺的野花,可是他根本不理睬它们,只是皱着眉头瞅着镜头,脸上一点儿笑的模样也没有……

仲威平叹了口气,情不自禁地伸出手指,抚摸了一下照片上吕雪松的脸,仿佛那孩子就站在面前一样,说:"这孩子的身世挺苦的,一看到他我就心疼。他才3岁的时候,妈妈就离家出走了,从此杳无音讯,就连她的娘家人也不知道下落。他的爸爸受不了这个打击,情绪消沉,没心思在家过日子,就背着行李出去打工了。结果一走就是5年,至于在哪里打工,情况怎么样,收入怎么样,谁也说不清楚。原本活泼、可爱的孩子就这样被不负责任的家长扔给了爷爷、奶奶。更特殊的是,爷爷并非亲爷爷,所以照顾吕雪松的担子就压在奶奶一个人身上了。"

怎么会这样？听到仲威平的介绍，我的眉头也跟吕雪松一样，不由自主地拧成了一个"川"字。从小到大接受传统教育，我在心中形成了一个固有观念——孩子是父母爱情的结晶，是命运赐予父母最珍贵的礼物，所以每一个婴儿都应该是被祝福的宝贝，每一个孩子都应该得到最好的呵护。人们常说要心怀感恩，而我一直认为，不仅孩子应该感恩父母，父母也应该感恩孩子，因为亲情是相互给予、相互成全的。孩子的到来是一种血脉相连的慰藉，是生之因缘的延续，能让父母感知生命的希望、爱、快乐、平静与坚韧。当然，人生路漫漫，总会有伤痛与欣喜、聚散与别离，甚至生死相隔……但这一切都不重要，重要的是父母子女一场，在活着的时候彼此珍惜过这份生命的厚赠，这就足够了。

"或许，你太理想化了，不是每个孩子都能享受天使般的待遇，现实中像吕雪松这样被父母抛弃的孩子真的不少。母爱的缺失、父爱的不担当，往往会给孩子的心灵留下很大阴影，导致他们不信任别人，甚至憎恨这个世界。"仲威平摇了摇头，继续给我讲吕雪松的事。

吕雪松是2001年入读学前班的。他跟别的学生不一样，从小就很逆反，根本不好好上课。只要仲威平一转身，目光没有放在他身上，他肯定第一时间就溜号。他的字写得最不工整、最不规范，作业完成得也最不好。不过，仲威平知道吕雪松的家庭状况，所以反而对他更有耐心——字写得不工整，就指导他重新写；写得不规范，就手把手地教他写好一撇一捺；作业完成得不好，就让他在课堂上重新做。一段时间后，吕雪松终于能听仲威平的话，把字写好、把题做对了。

上二年级的时候，与吕雪松同班的庞运发留级了，所以，只有吕雪松一个人读二年级。没有了同伴的互相激励，吕雪松的学习热情又有些

第四部分 大手牵小手的暖

减退了,慢慢地开始学会应付,作业本上的字也日渐潦草。仲威平理解吕雪松的心情,因为对小孩子来说,学习确实需要氛围,互相比较才会更有动力。因此,她发现这个情况后,及时找吕雪松谈心,鼓励他调整心态,即使是一个人读二年级,也要把功课做好。因为期末那张试卷是教育局出题,所以他是与全铁力市的二年级学生在较量,绝对不能给兰河小学丢脸。

值得欣慰的是,吕雪松虽然叛逆,但很有集体荣誉感,给兰河小学丢脸的事他可不想做。于是,他又认真上课了,作业也完成得很好,期末考试成绩也很不错。

可是,随着时间的推移,吕雪松独自念完二年级、三年级后,等到上四年级的时候,他发现还是自己一个年级,就又有些松懈了。而且,随着年龄的增长、知识的增多,他又产生了孤独感。妈妈刚刚离家出走的时候,吕雪松虽然年纪小,但已经知道想念,知道自己跟其他孩子不一样——他没有妈妈,即使再想妈妈,也不能说出来!所以,他只能咬着嘴唇压抑着,每当看到别的妈妈抱着孩子走在大街上时,他都会迅速调过头来,假装没看到。也正因为如此,他养成了低着头走路的习惯,偶尔需要看一下别人,也不用正眼看,而是斜视对方。甚至很多次,他都紧紧地攥着小拳头,或者在手里攥着块石头,随时准备防御。因为他很害怕跟别人说话,也害怕听到别人窃窃私语,更怕别人问起他妈妈的事。现实中确实有过这样的经历,很多无趣的人专门喜欢揭别人的伤疤,然后假装关心地在人家的伤口上撒盐。

后来,情况越来越严重。据吕雪松的奶奶讲,这孩子不仅看不得大人抱孩子,也看不得老母鸡带着小鸡崽。不论自己家养的鸡群还是在路上遇到的，吕雪松都不喜欢，很多次都捡起地上的土块疯狂地追打鸡群。如果母鸡跑得快打不着，他就"欺负"那些小鸡崽，边扔土块边喊："让你们有妈妈，让你们有妈妈！"

仲威平也曾亲眼见过这样的情形，所以相对于学习成绩，她更揪心孩子的心理健康。在伊春师范学校的时候，她学过心理学，知道吕雪松是母爱缺失综合征。这样的孩子一般都没有安全感，却有强烈的自卑感和自我保护心态。如果不及时做好心理疏导，情况严重的很可能会引发自闭症。仲威平忧心忡忡，如果真是这样，孩子将来在社会上如何生存呢？所以，那段时间仲威平把心思更多地用在吕雪松身上，几乎忘记了自己的儿子也是这个年龄，忘记了她作为一个母亲对自己儿子的爱也是相对缺失的。

"但是真的没办法，我不是超人，又没有分身术，家庭和学校实在做不到两全啊。"提到自己的儿子，仲威平的心情变得有点儿复杂，接着说，"感谢我的母亲和婆婆的付出，给予我儿子的爱比我更多、更深，所以幸运的是，我儿子身心都很健康，多少减少了一些我对儿子的歉意。"

诚然，仲威平说的是实情，我们都是平凡的人，不能顾全所有的东西；但仲威平又是那样不平凡，她无法顾及自己孩子的成长，却给予了兰河小学孩子们无私的母爱。从这种意义上说，仲威平的儿子应该以母亲为骄傲。一定是这样的！

仲威平微微点了点头，默认了我的观点。她说随着年龄的增长，吕雪松的心理变化越来越大，从不认真写作业到偶尔旷课，最后干脆连续几天不来上学。他奶奶年纪大了，也拿他没办法。可是，仲威平不能就此放弃，她觉得如此荒废下去，这个孩子可能就会变得更糟糕。所以，

第四部分 大手牵小手的暖

她针对吕雪松的心理，采取了另一个战术"直接出击"——学生可以不来学校，老师却可以送学上门。平时没时间，她就利用午休的时间匆匆吃一口馒头，然后带着书本赶到吕雪松家里补课。

第一天去的时候，吕雪松正好在屋里，所以补课很顺利。仲威平讲了不到半个小时，他都很好地掌握了，习题也做得很正确，但还是不肯去上学。仲威平知道对这样的孩子不能硬来，所以就自己回学校了。

第二天中午，仲威平又准时来到吕雪松家。可是这次，吕雪松又开始耍滑头了——见到仲威平从前门进来，他知道往门外跑是不可能的了，就钻进了里屋再也不出来。仲威平隔着玻璃早就看到了这一切，可她假装什么也没看到，只是坐在外屋的炕沿上，与吕雪松的奶奶聊家常。后来，吕雪松见仲威平没有离开的迹象，他在里屋实在待不住了，就看准时机从里屋冲出来跑出了院子。那一路奔跑的背影分明是告诉仲威平——不要再靠近我！

吕雪松的奶奶急得直抹眼泪，既觉得对不住仲威平的苦心，又觉得对自己的孙子很无奈。仲威平安慰她不要难过，并请她放心，自己绝对不会放弃吕雪松的。

接下来，吕雪松每天中午就早早地躲出家门，仲威平连续一周都扑了空，直到第八天才算抓到他的影儿。这一次，仲威平依然和蔼可亲，没有问吕雪松为什么躲自己，只是与奶奶聊天。吕雪松突然又坐不住了，从屋里跑出来冲进自家的小菜园子里。奶奶以为他要踩坏那些瓜果蔬菜，急得直跺脚。不料，吕雪松小心翼翼地摘下一些水灵灵的大柿子，然后用清水认真洗干净了，恭恭敬敬地端到仲威平面前。仲威平和奶奶都愣住了，一时沉默着，面面相觑。而吕雪松则低着头，喃喃地说："老师，这是我家园子里的,我还浇过水呢,您快吃一个凉快凉快。那个……明天您不用来了,大热天来回折腾挺累的,我一定去上学……"听了吕雪松的话,仲威平只觉得眼睛湿湿的,赶紧拿起一个柿子咬了一口,以掩饰自己激动的心情。仲威平说,那天的柿子很甜、很甜,饱含着一个孩子的感恩之情……

听到这里,我的眼睛也湿润了。母爱缺失会令一个孩子的心灵枯竭,而师爱的滋养又唤醒了濒临枯竭的心灵。吕雪松被仲威平的爱感化了,相信他再也不会逆反了,再也不会旷课了,与人对视的时候再也不会皱眉了,脸上也会绽放出越来越阳光的笑容。

"是啊,其实这孩子可聪明了,刚上一年级的时候教他们唱歌,他唱《小草》唱得可好听了。可是,后来再教《世上只有妈妈好》的时候,他就再也不张嘴了。因为他认为自己的妈妈不好,从小就扔下他不管,怎么能是好呢?"仲威平讲述这段往事的时候几度声音哽咽,眼里含着泪花说,"他再次回到学校以后,态度不知不觉就转变了,他主动唱这首歌,只是把歌词改成了'世上只有老师好'。我听了既感动又心酸,这句改动后的歌词既有吕雪松心中的委屈和恨意,也有恨过之后对新生活的憧憬和热爱。所以……我真的很心疼这孩子……"仲威平说不下去了,眼泪也随之掉了下来。

那么,后来这孩子怎么样了呢?其实,跟我们旁观者期待的一样——他从原来的"问题孩子"变成了一个懂事的孩子。仲威平每天骑自行车,经常被路上的玻璃碎片扎坏轮胎,到了学校只要亲切地喊一声,吕雪松立刻爽快地回答:"老师没事,我会修!"吕雪松很聪明,边修理边问,"老师,我学技术是不是很好?"仲威平总是赞许地竖起大拇指说,当然了,

第四部分 大手牵小手的暖

但学技术必须懂文化啊,怎么也得坚持到小学毕业。

吕雪松记住了这句话,一直坚持到了小学毕业。毕业后,他学了理发技术,在铁力市区开了一家理发店,生意还很红火,性格也变得越来越开朗。有的时候跟仲威平在路上巧遇,吕雪松总是会大步流星地奔过来,然后给恩师一个热情的拥抱,说:"老师!你看看我又长个了吗?""老师,你看看我是不是成熟了?""老师,你看看我理发是不是小有名气了?"话语虽然不多,但感激之情溢于言表。他每个月挣2000多元,除了自己的开销外,还能够把爷爷、奶奶的生活照顾得很好。

每次匆匆巧遇,仲威平总是舍不得立刻转身,直到吕雪松的背影消失在拐角时,才会恋恋不舍地离开。那个背影,再也不是多年前冲出院子向她表示抗议的身影;那个背影,也不再是蹲在学校的空地上,细心地帮仲威平修理自行车的身影;那个背影,已经是一个顶天立地的男子汉的身影,吕雪松不再纠结于母爱,他已经完全走出了心灵的阴影,把仲威平当成妈妈,并且从中感受到了温暖;那个背影,是一个大写的"人",一个懂得感恩生活、孝敬长辈的人。

我在笔记本上写下"教师=妈妈"这个等式,忽然又觉得不妥,便在等号上面加了一个问号。两个词的意义虽然不同,可是从内涵上看,教师是人类灵魂的工程师,妈妈是生命的缔造者,两者又有相通之处。然而,能否笼统地在两者之间画上等号,又是一个值得深思的问题。

至少,从吕雪松的身上我们可以了解到:称职的妈妈才是人生最好的老师,像仲威平这样尽责的老师才是"世上最好的妈妈"。因此,词义不是关键,关键的是——扮演这两个词的"角色"的人。

5

风雪亦有情

　　如果说影集是时光相机，它用画面把以前动态的情景进行最精致的定格，那么日记则是心情集锦，它用文字把以前的心路历程进行有机的装订。得到仲威平的允许，我小心翼翼地打开她那本红皮日记本，分享尘封在字里行间的故事——

2005 年 10 月 24 日　　星期一　　阴

　　我看到五年级的高亚文、谢颖没有上衣了，就从家里拿去几件，给他们两个换上。衣服很合身，也很暖和，两个孩子非常高兴。

2005 年 11 月 3 日　　星期四　　阴

　　天气总是忽冷忽热，气温忽高忽低。我骑了 18 年的自行车，还要继续骑下去，为了这些可怜的孩子。再上课的时候，要告诫他们多穿衣服，以防感冒。另外，二年级的庞运发没有书包了，我明天从家里多找出几个书包，给学生们发下去，算作一名教师对孩子们的一点关爱吧。对学生付出一份爱也是一件很美的事，

第四部分 大手牵小手的暖

会感觉到自己是在幸福之中——这就是人生。我要坚定地迈出每一步，让每一步都有可寻的价值。

2005年11月4日　　星期五　　阴

今天，五年级学习了新课"按比例分配"。两个孩子掌握得很好，谢颖有些差，我还要找时间辅导。三年级的吕雪松也进行了小测试，成绩很好。二年级的庞运发虽然学习较差，但他今天很努力，所以我奖励了他本子，以此鼓励孩子学习。学前班两个孩子也很出色。我看着孩子们一张张可怜的面孔，虽然累了一些，但从内心里感觉很舒畅，因为孩子们能如愿以偿，能有学上。

2005年11月5日　　星期六　　晴

苦是乐的结果，乐是苦的源泉。我执着地爱着自己的事业，教书育人。我想，总有一天，领导会认可我的工作。8个学生4个班，真是辛苦得很啊。我能克服人世间的一切困难，脚踏实地地努力工作。为了这些特殊的孩子，让这些乡村的孩子都能读书，作为一名教师，我要竭尽全力！

2005年11月7日　　星期一　　晴

今天早晨的温度很低，上班的路上全身感觉很冷。等到学校一看，仍是原来那几个孩子，缺了学前班的两个孩子。我又打发五年级的高亚文去看一看，怎么不来上学？可是，孩子家里锁着门，我只好带着两个班的孩子上课。我心里有些不安，为什么没来上学呢？不会有别的事情发生吧？但愿这几个孩子都能平安无事。当一个老师真是不容易，既要教给他们知识，生活中还不能缺少惦记，没有关心不到的，真是"可怜天下父母心"啊！

2005年11月8日　　星期二　　阴

二年级的吕雪松鞋子破了，我从家里拿了两双鞋给他，以免冻坏他的脚。

北方的天气变化无常，我每时每刻都要了解孩子们的冷暖。他们的冷暖就是我的冷暖，他们的困难就是我的困难。教师的职业是神圣的，我愿意发挥更多的光和热，照在每一个有困难的孩子身上，让他们能重温到母爱，这就是我最大的心愿！

……

这几篇真情日记选自仲威平的那本红皮日记本，纯蓝钢笔水留下的行行方块字，真实地记录下了仲威平在那年、那月、那时、那地的所做、所思、所悟。2005年10月，神舟六号飞船升空，这是中国第一艘执行"多人飞天"任务的载人飞船，也是人类的第243次太空飞行。仲威平看到新闻后，跟全国人民一样激动。激动之余，她又感到一种莫名的失落。"飞天梦"是中华民族的梦，然而对于兰河小学的孩子们来说，又似乎太遥不可及了。所以，她把相关新

第四部分 大手牵小手的暖

闻讲给孩子们听，除了鼓励他们好好读书，剩下的就是关心他们生活中最切身的问题——比如衣服、鞋帽、书包、本子、笔……

仲威平说，虽然从 2001 年开始，国家针对农村义务教育贫困家庭学生，实行免教科书费、免杂费、补助寄宿生生活费的政策，2005 年又加大了"两免一补"的扶持力度，使每一个适龄儿童都能够接受义务教育，但是，仍然有些孩子像兰河小学的孩子一样，由于家庭贫困、单亲、留守、身体障碍等原因，即便享受"两免一补"的政策，生活依然很艰难。

其实，仲威平的家庭也不算富裕，但与这些贫困的孩子相比，又显得优裕很多。因此，一遇到孩子们有困难了，她都是第一时间帮着想办法，家里有的就直接从家里拿，家里也没有的，她就发动兄弟姐妹，让他们把自家孩子的衣物、学习用品送过来。爱人王田也积极参与其中，一有机会就向家庭条件好的朋友求助，力所能及地帮孩子们筹集一些物品。

仲威平的母亲也不闲着，把家里孩子们穿过的所有衣物都洗得干干净净，叠得板板整整的，再根据衣物的薄厚分别包好放到不同的柜子里。这样，仲威平无论哪个季节要，都能第一时间找到。仲威平说，自从她"一人一校"全力教学后，母亲对这个家庭的付出更多了，不仅要照顾外孙，还要帮着料理所有的家务，非常辛苦。也正是因为"全家总动员"，所以透过仲威平的日记本，最初我有一种错觉——以为她家是一座"宝库"，需要什么随时回家就能翻出来，然后第一时间送给孩子们。后来我终于明白了，她家确实是一座"宝库"，但那是由爱构筑起来的，而且源于平时点点滴滴的积累。

"是啊,全家人都在默默地支持我,心里也都装着这些孩子们。"提到家人,仲威平心中充满了感恩,一个人的教学变成了全家人的牵挂,她又说,"不过说真的,那时候冬天特别冷,不论在屋里、屋外都很遭罪,所以我最怕把孩子们冻着。家里能拿出来的衣服、鞋、帽,我都会第一时间带到学校。学习很重要,但身体是革命的本钱嘛。"

自始至终,仲威平的谈话内容一直是三句话不离学生。其实,在西北风呼啸的冬天,又何止是学生们冷呢?她自己每天往返20公里,没雪的天气还勉强能骑自行车,可是一旦遇到大的风雪,推着自行车简直寸步难行,自行车也由原来的助力工具瞬间变成了累赘。但是,这样也阻挡不了仲威平前进的步伐,她就近找一户人家,把车子寄放在那里,然后拿着教材、教具继续上路。冒烟雪伴着西北风,吹得人睁不开眼睛,她就干脆倒着走。这样的天气很少有人出行,更不必说机动车了,所以她倒着走也不用担心被什么车撞到。原来骑自行车40多分钟的路程,风雪天步行就得用2个多小时。

在仲威平提供的视频资料中有这样一组风雪中的镜头:白茫茫的天空像一张大白纸,白茫茫的大地像一张小白纸。在远处的地平线上,隐约可见一些树木和荒草,还有一排红砖灰瓦的房屋,一根迎风挺立的电线杆。两张"白纸"呈4∶1比例衔接,仲威平头上裹得严严实实,身穿一件臃肿的军大衣,脚蹬一双厚厚的黑棉鞋。两只手套虽然看起来很厚,但在冬天骑过自行车的人很清楚,寒风是无孔不入的,里面的双手一定冻得僵硬了。她迎着寒风,低着头盯着厚厚的雪地,费力地推着那辆红色的自行车。车筐里依然是她

第四部分 大手牵小手的暖

的文件包,右边的车把上挂着一袋食品。食品都是孩子们喜欢吃的,是仲威平刚刚在超市买的,她准备去一个孩子家家访。雪地很难走,她一步一步向前移动着,天地合一的一片白茫茫把她的身影映衬得很孤独、很渺小——可是,风雪中的她在观众的眼里却显得那么坚韧,那么伟大……

"我冷点儿、累点儿都没关系,只要孩子们不挨冻比啥都强。"仲威平一脸温暖的笑容,仿佛那个挨冻、受累的自己不是血肉之躯,而是钢铁铸就的一般不畏风雪,她接着说,"其实,你看到的车筐里还有一件宝贝——干木块。每年入冬后,取暖就变成一件最大的事。学校里有教育局统一发的煤,但是没有引柴,怎么办呢?我每天上班的时候,就从家里拿几块木块放在车筐里,到学校后放到炉子里作引柴。"

我惊诧地瞪大眼睛，有些不确信自己是否听清楚了她的话——自己从家里带引柴？姑且不说费用问题，对于仲威平来说，"倒贴"在这个教学点上的工资何止这些木块呢？光就这10公里风雪路来说，一个人骑自行车有时候还难走呢，何况带上引柴。真不敢想象仲威平究竟是如何做到的。

"其实，当时并不觉得有什么难的，我凡事都喜欢提前做好准备。比如生炉子的事，我每天放学的时候都会把炉灰先掏干净，这样第二天早晨我到了以后，就能第一时间把炉火点着。等上学的时间到了，孩子们陆续走进教室，教室里已经开始热起来了，写字的时候也就不那么冻手了。"仲威平一边说，一边用手比画着，仿佛面前有一个火炉。她顿了顿接着说："炉火生得旺旺的，不仅室内暖和了，上面还能放一个水壶烧热水。天冷了，热水是我跟孩子们最喜欢的饮料了。水烧开了，得赶紧倒进暖瓶里，因为炉盖子还有更重要的任务——热馒头。"

我这才想起来，馒头是仲威平每天的午饭。每天早上，母亲都会把热乎乎的馒头放进她的包里，可是室外的温度实在太低了，滴水成冰的严冬即使用小棉垫包裹着，也抵御不住寒风的侵袭。仲威平说，馒头冻得像块石头，咸菜也冻成了冰碴儿，根本吃不了。因此，炉子在冬天里显得更重要，不仅仅能取暖，还能帮助师生们饮水和吃饭。虽然生炉子很麻烦，掏灰、运引柴、填煤，煤灰落到哪里都脏兮兮的，但她喜欢这闪烁的炉中火，喜欢为孩子们营造这种家的感觉。

第四部分 大手牵小手的暖

"炉火最旺的时候室内温度能达到多少?"我问了一个常识性问题,希望得到一个具体的概念。因为"温暖"与"寒冷"相对,但各自除了字面意思之外,又都有很多的引申意义,像一句歌词唱的那样,"你在南方的艳阳里大雪纷飞,我在北方的寒夜里四季如春"。

"你看看这张照片就知道了,其实就是不用穿军大衣、不用戴帽子和手套而已,其他像棉衣、棉裤、棉鞋都得捂着。"仲威平说话间已经打开手边的影集,很准确地抽出一张冬天室内的照片,接着说,"你看看我的鼻子冻得红红的,刚刚打了好几个喷嚏。你再看看我的手,已经冻木了,可是还需要拿着教鞭指黑板,不然学生不知道我讲的是哪里。因此,两只手都是攥紧的,一来能让手指间自我取暖,二来也避免握不住教鞭掉到地上。"通过仲威平的讲述可知,这间教室的温度在零上 10 度左右。

"我已经习惯了,零上 10 度已经觉得很知足了,怎么敢奢望像住高楼似的,过冬天里的春天呢?孩子们也很知足,而且面对这种环境,有齐心协力战胜困难的信心。比如打引柴这件事,他们就都很卖力。"仲威平依然云淡风轻般地笑着,又开始从秋风吹起的季节夸奖她的孩子们了。

初秋一开学,仲威平就开始规划"校园"。

首先,合理设计"操场"。为了给孩子们增加活动空间,仲威平在室外圈出一块空地,范围最远到那个孤独的篮球架处。把杂草都清除干净后,她又去找村支书,希望村里能支援一些砖。村支书二话没说,立刻让村民们帮助把砖送到了学校。有了砖,仲威平心

里的愿望就实现了一半。接下来,她利用每天的午休时间,亲自动手铺地砖。不久,一块相对完美、不再泥泞的"砖操场"出现了!这样,平时下课孩子们可以到这里简单放松一下;每当有体育大课,孩子们也有了活动的场地,不用再弄得一身泥土。

接着,打秋草做引柴。操场周边的空地长着很多蒿草,平时可以当作风景,到了冬天就是特别好的引柴了。当深秋到来、蒿草渐渐枯黄的时候,仲威平特别注意天气预报,遇到连续几个大晴天,她就赶紧组织孩子们上"劳动课"——把那些密密麻麻的蒿草割下来,在阳光下、秋风里晒得干干的。然后再打成捆,放进空闲的屋子里,留着冬天作引柴用。尤其是天气恶劣、不方便骑自行车的时候,这些干草的作用就尤为重要了。仲威平说,这都是孩子们的功劳,孩子们都抢着干活,那热火朝天的场景真跟一家人似的。

第三件事,糊窗户缝、钉塑料布。没到过东北的人不知道寒风有多刺骨,如果保暖设施做得不到位,哪怕是砖瓦房依然会四处漏风。仲威平每年都会赶在下雪前把教室的窗户缝都糊好,然后再蒙上一层透明的塑料布。教室的前门上还要钉上厚厚的草帘子,能抵挡多少风就尽量抵挡多少。这些工作都需要爬高,所以仲威平不让孩子们参与,免得发生危险。不过,年级大一些的孩子能在下面帮忙,比如帮她递一下工具啦,拿一根钉子啦,拿一张窗户纸或一些糨糊啦,等等。

仲威平对孩子们的夸奖是发自内心的,只是忽略了一个重要的核心人物——她自己。无论是在风雪送学路上,还是在温暖的火炉

第四部分 大手牵小手的暖

旁边，抑或是那热火朝天的劳动时刻，她都是最累的那一个。她总是担心孩子们冷，其实在天寒地冻的日子里，经常被冻伤的是她自己。每当有人提起这些事，她总觉得不算什么，既然自己是老师就应该为孩子们分忧解难。

仲威平用一颗滚烫的心，用一串串清晰的脚印，在苍茫的天地间书写着人生箴言——不能因为寒冬的天气严酷，就使自己的脚步退缩；不能因为送学的历程漫长，就让自己求索的步伐放缓。

6

馒头也有故事

　　谢颖，一个非常好听的女孩名字，第一次出现在仲威平的日记里就吸引了我的注意力。都说人如其名，于是我暗暗猜想，这个女孩一定性情聪慧，为人处事很得体，在众多孩子中能够脱颖而出。仲威平听了我的话，就从影集中找出一张照片，让我凭感觉把谢颖找出来。

　　这张照片也很老旧了，边缘虽然没破损，但正面有一些污渍，使雪白的背景泛出一块块黄斑。不过，照片整体效果非常清晰，左上角7个金色大字"六一儿童节快乐"，右下角是6个小金字"兰河小学留念"。

　　照片上的5个人身着"节日盛装"，整体状态非常好，每个人都笑呵呵的。我一眼就认出最左边的男孩是吕雪松，就是那个喜欢皱眉的男孩。此刻他身着蓝白相间的上衣，脖子上戴着鲜艳的红领巾，双脚并拢呈立正姿势，眉眼间竟然漾着微微的笑意。仲威平紧挨着吕雪松，也显得特别开心，齐眉的刘海微微侧分了一下，微笑的脸庞像一个调皮的孩童。她左手牵着一个小男孩，从个头看应该是学前班的，一身崭新的牛仔服，一张胖乎乎的圆脸，咧着嘴笑眯眯的样子很招人喜爱。最右边的胖男孩辨识度最高，是系着红领巾的庞运发，虽然个头长高不少，但模样和神态没有大变化。

第四部分 大手牵小手的暖

匆匆掠过这几个孩子,我的目光毫不犹豫地定格在庞运发身边的女孩身上——因为仲威平出的题目太简单了,照片中只有一个小女孩。不过我很高兴,这孩子果然是我想象中的模样:修长的身材,长长的腿,乌黑、发亮的头发束在身后,文静的笑容阳光、明媚。她上身穿雪白的夹克和雪白的衬衫,与红领巾形成鲜明的对比,下身淡蓝色的牛仔裤干净、利落,再配上一双洁白的球鞋,整体的感觉就是"脱颖而出"。

"哈哈,这道题我出得确实没水平,让你见笑了。"仲威平调侃了一句,氛围轻松而美好,接着说,"你猜得没错,这个孩子不仅个头高,为人处事也像个小大人似的,是我非常得力的大班长。你看看她的右手就明白了,无论是在学校里,还是那次到公园过儿童节,她都像大姐姐一样关心、照顾袁泉,安全意识也特别强。对了,袁泉就是中间那个学前班的孩子。"

接下来,仲威平又介绍起了这张照片的来龙去脉。照片拍摄于2005年,地点是铁力市公园。早就听说市里的公园可美了,几个孩子跃跃欲试,下课聊天的时候也经常谈论这个话题,有时候还歪着头跟仲威平问东问西。其实,她也没去过这个公园。孩子们对外面世界的向往应该是大力支持的,可是出行不像在校内,不能草率行事:一来路途远,兰河村还没通公共汽车,她一辆自行车不能同时带4个孩子,又不能让孩子们步行几十里,那么如何去?二来公共场所人多车多,孩子们的安全如何保障?

就这样辗转反侧了好几天,仲威平还是没有决定是否出行。直到儿童节前夕,暖和的阳光伴着温柔的微风,这又让孩子们坐不住了,叽叽喳喳地讨论着怎么过"六一"。有的说去呼兰河畔,玩堆城堡;有的说画一所心中的学校,写上祝福语;有的说用泥巴捏玩具,摆到

教室的窗台上作装饰……仲威平一边静静地听着，一边回忆着每年的儿童节。

每年的儿童节都是仲威平最费心思的时间节点。因为这是属于孩子们的节日，每到这一天，全国各地都会有各种庆祝活动，规模大的学校也会组织各种集体活动。与外面的世界相比，兰河教学点太闭塞了，即使每年她都设法创新，可翻过来调过去，也就是孩子们一把小手都能数过来的那些活动，再也"创"不出新意。

就拿捏泥玩具来说吧。仲威平原本不是心灵手巧的人，可是"一人一校"之后，所有的课程都由她一个人教，美术课和手工课也不能空着。当时还没有美术教材，她只能从简笔画上选择一些画。上手工课的时候，没有城里孩子那些五颜六色的原料，只能用随处可见的泥巴作为原材料。她带领孩子们和泥，然后照着简笔画上的图案，再结合现实中的一些实物慢慢摸索。孩子们很聪明，很快就能捏出栩栩如生的泥塑了，比如鸡蛋、鸭蛋、铁锹、镐、镰刀、水壶、饺子等。仲威平把这些泥塑摆在教室的窗台上，让孩子们在动手实践的同时能学会热爱和珍惜生活。

就这样，在与孩子们共同操作的过程中，仲威平自己也增强了信心，鼓励孩子们多动手、勤动脑。她常说，"只要心灵手巧，就什么都能捏出来"。有一天，孩子们合作完成了一个有趣的鸟窝，里面有一只鸟妈妈正在耐心地孵蛋。孩子们制作完成后，把它送到仲威平面前，认真地说："鸟妈妈是老师，我们就是那些等待出壳的鸟儿。"仲威平听到这样的话，心里顿时升起一股温暖，孩子们是懂得感恩的，她的心血没有白白浪费……

可是话又说回来，即使她的手艺再好，能捏出栩栩如生的动物和

第四部分 大手牵小手的暖

植物,也捏不出一个真实的公园,捏不出公园里的游乐设施,还有那种身临其境的畅快和欢乐。怎么办呢?仲威平提前关注了一下天气预报,儿童节期间天气都不错。于是,她就跟王田商量,想带孩子们去公园过节。王田除了担心安全问题,其他的方面都支持。就这样,在爱人的支持下,她才正式向教育局申请,得到同意的批复后,铁力公园之行便提到了日程上来。首先,仲威平逐个与家长沟通,毕竟出行不是小事,只有家长认可了才行。接着,为了出行方便,她自费出资25元,雇了一台松花江微型面包车,当天在校门口统一集合,载着孩子们集体出发。然后,是给孩子们准备食品、饮用水,除了要让孩子们玩得好,还要让他们吃得开心。仲威平希望这个儿童节能给孩子们留下最美好的回忆。

"那一天对我来说也非常难忘。在城里人眼中,公园是供公众游览、观赏、休憩和活动的场所,市民们平时茶余饭后就能去,所以可能已经司空见惯了。然而,对兰河小学的孩子们来说,那天的公园简直就是一个人间天堂,是到那天为止孩子们见过的最漂亮、最宏大、最壮观、最神奇的地方。"仲威平有些激动,说,"偏远的山村限制了孩子们的想象力,当终于走进真实的景区时,孩子们兴奋得眼睛都不够用了,看到什么都新奇,才发现电视上演的都是真的。"

通过仲威平激动的描述,我的眼前也出现了一幅生动的画面:构造简朴、大方的铁力公园,大门对着最繁华的街道。园内有喷泉、假山、楼阁、亭台、游乐场,有高大的风景树和造型别致的花坛,各种五颜六色的鲜花摆成不同的图案。游客们或漫步,或疾行,或独自一人,或成双结队,无论男女老少,人人都有说有笑,都在欢度儿童节。而在拥挤的人群中,仲威平和4个孩子则是一道特殊的风景,他们不

是亲人胜似亲人。或许,仲威平的经济能力有限,还不能让孩子们去感受每一种游乐设施,但她能够带着孩子们走进广阔的天地,感受不一样的童年,就已经成为孩子们一生的财富。

"你总是能通过一张照片准确地解读我的心意,谢谢你!"仲威平点了点头,无限感慨地说,"虽然无论在哪里,人都要生存,但眼界不同,生活的方式就有很大差别。以前我的见识也很有限,没去过什么大地方,但我通过学习知道外面的世界很大,一定要鼓励孩子们多去看看。只有看得越多的人,才会觉得自己多么渺小,才会对生命有敬畏之心,然后以敬畏之心面对所有的变化。"

此刻,我感觉仲威平像一位哲学家,在生活这个大舞台上,她把一切看得很通透,于是有所顿悟。难怪在中国的职业中,能够被称之为"先生"的只有教师和医生,因为医者治病救人、师者教书育人,可见这两种职业有着多么重要的社会贡献,而从事这两种职业的人又应该具备多高的素养和美德。

仲威平可能对医生并不了解,但她作为一名人民教师,对自身的素养和道德都有严格的要求。首先,必须具备一定的文化素养和教育理念,以保证完成最基本的教学任务。比如,在规定的时间节点内,根据学校的条件,安排上课、发放学习资料、备课授课、批改作业、课后辅导等。其次,具备领导和判断能力。比如组织期中、期末考试,考核学生的学习情况,便于更好地总结和提高。除了这两方面之外,平时还应该拓展一些常识性的科学知识。只有这样,教师自身的水平才会得到提高,也才有利于促进学生在德、智、体、美、劳等方面综合发展。

"我认为,在教育过程中,教师是起主导作用的,是学生身心发

第四部分 大手牵小手的暖

展过程的教育者、领导者和组织者。虽然兰河小学学生少,但在课程表的安排上,我尽量考虑做到多样化,在有限的教学环境中,让学生们多开阔视野,多掌握一些知识,多提高一些能力。"仲威平讲起教学经验如数家珍,"课程表的安排要体现几种功能,一是目标导向功能,二是整合优化功能,三是拓展功能。山村孩子的视野实在是太狭窄了,我总是想尽办法,帮助他们从多方面认识世界。"

为了证明她的教学经验是对的,仲威平指了指照片上的谢颖,给我讲了一段与馒头有关的往事——

自从到兰河小学任教后,仲威平每天的午饭基本上都是两个馒头。第一个原因,她喜欢面食;第二个原因,馒头携带方便;第三个原因,吃起来也方便,有时候随手拿起来就能啃,不必像其他饭菜那样必须用筷子。

春、秋的时候温度适宜,保管方法得当的话,馒头到中午依然可以直接吃。但是,到了冬、夏就有麻烦了。冬天最大的问题是,无论怎样保管,等到了学校热腾腾的馒头都会变成冷冰冰的硬"石头",必须在炉子上适当加热才能吃,但口感跟早晨的肯定不一样了。不过,仲威平说这也能忍受,至少馒头没有变味,不像夏天一上午就会变馊,怎么吃都不舒服。没办法,学校没有冰箱和冷柜,村里也没有食杂店可寄存,所以午饭只能这样将就着,好歹不用挨饿。

但是,即使这样"退而求其次",也不能保证不发生意外情况,弄得一整天饿着肚子。比如有一次,早晨出门的时候天还很晴朗,可是刚骑到半路的时候,天就像小孩子的脸说变就变了,倾盆大雨,雷电交加。仲威平还没反应过来,雨水就噼里啪啦砸到脸上,瞬间把她淋成了"落汤鸡"。此刻,前不着村后不着店,想找个避雨的地方都没有,她只有咬着牙、眯着眼睛,在烟雨中凭着记忆用力蹬着脚蹬,希望快点儿骑到学校。到了学校以后,暴雨也停了,孩子们也来上课了,而她却没有可以换穿的衣服。仲威平不禁责备自己大意,昨晚怎么没关注天气预报呢?之前怎么不在教室里备两件衣服呢?没办法,她只好让大点的谢颖带着孩子们到外边去,然后把湿透的衣服脱下来,使劲儿拧掉那讨厌的雨水后再穿到身上,"湿漉漉"地给孩子们上课。

孩子们看仲威平冷得浑身发抖,都不禁关心起来。谢颖是一个非常细心的女孩,整个上午她的目光都跟随着仲威平,眼神里充满了心疼和爱护,只怪自己个头还不够高,不能把自己身上的衣服换给老师穿。仲威平看在眼里,感动在心里。午休时,孩子们都回家吃午饭了,仲威平身心疲惫地坐到椅子上,这才发现衣服已经被自己的体温烘干了,她鼻子一酸。过了一会儿,仲威平稍微调整了一下心绪,身体也感觉不那么累了,就默默地打开饭盒准备吃午饭。可是,眼前的情形令她惊呆了,饭盒盖也从手中掉到了地上。原来,由于早晨的雨太急、太大了,雨水竟顺着饭盒盖的边沿流到了里面,早上那两个雪白的馒头已经变成了一饭盒湿湿的碎渣儿。

鼻子再次发酸,眼睛里充满了泪花,但一向坚强的仲威平咬咬牙,硬生生地把眼泪咽了下去。如果有可能,她恨不得把这个破饭盒也咽下去,以抚慰此刻"受伤"的心灵,同时填饱饥肠辘辘的肚子。问题是,衣服湿了,拧干了能再穿;而馒头被泡成了碎渣儿,要如何才能"拧"干,才能再吃下去呢?

哼,大不了饿着!一天不吃午饭死不了,可以用水充饥!仲威平有些赌气地站起身,想出去把饭盒里的碎馒头倒掉。可是,她刚推开教室的门,迎面就遇到了气喘吁吁的谢颖。这孩子怎么回来这么早?

第四部分 大手牵小手的暖

仲威平还没来得及问，谢颖已经开口说话了："老师，这是我奶奶烙的油饼，您快吃吧！"

原来，谢颖早就发现了馒头的问题，她知道那是仲威平唯一的午饭。午饭"泡汤"了，仲老师就要饿肚子，怎么办呢？谢颖心里很着急，一上午都在暗暗想办法。午休的时候，她第一个冲出教室，以飞快的速度跑回家，请奶奶特意给仲威平烙了两张大油饼。奶奶一直感谢仲威平对谢颖的照顾，不知道如何报答，没想到今天机会来了，当即以最快的速度完成了孙女交代的任务，同时还煮了两个咸鸡蛋。就这样，谢颖端着油饼和鸡蛋，又以飞一般的速度返回学校，为沮丧的仲威平献上了一顿"爱的午餐"……

"谢颖果然没有令我失望。"我由衷地夸赞谢颖，眼睛也跟仲威平一样湿湿的。

"是啊，按理说老师必须坚强，不应该在学生面前掉眼泪，可是那天我确实很脆弱，在谢颖面前变成了一个抹眼泪的孩子……"仲威平吸了吸鼻子,努力把此刻的眼泪憋回去,说,"后来,我又仔细回忆当时的情景,发现很多时候都是我们大人自以为是,谁说老师不能在学生面前掉眼泪呢?再说了,我当时流的是感动的泪水,所以并不丢人,是吧?"

怎么会丢人呢?我努力地摇着头,不敢用声音去回答——因为只怕一张口,我也会被谢颖感动得热泪盈眶。我掩饰着心中的激动,把目光再次定格到那张老照片上,不由得思绪万千。谢颖从小父母离异,平时跟着爷爷奶奶生活,可她的脸上没有失落和自卑,而是充满平静和自信。据仲威平说,这孩子在生活中也没有自怨自艾,而是积极、阳光、乐观、向上。于是我在想,有同样经历的其他孩子为什么有一些会叛逆,而谢颖的心态完全不同呢?这可能与自身因素有关、与家庭教育有关,但肯定离不开仲威平的教育和指引。

于是,我很自然地联想起仲威平说的"教学经验"。或许,那些经验很多人都懂,并不是什么"独家秘方",因此我不作太多评述。我只想从一个馒头引发的故事,品味她们师生间的真挚情感,解说朴素的乡村小学的教育真谛。多年前,仲威平教过谢颖的爸爸,后来谢颖又成了仲威平的学生。今年,24岁的谢颖已经成家,日子过得也很不错。每当师生二人有机会见面时,都会忍不住聊起以前的事,偶尔也聊起那泡成渣的馒头。路过的人不知情,还以为她们是亲密无间的母女呢。

孩子是爱的天使。你给他一点爱,他捧给你一颗心;你给予他一时,他牵挂你永远。仲威平和这些孩子们就是一家人,彼此感动着,彼此成全着,也彼此温暖着。

第五部分
选择的力量

1 神奇的答案

我一直认为,要全面了解一个人,不仅要看到她的事迹,还要走进她的灵魂,知道她的喜怒哀乐。这样的人才是活生生的"真人",会更令读者感到亲切。于是,我提出了几个看似幼稚但很必要的问题:最喜欢的颜色、最喜欢的植物、最喜欢的歌曲、最害怕的事情。

仲威平眼前一亮,孩子似的调皮一笑,说这几个问题很有趣,从小到大好像都没人问过她。不过,她特别愿意回答,认为是了解自我、梳理自我的一个过程。她最喜欢的颜色是绿色,如果有可能,她想变成充满生机的绿色,感染周围的人满怀希望地生活。她最喜欢的植物是常青的松树,因为她认为,作为一个人最重要的是品格。"人"这个字写起来很简单,但要想做一个完人挺难的,需要良好品质的支撑,也需要一种信念的支撑。

于是,我在笔记本上写下"绿色"和"青松"两个词,中间用箭头连起来。随之,想起了小学语文课本中陈毅的那首短诗《青松》:"大雪压青松,青松挺且直。要知松高洁,待到雪化时。"我不知道仲威平是否给孩子们讲过这首诗,如果讲过,她又是以怎样的心情、怎样的语调去讲解的?但我对这首诗之所以印象深刻,确实源于小学语文老师讲课时的声情并茂,至今仍然记忆犹新——

第五部分 选择的力量

诗的前两句:"大雪压青松,青松挺且直。"作者把松树置于一个严酷的环境中,一种近乎剑拔弩张的气氛中,我们由此看到了大雪的暴虐,也感受到了松树的抗争。一"压"一"挺"两个掷地有声的动词,把青松那种坚忍不拔、宁折不弯的刚直与豪迈描写得惊心动魄。

诗的后两句:"要知松高洁,待到雪化时。"作者相信,在经历了风雪的涤荡和洗礼后青松将更显其高洁的本性。

诗意与现实相对照,虽然时代背景不同,但其中的精神力量是相通的。我情不自禁地用了个"比喻句"——仲威平就是小兴安岭南麓的一棵青松,而且一直是。我又对仲威平说的话试着进行了"诗意"般的解读:这24年的坚守,连接她跟孩子的是师生情,是责任和爱,同时不可或缺的是她那青松般的坚韧品格。

"千万不能这样说,你实在是过誉了,不敢当不敢当啊。"仲威平连连摆手,仿佛被我的比喻吓到了似的,说,"我就是东北大地上的一个普通人,是千千万万人民教师中的一员。我并非不想拥有青松般的品质,只是觉得自己所做的一切还配不上这样的比喻。如果一定要比喻,还是把我比喻成一株小草吧,我也挺喜欢小草的。"

看到仲威平紧张的模样,我在"青松"的后面加了个箭头,同时补充上"小草"这个词语。然后我忍不住笑了,故意调侃说:"好吧。那么接下来,有请仲老师讲授那首《赋得古原草送别》吧。"

由"青松"变成了"小草",仲威平略感释然,终于露出了轻松的笑容,她说:"'野火烧不尽,春风吹又生',作为一种韧劲的象征有口皆碑。不过,我倒是很愿意说说《小草》那首歌。"

原来,仲威平对这首《小草》情有独钟。自从在1985年的央视春晚节目中播出后,她就被那朴素又励志的歌词打动了:"没有花香,没有树高,我是一棵无人知道的小草……"之所以如此钟爱,是因为这首歌的歌词表现了大多数平凡人的梦想与追求,作为平凡人的仲威平怎么能不被感动呢?

兰河小学撤并后,仲威平在"一人一校"的音乐课上,第一次教孩子们学唱的就是这首《小草》。仲威平有些不好意思地说,之所以选这首歌是因为她不擅长唱歌,而这首歌是她唱得最好的一首。同时,她觉得这首歌的歌词很有内涵,普通大众也能通过这首歌抒发励志的情怀。没想到学生们也都喜欢这首歌,于是《小草》就成了兰河小学的"校歌",每个学期开学她都会特意安排音乐大课,组织学生集体演唱。有时,学生们还会自发地排练一些简单的舞蹈动作,虽然没有电视上的正规,但同样憨厚、可爱、质朴、感人。

"我想通过这首歌告诉孩子们,不要轻视平凡,因为我们大多数人都很平凡。我们要学习小草的顽强精神,同样能因为平凡而崇高。"仲威平此时此刻的神态很庄重,不知不觉,已经进入到"授课"的状态中了,她接着说,"孩子们虽小,但都能听明白。有的开始背诵与草有关的古诗;有的指着操场上的野草,说快看快看,小草的伙伴遍地都是;有的干脆拿出纸,一边唱着歌,一边画出心中的小草,再把歌词写在旁边……在他们叽叽喳喳的声音里,小草变得五花八门、各式各样,可有意思了。"

听了仲威平的讲述,我也觉得"小草"变得很有意思,不由自主地点了点头。或许她把自己比喻成"小草"是对的,因为与"青松"相比,"小草"离"平凡"似乎更近一些。仲威平是一个谦虚、低调的人——即使在被评为"全国最美乡村教师"之后,即使在人民大会堂作报告之后,即使在各大新闻媒体争相报道的今天,她依然坚守在自己的家乡,居住在多年前的那三间旧屋里,屋里屋外、房前院后依然保持着父母在

第五部分 选择的力量

世时的样子。在越来越多的人喜欢睡柔软大床的时候,她还是喜欢睡踏实的火炕;在东北长达半年之久的寒冬里,家里还在采用土方法取暖,连农村正在普及的锅炉和暖气都没安装。其实,她不是不知道这些东西,这些年经常出去开会、参加了很多令人瞩目的活动,什么样的房间、什么样的环境没见过?她并非拒绝先进的东西,也不是没有条件改善家居环境,只是心里更喜欢宁静,眷恋朴素的农村生活。

仲威平说,有的孩子很好奇,虽然理解"野火烧不尽,春风吹又生"的意思,但又不理解为什么"吹又生"?于是,仲威平就查阅了很多资料,耐心地给孩子们讲解——冬天把草烧成灰,其中的矿物质保留在灰中,灰可以随着雨水渗到土壤里。这样,矿物质又回到土里,就像施了一次肥,草在春天萌发、生长时就可以利用它们。

于是,仲威平联想到自己。她认为人跟草一样,也需要有一定的"矿物质营养"才能长得好,包括物质营养和精神营养两部分。小草每年被焚烧一次,那么她的春、夏、秋、冬可能也有过被"焚烧"的经历;如果说小草在此过程中储备了能量,那么她则在此过程中锻炼了意志;如果说小草"吹又生",是因为地下根保存完好,那么她一次次摔倒又勇敢地爬起来应该就是初心始终没变,而那份初心的起源就是生她、养她的家!所以,她舍不得离开那间老屋,她要把"根"留住,让它像小草一样生生不息,焕发出漫山遍野的生命力。

说得真好!我再次被仲威平的精神力量折服,无论她是不是一株小草,都已经因平凡而崇高。可是,面对如此坚强的仲威平,我突然又陷入迷茫,如此顽强的生命力还会有什么害怕的事情吗?之前提的第四个问题似乎有些多余了。

仲威平眉头微蹙着,讲出了心中的小困惑:"我一直有种很奇怪的感觉，不知道你是否也曾有过同感？就是有些事情在当时、当地发生的那一刻，并不感觉特别困难，只要想想那些可怜又可爱的孩子，咬咬牙、跺跺脚，什么事就都能挺过去。可是后来，当面对记者采访的时候，大家都说我不容易，所以回顾那些细节，从今天的视角来看，又感觉很艰难。这到底是怎么回事呢？"

我有些理解她的意思，但一时没找到精准的语言回答。仲威平也不急于要答案，而是平静了一下心绪，又讲起了一幕幕令人震撼的往事。东北的严冬之际，经常因为突然来临的大风雪，自行车骑起来实在困难，仲威平就只能步行上班。那一路上四周白茫茫一片，只有孤零零的她在挪动，想想确实会心生悲凉之感。

记得一个冬天，一场罕见的暴风雪堵住了家门，室外温度降到零下30度。家里人劝仲威平不要上班，可一想到学生们在等她，就不顾家人劝阻上了路。那天的风雪实在太大了，吹得她连眼睛都睁不开，而且越往前走雪越厚，已经没到了膝盖，有的地方只能爬着走，真是寸步难行。平时一个小时的路，她足足走了两个多小时。当她一步步走近兰河村路口的时候，远远地就看到有几个弱小的身影。等走到近前一看，是自己的几个学生！他们站在厚厚的雪地里，满头满身都是雪花，一张张小脸都冻得青紫。终于盼到仲威平出现，孩子们立刻扑奔过来，声音颤抖着欢呼："老师来了！老师来了！"

此时的仲威平激动得泪水刷地流了出来，任由孩子们簇拥着……外面温度非常低，但大家互相拥抱取暖，谁也不再觉得寒冷。她哽咽着问孩子们："下这么大雪，你们为什么还来上学？我迟到了一个小时，你们怎么相信我能来呢？"

第五部分 选择的力量

孩子们说:"您说过,天上下刀子老师也能来。所以,无论刮风下雨,我们都要准时来上学。您什么时候到,我们就静静地等到什么时候……"

仲威平心头又涌上一股暖流。是啊,这句话她以前确实说过,那时候是因为一场暴雨;而此刻孩子们再提起,是面对一场暴雪。无论是狂风暴雪还是大雨滂沱,都是因为这句承诺。她不想讲感激的话,担心孩子们下次再这样等她,所以故意板起脸,严肃地警告大家,以后只许在学校等她,千万不要再到村口!

"你把兰河小学当成精神寄托,而孩子们把到村口接你当成最大的期待。正可谓'春夏秋冬皆考验,师师生生不了情'。"我说。在笔记本上胡乱地写下"天上下刀子"五个字后,我又把话题转向了第四个问题,说道:"下刀子你都不怕,那么看来第四个问题真的可以删除了……"

"不要删除!不要删除!其实,说这件暴风雪的事就是为了引出那件害怕的事,结果说得太远了,有跑题的嫌疑,呵呵……"仲威平赶紧握住了我的笔,因为谁都是活生生的人,七情六欲自然也都有,其中也包括恐惧感。

仲威平喝了口茶，思绪又从风雪天转到了盛夏。当时，兰河村有七八十户人家，学校在村子的西南端，一般情况下很少有人来。学校没有撤并之前，她上下班的时候多数情况下都会和同事一起走，所以并没感到那条路有多僻静。可是"一人一校"之后，来来往往的除了几个孩子，剩下的大人基本上就是她自己了，孤独感和恐惧感接踵而来。每天独自经过那条僻静小路的时候，她都会特意加快步伐。最害怕的季节就是庄稼长得很高的夏天，眼看着玉米苗一天天长起来，她一面替村民们高兴，一面时刻警惕着，生怕从哪个隐蔽的地方突然冒出人或动物，吓一跳不说，还可能受到伤害。

有一次，她上班时碰到一个披头散发的女精神病患者。当时，对方蹲在路边低着头，仲威平以为问题不大，就加快了骑车的速度，希望那个女人的头发遮住眼睛，这一刻恰巧看不到自己。可是，车子前轮刚刚靠近对方，那个女人就"嗷"的一声站了起来，狠狠地抓住了仲威平的车把，吓得她险些从车上掉了下来。怎么办？仲威平不敢和她对视，也不敢跟她说任何话，只能疯狂地蹬车，拼尽全力往前飞奔，总算在拐弯的时候把那个女人的手甩掉了。然而，那个女人并没有转身，而是继续沿着学校的路往前走。仲威平没敢直接往学校拐弯，又向前骑行了很长一段距离，发现对方终于放弃追自己了，她才敢默默地调转车头。惊魂未定地赶到学校后，仲威平手忙脚乱地把车子锁在篮球架上，赶紧打开教室的门，冲进去又反手把门紧紧关上。可是，刚刚稳定下心神，她又赶紧打开门，出去迎接上学的孩子们，担心他们也碰到这样恐怖的事……

从此，仲威平的心里留下了阴影。每当庄稼长得越来越高时，她的恐惧感就与日俱增，总怀疑在某处庄稼地里潜伏着一个精神病患者。她

第五部分 选择的力量

不是歧视这一类人，只是摆脱不掉恐惧感。上下班的时候，她不敢多逗留，总是第一时间绕过那条弯弯曲曲的僻静小路。午休的时候，孩子们回家吃饭了，她也是先把教室的门反锁上，做好安全保障后，才敢坐下来吃午饭。即使在其他路段上遇到路边有披头散发蹲着的人，仲威平也不敢贸然前行，只能等有来往的老乡搭伴一起走，或者有车辆经过时，请求司机师傅"救"自己一把——让车辆靠近有人的那一侧行驶，她隐藏到车辆的另一侧，小心翼翼地快速骑过去。千万不能被发现，否则后果实在太恐怖了，经历一次就终生难忘。

另一件恐怖的事就是被恶狗追赶。从仲家到兰河小学要路过几个村庄。有一天早上，她骑着自行车上班，可能由于速度太快，结果引起一户村民家狗的注意，疯狂地追着车子咬她。仲威平再怎么加速也没有跑掉，结果连人带车都摔倒在地，车子正好砸在那条狗的身上。狗一看咬不到仲威平，便挣扎着从车子下爬出来跑掉了。仲威平这才感觉到左脸颊生疼，伸手一抹满手都是血。原来，她的脸在刚才摔倒的时候蹭掉了一块皮。正好这个村子有卫生所，仲威平就赶紧去找大夫包扎。大夫建议她去乡里打破伤风针，她不想耽误孩子们上课，于是简单地处理了一下，就匆匆赶路去上班。

晚上下班的时候，仲威平不想让母亲和家人看见，免得她们担心或者不让她上班，所以回家后就用围巾包着头，谎称脑袋疼。好好的裤子也蹭破了，她也赶紧收进柜子里，不想让母亲发现。幸好腿没事，丝毫不影响行动。几天后，伤口还没痊愈，她就把药布揭了下来，结果脸颊上留下了一道浅浅的疤痕。母亲得知真相后，把她一顿责备，可是除了叮嘱她注意安全，也没有其他办法，毕竟学生们不能没有她。

"这回你明白了吧？风不怕，雪不怕，雨也不怕，我就怕被'活物'

突然袭击，那种恐惧感回想起来，真的会令人毛骨悚然。所以刚刚我才会迷茫，为什么如今看来困难重重，当时的我却丝毫没有退缩，反而'明知山有虎，偏向虎山行'呢？"仲威平讲完这些惊悚的经历后，又转回话题来反问我，希望我帮她解开那个小困惑。

我不知道自己的观点是否正确，所以只能试着跟她探讨：或许，人们在所处的环境里并不能及时、准确地体会自己的真实感受，往往反应有些迟缓，即所谓的"后知后觉"或者"事后诸葛亮"。从这种角度来分析，可能跟那句"拥有的时候不懂珍惜，失去了才知道可贵"有相通之处。经历的困难多了，能咬牙挺过去的也就不认为有多难了。然而，这样日积月累，也会对心灵造成相应的压力，所以在必要的时候应该调解和减压，让身心都保持相对的健康。

仲威平觉得我分析得有道理，所以说了一句："其实苦和难我都愿意承受。因为我常常想，要想不让这些孩子难，那就得苦了我自己，谁让我是老师呢？为了让孩子们能上学，我甘愿做一辈子的春蚕。"

于是，我赶紧在笔记本上又写下"春蚕"两个字。凝视着纸上的圈圈点点，我突然惊奇地发现：四个问题各不相同，故事情节也多种多样，但仲威平无论讲了多少内容，最终诠释的答案却又神奇地归到一个方向，那就是坚韧和奉献。

第五部分 选择的力量

② 这是职业选择

孩子及其家庭的难处和不幸时刻震撼着仲威平，也牵动着仲威平的心。为了不让一个孩子辍学，她经常给他们购买学习用品和课外书，尽量让他们增加阅读量，跟其他孩子一样快乐地成长。

是的，孩子们在兰河小学是快乐的。他们喜欢围在仲威平的身边，跟她说心里话；他们愿意到这个简陋的小教室，读书、写字、讲故事、唱歌、做游戏。不管夏天多闷热，也不管冬天多寒冷，他们都愿意。

仲威平白天忙碌一整天，每当晚上躺在炕上，浑身又酸又疼急需休息，可大脑却还在不停地运转，翻来覆去都是这些孩子。说来也奇怪，一想起他们，仲威平就觉得什么困难都能克服，受什么累也不觉得苦。从家到学校都是土路，冬天下雪后特别滑，她不知多少次连人带车摔到路基下，身上经常青一块紫一块的。可是，她就是无法停下送学的脚步。

再次翻阅仲威平的红色日记本，我蓦地捕捉到一行字，一颗心顿时悬到了嗓子眼儿："过去的十天对我来说似乎是度日如年，由于体质不好，加上长期劳累，我终于病倒了……"我担心地抬起头，询问仲威平是怎么回事？身体到底怎么了？

仲威平见我如此紧张，赶紧安慰我说："不用担心，那已经是2005

年的事了。11月份的时候,天气特别冷,雪也比往年多,来回上下班的路上很艰难。结果得了场重感冒,头疼、发烧、流鼻涕,嗓子也疼得厉害。我开始以为像从前那样吃点感冒药就没事了,谁知药物不但没起作用,反而引起其他症状,浑身软绵绵的毫无力气,想坚持上班也做不到了。"

  回想起仲威平的送学路,发现她一直像个"铁人",仿佛百毒不侵一样,好像永远不知道疲惫,即使风雪再残酷也不能让她退缩。可是如今,她突然病倒了,又是如此令人心疼。"一人一校"的坚守,教学和管理兼顾,知识和身心兼顾,班主任、课任老师、勤杂工兼顾,从某种意义上来说,她连生病的权利都没有。我的内心突然升起一种非常纠结的情绪,不知道是应该让她当"铁人"在忙碌中永远健康,还是让她做回"肉体凡胎"跟常人一样,偶尔患个头疼脑热的小恙,一来提醒她注意身体,二来让她趁此机会好好调养一下。

  其实,仲威平也是活生生的人,怎么能不生病呢?只是每每讲起过去,她心中唯一想到的都是学生,根本没把自己的病痛放在心上。轻微一些的感冒,就含一片镇痛药,一挺就是一天;但遇到病得严重的时候,就得打点滴了。班里颜玉亭的家长是村里的医生,有一天到学校给孩子们打预防针,看到仲威平正在一边打点滴,一边给学生上课。他很震惊,就大声责备她为什么如此拼,难道不要命了?仲威平笑着调侃道:"之前跟你学会了扎针,现在先拿自己的胳膊实习实习,一针见血,效果很不错哦。"医生气得直摇头,又拿她没办法,只能建议她多休息,可不能拿自己的身体开玩笑。

  仲威平感谢医生的好意。她虽然没学过医学,但也知道疾病的可怕。这是一个极其复杂的过程,是一个由量变到质变的过程,一旦致病因素

第五部分 选择的力量

积累到了一定量,就会引起细胞的损伤,从而表现为某种症状或体征和行为的异常。不过作为一名教师,她更喜欢从语文的角度解释"疾病"这个词。"疾"是一个病字旁,里面的"矢"就是"箭",指从外而来侵害身体的东西,就像无情的冷箭一样,把感冒、风寒、传染病等射过来。"疾"又引申为疾驰、飞速,所以"病来如山倒",往往指以迅雷不及掩耳之势,令人防不胜防。而"病"字里面的"丙"在中国传统文化中是"火"的意思,同时在五脏器官里"丙"又代表心,因此"丙火"又可以叫"心火"。换言之,心里感到不适、有火,人就容易得病;反过来,人一旦得了病,心里也会火烧火燎般地难受。

当然了,我们每个人都会生病,不论你的年龄或性别,不论你的财富或权势。仲威平说,尽管从语文的角度解析这个词的意思,"疾病"应该来得快、去得快,可是现实中却"病去如抽丝"。那一年冬天,她一连病了10多天,真的称得上度日如年,感觉心火在"呼呼"地燃烧一样。爱人王田知道她放不下学校,就跟自己的单位请了假,然后骑上仲威平的自行车,替她去兰河小学上课。那10多天的风雪路,王田一步步骑行下来才真正体会到仲威平吃过的苦、受过的累。他一边蹬着车，一边暗暗扪心自问：换成是他的话，是否能如仲威平般执着？然后，他又自责地摇了摇头。事实上，他并不确定自己能不能坚持下来。以前看着仲威平疲惫的样子，他曾经劝过她离开兰河小学，调到条件更好一些的学校。可是如今，一步步靠近那所最偏远的小学，王田发现——自己正在被这条路慢慢地征服着。第一次去的时候，他甚至有些期待，想快点儿见到那些孩子们，看看他们究竟有什么魔力，能把善良的仲威平"征服"……

"哈哈，王田老师一定跟你一样会爱上这些孩子的。"我被仲威平的描述逗笑了，感觉王田老师的样子很有趣。

"嗯，他确实喜欢那些孩子，可惜孩子们有些固执，没能第一时间喜欢他。哈哈，你不知道，那天晚上他回来后，一脸沮丧地告诉我，说心灵受伤了……"仲威平也笑了，生活原来就是这么可爱，喜欢和不喜欢都是一件有趣的事。

仲威平理解孩子们的心情，因为她躺在病床上，同样挂念着学校。文化课不用担心，王田是伊春师范学校毕业的高才生；音乐课也不用担心，王田唱歌特别棒；在教育和管理学生方面，王田也会做得井井有条。可是在情感上，初次相识与长年相伴肯定会有一些差距。因此，仲威平最担心哪个孩子心理承受不了，最后不来上学了怎么办？王田有些不服气，说自己也是教师，怎么就能把学生教回家呢？仲威平不敢打击他的积极性，只好将这些惦记埋在心里。

第二天一上班，王田发现孩子们果然没有到齐。他不得不让谢颖带路，挨家挨户去找，跟家长解释清楚后，又向孩子保证："仲老师真的

第五部分 选择的力量

生病了,不是不管你们了,等她病好后,一定会第一时间回来的。"孩子们仍旧半信半疑,有些还充满敌意地盯着王田,认为他是骗人的。后来,王田又苦口婆心地解释半天,说:"仲老师让我转告大家,只要你们好好上课,她的病就会好得更快、回来得更早。"最后,好说歹说,孩子们才在谢颖的带领下,跟着王田一起回到学校上课。

"嗯,学校暂时放心了,那你的身体呢?"我松了口气,兰河小学的学生没有放弃学业值得欣慰。于是,话题又回到仲威平的身体上。

"身体一直反反复复的,时好时坏。我去了几次医生那里,打针、吃药双管齐下,只想着啥办法快就用啥办法治疗。10天后,终于不用再打针了,感觉体力也恢复差不多了。一场大病过后,一个人躺在炕上想了许多,也反思了很多:等身体恢复上班以后,一定要加倍努力工作,教育更多孩子成长成才。"说这些的时候,仲威平精神饱满,俨然还有些当年大病初愈后的欣喜。

我有些怔住了,没想到仲威平病中的反思依然只是工作、工作、再工作,努力、努力、再努力。很多人都说,生病时是最好的思考时期,会让我们对自身有新的认识和想法,思想和行为更加成熟。于是,我想起自己的生病经历。那时的第一个思考,是更清晰地认识到健康的可贵,如果身体垮了,金钱和名利皆是浮云。第二个思考,是懂得珍惜身体,生病之后所承担的各种痛苦大多源于平时各种不注意的"累加"。第三个思考,是明白谁最爱自己,从爱自己的人那里得到温暖,帮助驱走内心的荒芜。第四个思考,是珍惜当下,生命如此脆弱,只要活着就是十分美好的事,可以自由地享受阳光和温暖,努力让人生变得更有意义。

"其实，你说的话我都懂，在病最重的那几天也深深地思考过。比如说谁最爱自己，那肯定是我母亲、我爱人，还有我的儿子。比如说珍惜当下，我也幻想过能像生病的时候一样，每天24小时与家人在一起，一刻也不分开。作为女儿，我要好好孝敬年迈的母亲；作为母亲，我要好好陪伴儿子，弥补这么多年的亏欠；作为妻子，也多照顾一下爱人，这么多年他也非常辛苦；作为手足，也可以多跟姐妹们聊聊天……"仲威平说到动情处，声音有些隐约的颤抖，接着说，"可是，一旦病好之后，想法就莫名随之改变。不仅是我自己，甚至我的家人们看到我闷闷不乐的样子，都希望我快点儿好起来。用母亲的话形容，当时的我'就像丢了魂儿'似的，完全没有了送学路上的'精气神'。因此，家人们一方面心疼我，希望我借此机会多休息，一方面也不得不承认，我不单纯属于家庭，还属于学校，属于那些学生，属于热爱的教育事业。"

听到这里我真正懂了，仲威平并非不重视身体，也并非不在意家人。如果有可能，她希望在身体相对健康、家人相对安好的前提下，把时间和精力更多地投入到学校，去关心那些渴望上学的孩子们。她认为，这更能体现自身价值，生命也因此而更加充实、丰盈。

因为懂得，所以慈悲。仲威平懂孩子们的求学心，所以她才会坚持；家人们懂得她的送学心，所以才会支持；孩子们懂得她的慈母心，所以才会依赖。而除了这些，还有更多人懂她，比如村领导、村民、家长，比如那一路上的陌生老乡，还有那一路目送她的树木和小草……于是，我的心也变得很柔软，翻阅着她日记中的记录，再次走进一个个温暖的画面，分享更多感人的镜头——

第五部分 选择的力量

2005年12月1日　　星期四　　晴

今天虽然晴朗，但天气很冷。在身体没有完全恢复好的情况下，我还要吃力地骑上自行车到学校去。身体很虚弱，这段10公里的路真艰难啊！我竟然骑了一个半小时才到达学校。不过，我尽了自己最大的努力……跟孩子们分开10多天了，我要尽力保证每个班的教学进度，这就是我的责任。

2005年12月2日　　星期五　　晴

天气一天比一天冷起来，虽然外面很冷，但我和孩子们的教室却温暖如春。这都是房东给我们烧好炉子的缘故，让我们冷不着、冻不着。学生们喝的水都是房东给打好的，每天满满一大桶，很贴心。我们师生能在温暖的教室里学习、生活，这与村领导的关怀和房东的大力支持是分不开的。在这里，让我代表学生向村领导和房东表示深深的谢意吧！

2005年12月5日　　星期一　　晴

今天的天气很暖和。原打算从今早开始坐车，王田为了让我能赶上接送学生的车，起得特别早。已经吃完早饭了，时间才到7点钟，他太辛苦了，我很心疼他。因此，我决定还是骑自行车上班，因为感觉身体也恢复了力气，一定能很快赶到学校。我收拾了一下备课的书，整装待发。早晨上班果真很快赶到了学校，我心里特别高兴。因为这说明——我的病确实好了！其实，这也是我无法诉说的内心大事，身体很重要，有了健康的身体，我才能更好地给孩子们上课啊。

2005年12月7日　　星期三　　晴

今天是"大雪"，天特别冷。早晨得知，期末考试时间是12月23日，也就是说，还要坚持16天才行。在最后的复习阶段，要抓紧一切时间，安排好复习计划，力争让每个孩子都能取得好成绩。作为一名教师，要持续不断地付出哦！

2005年12月8日　　星期四　　晴

昨天晚间，我看了《东方时空》，很受感动。节目中记者讲的话令我久久难忘："越是艰苦的地方，他们越是走得远。"是啊，在960万平方公里的土地上，有多少人在为自己的事业而付出辛勤的汗水，默默无闻，脚踏实地？虽然我上班很辛苦，夏天顶着炎炎烈日，冬天迎着凛冽寒风，但我也会像节目中所说的那样，顽强地走下去。所有这一切，其实都不是自己的选择，而是职业的选择。

凝视着日记本里的最后这句话，我的心灵又被触动了，这简直就是一句深奥的名言。我不想去求证这句话是来自哪个节目的解说词，还是仲威平自己说的。但我确信，当她在日记本上写下这句话的那一刻，"职

第五部分 选择的力量

业的选择"已经融入她的血脉,成为她的一句誓言。

众所周知,职业选择是个人对于自己就业的种类、方向的挑选和确定,它是人们真正进入社会生活领域的重要行为,是人生的关键环节。职业选择没有高低、贵贱之分,选择正确的话,有利于发挥自己的天赋和特长,树立正确的职业观,从而提高人生的成功概率。人们选择教师职业,有着很多相同的动机,比如喜欢教书,或者是教师的后代,或者听了朋友的劝告,等等。当初仲威平的选择,则属于单纯的喜欢。从某种角度说,选择了教师职业,也就有了"教书匠、园丁、蜡烛、慈母、春蚕、人类灵魂的工程师"等多种称谓,那么,自然也要具备相应的职业道德——爱国守法、爱岗敬业、关爱学生、教书育人、为人师表、终身学习等。仲威平以20多年的坚守证明了自己当初的职业选择是正确的。

据一项抽样调查,如果让教师重新选择职业的话,很多人还是会选择当教师。我不是专业人士,所以没有细细解读其中的原因。不过我知道,如果仲威平填写这份调查问卷,她一定还会选择当教师。理由既简洁又充满力量——热爱你选择的职业,职业也会成就你。

3
人生最大的憾事

　　人生，多多少少会有遗憾。因此，人人渴望完美，并不断地追求着完美。但更多的时候还是常常在遗憾中失落，在失落中不知所措，在不知所措中惆怅，最终在无可奈何中悔恨。那是一种想做却无法做到的惋惜，那是一种想补救却无力回天的深切自责。

　　仲威平有过天真无邪的童年，快乐求学的少年，勇敢追梦的青年，执着坚守的中年；有着和谐的大家庭，正直、善良的父母，亲密无间的兄弟姐妹；有着幸福的三口小家，收入稳定，爱人体贴、能干，儿子健康、懂事；有一份热爱的工作，有100多个学生先后伴随着她，度过了20多年的美好时光，他们几乎成了她生活的全部……如此人生，应该算作完美的吧？然而仲威平说，她心中同样有一个深深的遗憾，只是不敢轻易去碰触，因为那是她永远无法弥补的伤痛。

　　"我一直以为，在我的成长经历中父亲对我的影响最大，或者说，我骨子里的倔强就是他的'翻版'。直到有一天母亲离世，我才恍然醒悟，这个一直在身边却被我忽略的人对我的影响同样极其深远。"仲威平提到母亲，心情变得很沉重，深深的遗憾溢于言表。

　　此时，我非常自责，感觉自己的问题让仲威平想起了伤心事，很对

第五部分 选择的力量

不起她。因此不敢过多地打扰她,只是默默地在笔记本上写下了"遗憾"和"母亲"两个词。仲威平也看出我的自责,努力装作无所谓的样子安慰我。其实,她脸上强挤出来的那一丝苦笑更令人为之心痛。

仲威平的母亲生于1932年,是二十世纪典型的农村妇女。虽然没有什么文化,但不等于没有良好的素养,在生活这本百科全书中,她早早地就学会了很多人生哲理。因此,当仲威平回忆母亲的时候,给了她一个准确的评语——母亲,是天生的哲学家。

小时候,由于父亲太强势,所以母亲的光芒几乎都被父亲罩住了,仲威平几乎没有发现母亲的优点。或者说,那时候的她过于鲁钝,还不懂得这些。她只记得家里一旦遇到什么大事小情,父亲总是坐在炕头上,一脸严肃地正襟危坐,像是要进行三堂会审似的恐怖;而母亲则总是低眉顺眼地坐在炕梢,无论讨论什么事情,手里永远都拿着活计——孩子多、物资少,母亲一年到头总是在缝缝补补、洗洗涮涮,希望尽量让孩子们穿暖、吃饱。

仲威平努力搜索,却找不出一件单纯与母亲有关的事情,甚至于母亲的"口头禅"也被父亲的强势压制着。遇到孩子们需要解决的问题,她总是那句一成不变的话:"先慢慢做着,做好了再告诉你爸,免得他批评。"曾经有一个阶段,几个孩子都埋怨母亲没有立场,什么事都没有主意,再遇到事情的时候,甚至都不想跟母亲商量了。因为结果总是千篇一律:第一个,问爸爸;第二个,先做好,再问爸爸。后来,仲威平转学去姥姥家读书,与母亲的交流就更少了。

对少年时期的回忆中,母亲出现的次数增多了一些,因为女孩子到了青春期,很多事情不方便父亲再介入。仲威平努力回忆着,在每一个母女同框的画面中,寻找那难得的温馨和美好。印象最深刻的,应该是她读中学的时候。或许,是由于之前分离过的缘故,母亲想弥补对她的爱;也或许,三姐妹中只有她坚持读书,母亲对她寄托了很多希望。因此,仲威平明显感觉到,自己得到的母爱超过了姐姐和妹妹。比如,以前总是捡姐姐的衣服穿,现在她有了自己的新衣服;比如,以前吃饭的时候菜都均等,现在给她"开小灶",不是多一个鸡蛋,就是多几块肉。

说到这里,仲威平轻轻地叹息着:"当时的我肯定是后知后觉的孩子,吃着香喷喷的饭菜,从来没考虑母亲吃没吃?更没对母亲说过感谢。有时候还觉得母亲说得有道理,自己读书费脑子,理所当然要多补充营养。然而,这个世界上哪有什么理所当然啊?人与人之间的好都是缘于爱,陌生人之间如此,亲朋好友之间如此,母女之间更是如此……"

我频频点头,对这样的观点表示认同。曾经看到过一道有趣的算术题:两个人的相遇,在茫茫人海中的可能性只有千万分之一,成为朋友的可能性大约是两亿分之一,而成为爱人的可能性则只是五十亿分之一。这样说来,缘分应该是一个最精妙的小数点,点到哪里,就决定了缘分的起始和终结。

于是,由这道"缘分题"我们可以延展到父母和子女之间的缘分,同样是可遇而不可求的,同样需要彼此用真心保护和珍惜。就像在仲威平所讲的故事中,有的家长很不负责任,没有对未成年的子女尽到应有的抚养义务,结果置子女于无人照顾的境地,这肯定是不对的。而社会上同样有一些成年子女,只顾着自己的生活,忘记了对父母的赡养,这肯定更是错误的。父母给了我们生命,这就是最大的恩惠,他们总会变老,我们应该心怀感恩趁早尽孝。乌鸦反哺、羔羊跪乳,任何时候都不忘记

第五部分 选择的力量

孝顺父母，这才是真正的理所当然。

于是，由这道"缘分题"我们又可以延展到任何事情上。由于社会越来越发达，人也变得越来越立体，追求的东西也越来越多，所以容易产生不满足之感，也容易将所有的事都视为理所当然。可细细想来，没有什么东西是必须属于谁的，也没有任何一件事是理所当然的。生活在社会上，身边陌生人来来去去，没有一个陌生人的礼让是应该的。比如在公交车和地铁上，让座是出于礼貌和美德，不让座也不能进行"道德绑架"，或许当事人自己的身体也不舒服呢。陌生人之间的友好相处，更多的是出于善良和礼貌，互相帮助是情分，所以值得珍惜。

于是，由这道"缘分"题我又不由自主地想到了仲威平。作为一名民办教师，1998年之前在兰河小学工作，那是教育局分配的结果，所以她每天往返20公里，是"职业选择"的理所当然。作为一名公办教师，在兰河小学撤并之际，按照相关规定，她如果跟大家一起调离，那也是她理所当然可以享受的待遇。可是，她偏偏没有离开，放弃了原来"理所当然"的事，选择做一件"不可思议"的事。甚至在此期间有很多次调到条件更好的学校的机会，但为了孩子们，她都一一放弃了。从这个角度来说，仲威平所经历的苦和难就不是理所当然的，她对孩子们的爱和付出也不是理所当然的，她这些年的坚守也并非理所当然的。

那么，仲威平总是自认为"理所当然"，实际上是对孩子们的特殊情分，是世间最难得的大爱，这与从小受母亲的影响分不开。母亲只知道无私付出，从来不求任何回报，包括年少时多出的鸡蛋和肉片，包括支持仲威平工作，包括对外孙的抚养，以及对所有亲朋好友、乡里乡亲的友善。从小到大，认识的人都夸仲威平是好孩子、好人、好老师。试问：

有这样一位忘我牺牲的慈祥的母亲,仲威平又怎能不受影响努力做一个像母亲那样的人呢?

"嗯,你这么一解释,我也豁然开朗了,可能真是如此吧。只可惜我之前没有思考过,只有当母亲不在了的时候,才体会到'树欲静而风不止,子欲养而亲不待'的痛……"仲威平刚刚平复的心情又有些难过,说,"遗憾肯定是抹不去的。为了学生,我起早贪黑,却难给家人做上一顿像样的饭菜;为了学生,在七旬母亲弥留之际,我都没能好好地陪上她一天,感觉自己很不孝啊……"

时间回到2006年6月22日,那天是星期四,"夏至"后第二天,东北的气温越来越高,正式进入了雷雨季节。早晨吃完饭,仲威平把雨伞和文件包放进车筐里,准备像往天一样去上班。按照以往,母亲总是用手扶着车后架,一步步把她送到大门外,然后再目送她骑上车,渐渐消失在漫长的乡村路上。

可是那天,母亲神态有些异常,步履也有些蹒跚,艰难地伸出苍老的右手拉着女儿的手,试探性地问她:"妈今天心脏不太舒服,能不能请一天假?"

父亲于1997年去世后,母亲由于悲伤过度,再加上常年劳碌,不久就患上了心脏病。一晃10年了,每次母亲心脏不舒服,仲威平就第一时间去找村医,往往打两次点滴就好了。因此,那天早晨仲威平并没有觉得有什么异常,她把母亲扶回房间后,就赶紧去请村医。村医没有现代化的医疗设备,只能像往常一样"望、闻、问、切",然后根据母亲的年龄,建议有时间去大医院做一下系统检查。母亲连忙说不用不用,人老了"零件"就不好用了,谁都得经历这个过程,没必要去医院浪费钱。

第五部分 选择的力量

于是，村医和仲威平听了老人家的话，没有坚持去医院，而是像以往那样简单用了一些药。母亲看到仲威平有些紧张，还一个劲儿地安慰她："嗯，妈没啥大事儿……"可是，仲威平哪里知道母亲的心思啊，一句"没啥大事"并非是指没事，而是指有事，可是她一心想着学校和孩子们，竟然忽略了这句话。以后每个思念母亲的夜晚，每每回味这句意味深长的话，仲威平都会自责得想扇自己的耳光。母亲是从来不大惊小怪的人，也从来不愿意轻易麻烦别人，所以说话、办事都留有分寸，明明是"十二分"的疼痛，她也只是轻描淡写地说成"二分"——而那个"十分"她却咬紧牙关，自己默默忍受。

"这就是母亲的伟大之处，你又何尝不是如此呢？"我的眼泪忍不住掉了下来，不由想起了我的母亲，想起了身为人母的自己，也想起了天下千千万万伟大的母亲。如果有一天能遇到那个算"缘分题"的人，真想请他再计算一下：一位平凡的母亲，究竟要忍下多少个"十分"才能塑造出令人心疼的"伟大"？而作为子女，究竟要经历多少次的遗憾才能读懂母亲那"欲言又止"的脆弱，读懂那假装出来的坚强？

"没事的，妈，再坚持几天就放暑假了，我就可以天天陪着您了。"仲威平帮母亲理了理有些凌乱的头发，又像哄小孩子一样安慰着母亲，"我已经通知妹妹了，她先在家照顾您，我晚上下班就回来，再陪您说话啊……"

母亲用混浊的目光定定地看着她，微微点了点头，依依不舍地目送仲威平离开炕边，又伸长了脖子望向窗外，目送着她走向院门口。仲威平看了一下手表，时间已经很紧张了，她来不及回头再望一眼窗户，来不及再跟年迈、病重的母亲挥挥手，来不及再隔着窗子冲生她、养她的母亲微笑一下，就赶紧骑上自行车上班去了……

谁知，从此一别，竟是生离死别！

谁知，从此一别，她成了没妈的人！

谁知，从此一别，再也没有弥补的机会了，令她遗恨终生！

可是，时光不能倒流，手表上的指针一直在不急不缓地走着，不会因为仲威平而改变，也不会因为她的母亲而改变。母女两个人之间的距离最终还是被时光一点点拉开，一个在炕上承受病痛的折磨，一个在课堂上孜孜不倦地讲课，彼此担心着、牵挂着，却又各自坚强着、隐忍着。

仲威平哽咽着说，当她心神不宁地来到学校刚刚上第二节课的时候，突然听到教室外面传来摩托声。仲威平透过窗子向外望去，只见乡中心校的副校长赵昆已经从车上下来，快步走进了教室。怎么回事，副校长的脸色为什么如此凝重？仲威平正在猜测着，赵昆向黑板这边靠近了一些，很艰难地吐出一句话："我是来接你的，老太太可能……不行了……"

什么是晴天霹雳？那一刻，天空很晴朗，仲威平却听到了天塌似的声音，瞬间把她的大脑轰得一片空白，双腿一软险些摔倒在地上，孩子们眼疾手快，赶紧把她扶到椅子上坐下。赵昆一面劝仲威平别着急，一面让孩子们赶紧收拾书包放学，至于哪天上课再等通知。仲威平稍微缓了过来，立刻又站起身来留完作业，然后她才放心地锁门离开。

摩托车的速度确实很快，只听得风声呼呼地吹着，道路两边的树木也齐刷刷地向身后跑。可是，仲威平却感觉摩托车比自行车还慢，手表上的秒针已经转得她眼花缭乱了，才慢吞吞地把她送回家。仲威平跳下摩托车，也顾不得跟副校长道谢，就飞奔进家门，扑到母亲的炕前，声

第五部分 选择的力量

嘶力竭地喊了一声："妈——"

可是，母亲再也不能回答女儿的呼唤了！兄弟姐妹们都到了，已经帮母亲穿好了"远行"的衣服。母亲虽在弥留之际却努力保留着最后一口气，等着她的二女儿回来。可最终还是没有等到……

妹妹搂住仲威平泪如雨下，略带埋怨地哭诉着："姐，咱妈没了……你前脚刚走，妈就一个劲儿地念叨你……早知道这样，你还上什么班啊？我真后悔啊，没直接拦住你，陪老妈走完最后一程……"

仲威平蜷缩在母亲身旁，肠子都悔青了。如果知道母亲会走，她一定不会让母亲这样遗憾地走。可是，世上没有如果，母亲再也醒不过来，她再也没有尽孝的机会了。父亲去世的时候，她已经经历过一次诀别。她也知道，生老病死是自然规律，是不能够打破的，当身边的人渐渐变老了，死亡也就离他们越来越近了，总有一天他们会离开这个世界。可是，如今再次送别至亲，她除了悲痛还有遗憾，所以才明白什么是真正的切肤之痛。道理人人懂，可心里那摆脱不掉的撕裂感是永远无法平复的。

"你也不要太过于自责了。相信母亲在天有灵，也希望看到你开心快乐的。"我知道，任何安慰都是徒劳的，可是忍不住讲了一些真实的想法，"逝者已去，生者已矣。你要更加珍惜自己的身体，才能告慰那些远去的亲人。"

"嗯，我明白。也谢谢你给我这个机会，让我释放出积压在心头多年的遗憾。"仲威平叹了口气，心绪一点点恢复了平静，接着又讲了一些其他的事。

早些年，母亲一直帮她照顾孩子，不辞辛苦，任劳任怨，所以她上

班才没有后顾之忧。晚年父亲不在了,仲威平夫妇反复劝说多次,她才答应搬过来同住。母亲总怕麻烦别人,对自己的孩子也一样,这一点跟父亲挺像的。70多岁高龄的老人却依然把仲威平当小孩子看待,每天力所能及地做这做那,害怕女儿吃饭不及时,害怕女儿骑车累着。其实母亲哪里知道,女儿被恶狗咬、被精神病患者追,经常被雨淋、被风吹,得了严重的风湿病,即使夏天趴在书桌上,骨头都又麻又痛,根本不敢接触凉的东西……这些苦痛,仲威平一直瞒着母亲,不想让她担心。

听到这里,我颇有同感,自己对父母、亲人又何尝不是如此隐瞒呢?于是,真诚地对仲威平说:"孝顺的子女都是报喜不报忧的,所以你真的不必再遗憾,因为母亲在的时候,你已经尽力让她安心了。"

仲威平也抿抿嘴,露出一个释然的笑容,说:"那段时间确实很消沉,不知道我这个没妈的人还有什么奔头?可是后来再次回到学校,一见到可爱的孩子们,我的心又立刻融化了,耳边仿佛响起母亲的鼓励——继续坚守下去,为了每一个渴望读书的眼神。"

我终于放心了,或许这就叫"化悲痛为力量"吧。

于是,我想起爱因斯坦的一个观点:"现在、过去和将来之间的差别,只是一种错觉。"既然时间不能倒流,那就只能接受一切现实,然后卸下心里的包袱。愿仲威平继续微笑前行,成就一个孩子,造就一个家庭;成就一个家庭,造就整个社会。我相信,这不仅是她的职业梦想,也是她母亲的善良愿望。

第五部分 选择的力量

④ 何为"存在感"

在仲威平的影集里,有一张横版的三寸彩色照片,画面鲜艳清丽,特别温馨。

整张照片以一扇敞开着的小窗户为背景,蓝色的木头窗框已经褪色,但是玻璃擦得很明亮。窗子里面,是笑容可掬的仲威平,一件天蓝色外套,配一条米色黑点的纱巾,朴素亲切。窗子外面,一簇簇红色的、粉色的、橘黄色的、淡紫色的野花,一只只胖乎乎的小手、瘦削的小手、白皙的小手、黝黑的小手,一个个红袖头、粉袖头、蓝袖头、白袖头……

见我对这张照片很感兴趣,仲威平一脸幸福地介绍说,这是一个教师节的中午,孩子们利用午休时间悄悄采来鲜花,然后一起来到窗前,异口同声祝她节日快乐。孩子们想给老师一个惊喜,当时仲威平也确实很惊喜,很幸福。孩子们懂得感恩了,并且这份情是完全自发的,让她很是欣慰和感动。

众所周知,每年秋季开学之后,全国各地的学校都会开展尊师活动,让学生在新学年之初,就记住教师的辛勤和光荣。教师节的确立,标志着教师受到全社会的尊敬,进一步提高了人民教师的地位,使教师真正成为社会上最受人尊重、最值得羡慕的职业之一。这些活动,不

仅有助于形成尊师重教、尊重知识、尊重人才的社会风气，也有助于全社会关心关注教育事业，有助于提高整个中华民族的科学文化素质。

对于这个节日，想必仲威平会有很多话要说。于是，我在笔记本上认真地写下"教师节"三个字，希望挖掘一下这方面的故事。仲威平很高兴，她说虽然兰河小学规模很小，但并不缺失相关的活动和教育，其间发生的点点滴滴，每次回想起来都特别温暖。

仲威平最先提到的，是来自市教委的亲切关怀。2006年对于她来说，实在是无法忘却的年份，母亲的突然离世给她带来沉重的打击，虽然不久就回到了学校，但心情很久也没有调整过来，整个人仿佛被抽走了一部分似的，很长一段时间都沉浸在悲痛和悔恨中不能自拔。市教委领导多次以各种方式安慰她，令她低落的情绪慢慢有所好转。

转眼间，新学期开学了，也即将迎来教师节。9月6日那天，天气很晴朗，仲威平跟往常一样来到学校，把一块黑板合理划分好区域，带领孩子们开始新一天的学习。这时，外面传来机动车的声音，孩子们都好奇地向窗外望去，仲威平也赶紧放下教具，走到门外看个究竟。这时，市教委领导杜鹏、教育局局长毛丽颖已经从车上下来，同行的还有其他几位领导。

仲威平赶紧邀请一行人进到教室，让孩子们鼓掌欢迎上级领导的莅临指导。市教委领导亲切地说："我们不是来指导的，而是来看望您和孩子们的。今天是第22个教师节，祝仲老师节日快乐！您辛苦了！"那一刻，来自领导的认可令仲威平心头特别温暖，她想说谢谢领导的关怀和鼓励，想说一切都是自己应该做的，想说孩子们真的很可怜，希望

第五部分 选择的力量

领导以后多关注这样的群体……可是,最后她什么都没有说出来,千言万语都哽在喉咙里,只化成了一句"谢谢"。

那一天,孩子们前所未有地开心,因为这些尊贵的客人很善良,不仅给仲威平送来500元慰问金,还给他们买来480元的书籍。客人们说,希望孩子们在仲老师的培养下,好好学习、打牢文化基础,同时多读好书,开阔视野和胸襟,将来成为对社会和国家有用的人。仲威平真心替孩子们高兴,很多当面无法表达的话,晚上回家后她都记录在了日记本上:"我从内心感谢领导,一定继续教好孩子,让孩子们通过读书改变命运。"

那天晚上,仲威平辗转反侧。耳边一直回响着领导的话,一句"您辛苦了"令她感慨万千,心情久久不能平静。从1998年春到2006年秋,8年半的漫长送学路,终于得到了真正的认可,这是她一直默默期待着的。之所以如此期待,不是为了慰问金,也不是为了表彰,而是为了证明——坚守在乡村小学,让每个孩子都能读书,这样的选择是正确的!

认可,是指承认或许可。就像孩子渴望得到尊重、赏识和掌声,成年人的世界同样渴望得到认可。在人生这条路上,每个人都不是孤立存在的,所谓的奖励和尊重,也都是用实力和努力换来的认可。因此,成功的意义或许就是希望得到应有的尊重。人生短短几十年,仲威平通过执着和努力,实现了自己的理想、体现了自身的价值,从而得到社会的认可,得到别人的敬重,就是她想要的最大的最好的安慰。

"我特别理解你的感受。有时候最可悲的,是自以为做了很重要的事,期望获得周围人的尊重和认可,却发现在其他人眼里,这只是微不足道的小事罢了,所谓的付出也只是一厢情愿,甚至成为一种笑话。"

我由衷地感慨，不仅仅为仲威平，也为这种与"认可"有关的现象。

"是的，我从来不奢望得到所有人的认可，只是希望得到教委的认可，对这些可爱的孩子有所帮助。而那天领导的鼓励和尊重，让我再次认清——要想得到想要的认可，就要做出让别人赞同的事情。千万不能为了刷存在感，去做一些虚假的、违心的、有悖常理的事。"仲威平补充道。

我捕捉到仲威平说的"存在感"，赶紧记到笔记本上。西方有个叫贝克莱的哲学家曾说过这样一句话："存在即被感知。"也就是说，当我们向外界发出信号时，能收到别人的回应，便证明了自己有存在感。于是，话题就此展开，我们俩就"存在感"和"寻求认可"进行了一些交流和探讨。

仲威平说，拿微信朋友圈为例，很多人喜欢分享自己喜欢的内容，也希望获得点赞，以此获取满满的"存在感"，至少证明自己的朋友多、人脉广、支持者众。然而，并不是每次分享的内容，都有人有时间点开看；并非每一次分享，都能得到别人的认同；并非每一次分享，都能收获点赞和评论。于是，最初的兴致勃勃，变成了失望失落，认为自己失去了"存在感"。仲威平认为，这样"刷存在感"无疑等于自寻烦恼。

我很赞同她的观点。那些真正有"存在感"的人，向来都很低调内敛，不会费尽脑汁去博人眼球。仲威平就是这样的人，总是谦逊地行进在自己的圈子里，做自己该做的教学工作，帮助能帮到的每一个孩子。所以说，"存在感"来自对他人真正的关照，像仲威平对孩子们的爱一样，不求回报，以真情实意关心他们的成长，那么这样的教师，自然会"存在"

第五部分 选择的力量

于每个孩子的心灵之上。

然而现实社会中,又有多少人受困于"存在感不足"呢?有的人缺乏自我认同,从家庭出身、自身基本条件,到后天努力、社会价值,方方面面都不知足,自我否定导致没有快乐可言。每个人都有独特之处,除了这些外在的因素,真正的自我认同来自内心,当然不等于盲目自信。正如仲威平那样,她的努力决定了走过的路,而走过的路又是对自己的肯定。所以,仲威平一直很淡然,很坦然,很怡然。

"你说得太对了。如果我没有自我认同,估计早在别人的质疑声中放弃了。说到这里,我觉得家庭认可也非常重要,比如我自己,离我最近、最能理解和包容我的,就是家人。我的选择方向和努力程度,很大程度上得益于家人的支持和认可,他们总是能将心比心,对我的做法和想法感同身受,默默替我分担很多压力。"仲威平无比感恩自己的家庭,同时也从另一个角度,讲出了心中的感慨,"能被家庭认可,我是幸运的。但社会上有很多人,其实得不到家庭认可,原因可能有很多,但我最不能接受的,是他们把最好的给了外人,反而把最坏的给了家人。因此,他们得不到家庭认可,也是理所当然的。"

交流一直进行得很顺畅,氛围也非常愉悦,由于她是一个喜欢微笑的人,我的内心也感觉充满了阳光。于是我突然意识到,这样的她,又何尝不是最好的"存在感"呢?仲威平用质朴的内涵,把自己经营成一个充满正能量的人,作为初次相识的朋友,我也被她的人格魅力所吸引,很自然地愿意与她相处。因此,"存在感"真的不是"刷"出来的,它应该是当事人自带的气场,是别人察觉被影响后而产生的奇妙的感觉。

"你总是夸奖我,其实你也是正能量满满的人,你的微笑同样感染

着我。"仲威平真诚地对我说，然后我们又相视而笑，继续交流。

仲威平没想到的是，那个教师节只是个"前奏"，接下来又有一件喜事降临到她的头上。她记得非常清楚，那天是2006年10月8日，秋高气爽，学校周围的庄稼一片金黄，丰收在望。天气好，心情也跟着晴朗起来，她正耐心地给孩子们上课，突然接到市教委的通知——领导特批她晋升小学高级职称！

仲威平有点儿不相信这是真的。因为教师都知道，当时小学教师的职称系列，由高到低分为：小学高级、小学一级、小学二级、小学三级。也就是说，"小学高级"是小学教师的最高职称。打个比方，如果中级职称相当于讲师，相当于科级，那么副高级就相当于副教授，相当于副处级。仲威平也很清楚，小学教师高级职称采用限额制度，极低的比例决定了绝大多数教师无缘高级。为什么很多人在意这些职称呢？因为晋升后，虽然工作性质跟以前一样，但待遇会有所不同，比如职称同工资和津贴紧紧挂钩，每次涨工资的幅度也相差很大，甚至连取暖费等小事也会有不同……

"说心里话，那是自母亲过世以后，我最高兴的一天。当然，我不否认，提高工资等待遇对我的家庭是一件大事；我也不否认，职称上的改变对我是一种鞭策。然而我更在意的，是自己的工作得到了社会认可，这比什么都重要。"仲威平有些激动，脸上也微微泛起红晕。

是啊，我明白仲威平不在意物质，也理解这句"社会认可"。对于每个人来说，从自我认同到家庭认可，都是在积累内在的动力，相对而言空间还是狭窄的。最终，人都是要到社会上"行走"的，试问，谁不希望在社会上有立足之地呢？或许于社会而言，每个"有贡献"的人都

第五部分 选择的力量

会被认可,无论年龄、身份、地位、性别、学历。而这个"贡献"又是广义的,往大了说,比如捐款、慈善、公益等;往小了说,比如做志愿者、义工等,这都是对社会有贡献。

那么,对于一位教师而言,"贡献"的含义又可以具体到每一个点滴。比如把自己拥有的知识传授给学生,以自身行为推动教育事业的进步,以自我牺牲的品质影响教育的发展,等等。仲威平一直遵循着"学高为师,身正为范"的理念,希望为教育事业作出"贡献"。2007年教师节的时候,她同时被评为"铁力市优秀教师"和"伊春市优秀教师",得到社会的关注和认可,也是实至名归。

"那是你第一次获得表彰吧?还记得当时的感受吗?"我轻轻地问,希望听听她的获奖感言。

仲威平谦虚而真诚地说:"是的,得知自己被评为优秀教师,心情还是非常激动的;同时,又感觉很惭愧。我非常清楚,之所以得到这个荣誉,不是因为我知识有多渊博,也不是因为教育理念多前卫,而是所处的教学环境和与我共同奋战的孩子们成就了那时的我。其实在其他学校,很多教师同样不辞辛劳、诲人不倦,教学方法也先进多样,更称得上人之楷模,值得我不断学习。"

仲威平说的也有道理,我点了点头。不过,凡事要一分为二来看,单纯从知识储备上看,或许她需要不断进修。这本身并没有错啊,"终身学习"是教师必须做到的,在这个飞速发展的时代,谁敢说自己不用再学习,不用与时俱进了呢?那样,只能逐渐被社会淘汰。然而,单纯拥有丰富的知识库藏,却没有优良的品质和高尚的师德,就有资格被评为"优秀教师"吗?教育的本质不只是教出拥有一技之长的人,更应该

教会孩子如何与世界相处。否则,所有的教育都是徒劳。

我真诚地讲出自己的判断:"你用自己的美德,潜移默化地教育着孩子们,让他们懂得努力、懂得感恩、懂得善待周围的人、懂得热爱生活并为之努力,这比学习成绩更重要。所以,你是当之无愧的楷模。"

经我一提醒,仲威平忽然眼睛一亮,想起一件往事。她说这些孩子真的太善良了,无论大小都懂得感恩。比如三年级的庞运发,大概是2007年教师节的时候,前一天第三节课下课后,他一点点向仲威平的身边磨蹭,右手捂着上衣兜神秘兮兮的。仲威平就好奇地问他有什么事。只见庞运发把手从兜里拿出来,掌心张开,露出一个小巧别致的红色玻璃金鱼。庞运发红着脸说:"老师,明天是教师节,我也没什么给您的,这是我家最好的东西。祝仲老师节日快乐!"仲威平特别感动,因为庞运发家里的情况很困难,他自己又有先天智力障碍,在学习上更是一波三折。这是孩子发自内心的一种表达,所以仲威平欣然收下了这个小礼物,并暗暗下定决心——将来自己有能力了,一定回赠这孩子一份"厚礼"……

我想再追问一下庞运发的事,仲威平再次卖了个关子,说这孩子太有故事了,必须找个最合适的切入点慢慢说起。于是,我再次把庞运发的名字写在笔记本上——这个反复被仲威平提起、又被我反复记录的孩子,实在悬念重重。那个玻璃金鱼至今还被仲威平珍藏着,那份来自学生的认可,对仲威平来说更具有非凡的意义。

那么,"存在感"究竟是什么?如何才能更好地获得"存在感"?我和仲威平都不是哲学家,只能在自己的认知水平范围内,做一些不成熟的交流和探讨。我们又互相调侃了一句:至少在这过程中,我们彼此

第五部分 选择的力量

在对方心中,是有"存在感"的。

在成长的岁月中,那些存在过的事物都有相对的合理性,或许正应了黑格尔那句哲言,"存在即合理"。当然有一些事情也有不合理性,比如那只疯狂追赶仲威平的恶狗,比如那个突然出现的精神病患者。好在随着社会的不断进步,我们发现:养狗也要办理证件,不能随便散养;民生福祉也越来越好,很多精神障碍患者得到了相应的救治。至少仲威平送学的那条土路上,很少再遇到这样的状况了。

由此,我们又达成了共识,"存在感"决定"幸福感"。仲威平说,40年来感触最大的,是从低矮的小草房求学,发展到集中供暖的大教室上课,说明我国的教育正在往好的方向变化。无论是个人,还是乡村,抑或教育事业,乃至整个国家,都是从苦里熬出来的。也正是经历了这种"熬",才能品味出现在的"甜",否则从小泡在蜜罐里,不经历酸、苦、辣、咸、涩,那么对甜的感知也会麻木。所以,"熬"是存在的真实方式,决定"幸福感"的指数。

话题进行到这里,已经接近圆满,我们又一次心有灵犀,同时把目光定格到那张开满鲜花的照片上。《道德经》里说:"上善若水,水善利万物而不争。……夫唯不争,故无尤。"照片上的仲威平应该就是那"水",不争名不图利,只想用自己的甘露,滋润乡间的每一朵小花——唯愿每一朵花都有"存在感",为春启航,为夏吐香,为秋调韵,为冬增色,为大地谱华章。

⑤ 医者父母心

2011年3月新学期伊始，工农乡中心小学配备了专用校车，车身是鲜艳醒目的橘黄色，配有警灯和警报器，主要用来接送兰河村和其他几个村的学生一起到中心小学上课。也就是说，从那时候开始，仲威平所在的兰河小学教学点正式关闭，她带着那里的最后8名学生并入了工农乡中心小学，从此融入了一个更大的集体。

之前说过，中心小学所在地是二屯村，距离仲威平家和兰河村各5公里，由于两个方向正好相反，所以仲威平并不能坐"顺风车"，上下班依然要骑她的自行车。不过比之前减少了一半路程，既省力又省时，顿时感觉轻松了许多。孩子们也很开心，不仅不用跟仲威平分开，还能在宽敞明亮带暖气的教室学习，同时每天都能坐上高配置的新校车。这在之前闭塞的兰河村是绝对享受不到的待遇，所以8个孩子笑得比花还灿烂。

环境改善了，教学设施齐备了，学生的状态也越来越好了，这令仲威平特别欣慰。由于原来的8个孩子年级不同，在兰河小学是复式教学，到中心校后就要重新分班，各自插入适合的年级。仲威平虽然也负责教学，但是接触的孩子多了，对分散的8个孩子的注意力必然

第五部分 选择的力量

会减少,所以欣慰之余,她又隐隐地担忧,怕孩子们不适应新环境,从而影响心态和学习成绩。所以一有时间,她就骑上自行车回到兰河村,与孩子和家长近距离交流,时刻掌握孩子们的学习和身心健康情况。

仲威平说,在城里都喜欢开家长会,由学校或教师组织,在同一时间针对一项或多项主题教师与全体家长集中交流。多以教师讲述和传达为主,以家长提问为辅,这样既节省了教师的时间,又显得非常正式,学生情况的相互对比,也能引起家长的相对重视。不过在乡下,由于学生所在地相对分散,有的家长或者在外打工,或者身体有各种不便,家长会的形式不太合适,所以只能一一家访。这样一来,作为教师的仲威平就要受累了。

不过,仲威平觉得家访很有意义,它是连接学校和家庭的重要纽带,是增进家校关系和师生关系的重要桥梁,是提高学校教育和家庭教育水平的重要途径。首先,通过与家长交流,了解学生的家庭状况、学习环境、个性、在家表现,了解家长的希望、要求以及教育方法,为今后的教学工作奠定基础。其次,通过向家长介绍学校的基本情况,帮助家长树立正确的教育观念,解决家长在家庭教育方面的一些困惑,增强家长的责任意识和信任度,使家长也主动参与到学校的教育教学管理中来,更加坚定地和学校携手共同做好学生的教育工作。这种面对面的交流,更具体,更有针对性,更有利于帮助学生进步。

2012年11月3日,天阴沉沉的。仲威平骑着自行车,又行进在熟悉的乡村小路上,她要回兰河村家访。刚进村,就碰到了范琳的妈妈,她热情地拉着仲威平的手嘘寒问暖,仲威平心里很感动。她想起前年的冬天,天气格外寒冷,教室里炉子烧得很旺,但还是感觉到冻手。有一天正上第二节课的时候,范琳妈妈敲门进来,给仲威平送来一大杯热水,让她趁热喝下。那杯水很普通,但对当时的仲威平来说,简直无异于雪中送炭,喝下去之后,肠胃舒服了很多,浑身也不那么冷了。所以,这次在路上相遇,彼此都觉得特别亲切,家长感谢仲威平对孩子们的爱,仲威平从内心感谢家长的好。

就这样,带着丝丝暖意,仲威平与范琳妈妈道别后,又来到了学生颜繁旭家。因为是星期一,颜繁旭正常上学,所以家里只有孩子的妈妈一个人。见到仲威平来了,家长立刻热情地请她坐下,又是倒热水又是端瓜子。仲威平坐下后,讲明了来意,想了解一下孩子的近况,以及在家的表现。家长脸上洋溢着兴奋的神情,说孩子到了全新的学校,遇到更优秀的同学,还能参加很多大型活动,觉得特别开心,比以前的学习劲头更足了。

说着说着,家长一拍大腿,突然想起了一件重要的事,立刻起身走到柜子旁边,翻开柜子取出一个精致的笔盒,递给仲威平,笑着说:"仲老师,这是你学生给你的。"仲威平打开笔盒,里面是一支黑色的钢笔,还有一封写给她的信。信纸上是彩色的日记图案,左下角还有个卡通人,仿佛就是颜繁旭在向仲威平诉说着心声——

亲爱的仲老师:
　　您好!
　　俗话说:"一位好老师的恩情,可以让她的学生一辈子都感激不尽。"这句话说得多好啊!是啊,我就是您亲手栽种的桃李中的一棵幼苗,我的萌芽、生长,无不沐浴着您的阳光雨露。

第五部分 选择的力量

7岁那年,开学的第一天,妈妈把我送进了学校。第一个迎接我的是您——仲老师。"仲老师",这是多么亲切的称呼啊!因为兰河小学条件不好,没有人愿意来这里授课。是您——仲老师,为了我们的学习,每天不辞劳苦地骑着自行车,来给我们上课。冬天里,教室不像城里的学校有暖气,您怕我们冻着,就自己搭了火炕,自己烧炉子,让教室里顿时暖和起来。即使是冬天,不管刮风下雪,您也总是按时来给我们上课,从来没有迟到过。为了我们能像别的孩子一样可以上各门课程,您一人担负许多科目,上完数学,上语文……而且您还同时从一年级教到五年级。这一天天下来,您该有多累啊!

虽然您只教了我两年,但您是我的启蒙老师,而且在这两年的时间里,我们拥有过许多快乐。我几乎忘了,只记得那天是个开学日,您让我当班长,刘永艺当副班长,曹月当小班长。庞运发看见我们都当班长,问您:"老师,那我是什么班长呢?"您想了想,说:"你当管说话的班长吧。上课时,你不说话就可以了。"全班同学听了,哄堂大笑。这两年时光,带给我许多美好的回忆,我经常在梦里梦见您,还有迟佳伟、于宏伟、吕雪松……梦见我们一起学习,一起做游戏,高兴极了!

后来,因为兰河的学生都去二屯上学,所以您也被调到了二屯。在二屯学校里,您对我更好了,只要有好东西,您就给我留着。仲老师,您为我们操碎了心,但您的心血没有白费,我们都努力地学习着。有一天,我在电视上看见您和一些人在文化宫里,主持人说您被评为"十佳优秀教师"之一。于宏伟后来去了山东,他回来时对我说,他在网上看见一个瘦小的老师推着一辆自行车,艰难地在雪地里走着;当她走过之后,雪地上留下了许多脚印。电脑资料上显示,是一位黑龙江伊春市的教师,他当时就想到了是您。

仲老师,这个盒子里有一支钢笔,它是我在作文竞赛中获得一等奖时得到的奖品,我一直没用。虽然这支钢笔不值钱,但是,是我的奖品,我把它转送给您,希望您看到这支钢笔就想起我来。

再见,敬爱的老师,是您为我们开启智慧的门窗。"谁言寸草心,报得三春晖。"您的教育之恩将永远铭刻在我们心上!花儿以它馥郁的芳香,作为对哺育它的大自然的回报,我就以我学习上的成绩,向您表示感谢吧!

青春永在!一生平安!

身体健康!万事如意!

您的学生:颜繁旭
2010 年 6 月 30 日

含着眼泪读完了信,仲威平才知道,原来这支钢笔是颜繁旭获作文竞赛一等奖的奖品,她由衷地为孩子的进步而自豪。家长则感激地说,孩子的成长离不开仲威平,不仅孩子要感谢她,一家人都感谢她。

仲威平还是那句话,一切都是自己应该做的。她把信收下,把钢笔还给了家长,说:"好不容易得的奖品,留给孩子自己用吧。希望这支钢笔陪伴孩子取得更好的成绩!"

第五部分 选择的力量

至今,仲威平还珍藏着这封来自学生的信,因为那不是普通的文字,而是一份最宝贵的师生情谊,字里行间都是真情实感,饱含着一名学生对她的爱戴和感恩,令仲威平感动的同时,也深受鼓舞。

听到这里,我忽然想起小学课本里的一篇课文,题目就叫《师生情》。如果没记错的话,那是一篇看图学文,描述了三位女同学在老师生病时,代表全班同学冒雨去医院看望老师的情景,表达了学生尊敬老师、爱戴老师的一片深情。插图上画的是医院病房门口,三位女同学挤在一起趴在玻璃门上往里看的情景。在她们身边放着满满一篮鸡蛋,门旁边还立着一把雨伞。

"没错没错,这篇课文我给孩子们讲过。我记得很清楚,当时孩子们还说,如果我生病了,她们也要像图中画的那样,带着礼物到医院去看我。他们也爱我敬我,希望我快些好起来……"仲威平不住地点头,每一次来自学生的回馈,都会令她感到特别欣慰,她接着说道,"后来真正需要手术住院的时候,我尽量选择了孩子们放假的时候,一是不想耽误孩子们上课,二是怕孩子们真去医院探病。"

"啊?手术?什么病?什么时候?是之前说的卧床10天的大病吗?那次不是单纯的感冒吗,怎么会……"我立刻紧张起来,"手"和"术"本来是两个独立的字,可是一旦组合到一起就显得异常严重,令人顿时生出无尽的恐怖和担忧。

"不是那次,但跟那次有关系。后来一共手术两次,一次是2007年,另一次是2012年。不过都过去了,你不必担心。"仲威平笑了笑,但笑容背后的些许忧伤依然能读得出来。可能身体已经不痛了,但术后在心灵上留下的"疤痕",依然会时不时地搅痛她的心吧。仲威平简单梳理了一下情绪,讲起了与病魔战斗的两次经历。

病因还得从多年前说起。由于长期劳累和受冷受凉,仲威平的身体状况很差,不仅患上了严重的风湿病,还诱发了严重的妇科病。第一次手术是在2007年1月6日,孩子们期末考完试,第二天仲威平就住进了铁力市医院,准备做卵巢囊肿切除手术。这种病很折磨人,仲威平已经忍受了四五年,一骑自行车就犯病,可是自行车又是那时候唯一的交通工具,所以导致病情越来越严重。最后实在挺不住了,村医说再不治疗,恐怕就会引起不好的后果,不能再拖了。仲威平这才重视起来,但还是坚持到孩子们放假才去做手术。

手术进行了两个多小时,仲威平和家人都非常紧张,幸好手术很成功。后来,医生知道了仲威平"一人一校"坚守兰河小学的事,责备她不懂得爱惜身体,严厉地说:"宁要学生不要命!如果你的命没了,学生怎么办?"同病房的病友了解到她的情况后,虽然很敬佩仲威平,却又产生了一些质疑,问她这么辛苦工作图的是什么?

说心里话,这样的质疑声并不少,仲威平已经习以为常了。她自己清楚,作为一个母亲,她爱兰河村那些孩子;作为一名人民教师,教学是她的责任和使命。然而,经历了一场与病魔的抗争后,竟然再次听到这种质疑的声音,这让原本身体就很虚弱的仲威平,心里觉得更加委屈。她不愿意回答对方的问题,于是假装闭目养神,可是眼前再次浮现出与兰河村有关的画面——

随着生活条件的逐渐改善,她在骑坏了8辆自行车后,终于有了第一辆电动车,骑起来既省力气又省时间。可是冬天的时候,骑电动车就遭罪了:一是双脚不用蹬车,就没有了活动量,在寒风中就会越来越冻脚;

第五部分 选择的力量

二是路上也有麻烦,路面不是像镜子一样滑,就是有厚厚的积雪无法前行。所以,她只能选择在冬天里继续骑自行车,即使戴最厚的大手捂子,依然能感觉到凉气"嗖嗖"地往掌心钻……

那一刻,病房里洁白的床单,飘出刺鼻的消毒水的气味儿,刺激着仲威平的神经。她默默地扪心自问:如此艰难的路上,为什么还要坚持呢?身体不适的时候,为什么写了病假条,最后还是把它悄悄揣进兜里,硬撑着走进教室?为什么明明撑不住了,还要一边打点滴一边讲课?

"说一千道一万,还是放不下每一个学生。而且,学生们也离不开你,颜繁旭的这封信和孩子的进步,其实就是最好的答案。"我替仲威平回答了她对自己的提问,也回答了那些质疑声。其实很多时候,一个人做什么事真的并非有什么企图,然而人性是复杂的,不乏有人"以小人之心度君子之腹",确实会令当事人非常烦恼。幸好,除了在病床上之外,仲威平都是一笑了之,丝毫不把这些质疑放在心上。

仲威平听我说完点了点头,语气很坚定地说:"人在生病的时候确实很脆弱,情绪也容易受影响。幸好,大多数时候我是坚强的。比如2012年来临的时候,很多人因'世界末日'这个预言而恐慌,我却丝毫没有受影响,每天照常骑车上班,兰河小学照常上课,孩子们照常写作业。"

2012年3月5日,因失血过多仲威平突然晕倒在讲台上。送到铁力市医院检查后,才发现因常年处于湿冷环境,她的子宫长满肌瘤,而多年来因为要一人一校给兰河村的孩子们上课,一次又一次耽误了治疗。

时隔5年,仲威平再次住进了医院。只是这一次,病情没有再听她的任性安排，因为情况严重，虽然学生才刚刚开学，但已经不能再拖到暑假做手术了。这次，医生给她做了全身麻醉，历经4个多小时完成了子宫全切手术。住院治疗仅仅一周后，她又回到了学校，回到了孩子们的身边。

仲威平回忆说，手术前需要签同意书时，她被那些条条款款弄得晕头转向。与生命相比，是不是"完整的女人"已经不重要了；与疼痛相比，麻醉的神志是否能完全恢复，那一刻对她来说显得更重要——她最担心麻醉药的副作用，万一对大脑造成不可控制的影响，让她失去原有的记忆，变傻或者成植物人，那她就再也不能给孩子们讲课了。

"现在回想起来，当时的自己实在很幼稚，在医学技术如此发达的新时代，我竟然怀疑起医学了。其实正如你所说，医生和教师这两个职业有共同之处，都被尊称为'先生'；同时在职业道德方面，也是仅有的被独立要求的职业，那就是'医德'和'师德'。所以，我为自己当时的无知道歉，像家长和孩子相信我那样，我应该相信科学，尊重医生。"仲威平总是如此谦虚，能够进行自我剖析，自我反省，自我检讨，这是多么值得我学习的美德啊。

于是，由她的一番话语，我也情不自禁地将这两个职业进行了比较。明代龚廷贤说："病家求医，寄以生死。"这说明医务人员与患者之间，是生死所寄、性命攸关的关系，医生涉及千家万户、男女老少、各行各业，影响面很广。所谓"医者父母心"，愿每个患者都得到"一视同仁"的待遇。

而教师职业，是"教书育人，寄以未来"。这决定教师与学生的关系，是"师爱为魂，学高为师，身正为范"。教师不仅涉及千家万户，还涉及社会和国家；不仅影响现在，还影响未来。"桃李不言，下自成蹊。"

第五部分 选择的力量

一支粉笔，书写的是纯粹的奉献；一方讲台，映照的是艰辛的劳动；一块黑板，记录的是无限的深情。

于是，我在笔记本上记下一个等式"教师＝医生"。就拿仲威平教过的孩子来说，在某种程度上，不是"家庭生病"了，就是"自身生病"了，所以在那段特殊时期，无法转到条件更好的学校上学。仲威平就好比是一名医生，既有父母之心，又有仁爱之心，平等地面对每一个学生，让他们以最安全的方法得到"治疗"，然后以最快的速度"痊愈"，最后以身心健康的姿态融入崭新的生活中。

这就是最好的教育，相信教育的力量，相信所有正确的教育都有收获的那一天——仲威平在兰河小学坚守了24年，以"一人一校"的方式，倔强地做到了！

6 儿子说过的话

对于仲威平来说,儿子是她内心最温润柔软的部分,总是不敢轻易去碰触。然而,这又是一个不能逃避的话题,因为她非常清楚,亲子关系是每个人来到世间的第一个人际关系,它对人的身心健康是十分重要的。如今,把她带到这个世界、深深影响了她的父母,都已经离她而去了;那么在这个世界上,唯一称得上亲子关系的,就是正在成长中的儿子。细细算来,她和儿子的"亲密"互动,也是与几个重要时间点分不开的:1993年、1998年、2006年和2010年。

最令仲威平怀念的,是1993年儿子出生后休产假的六个月时光。一个小生命因她而到来,她心中涌起神圣的感动,眼神里仿佛都透出美丽的霞光。接下来的日子,在母亲和婆婆的指导下,她按时给儿子喂奶、照顾他。常给他听听音乐,还忍不住给他讲讲故事,尽管他可能听不懂,但她总情不自禁地想跟儿子说话。满月以前,儿子的小胳膊、小腿总是喜欢呈弯曲状态,两只小手握成拳头。三个多月的时候,儿子能支撑自己的头部,努力挣扎着想自己翻身;目光还经常追随仲威平的身影,只要听到她说话的声音,就会表现出注意倾听的表情。儿子的变化,令仲威平激动不已,一遇到晴朗无风的日子,她就抱着儿子出去晒太阳,尽量多带他呼吸新鲜空气,让他尽早对周围环境有所认知。六个月的时候,儿子不仅能自己翻

第五部分 选择的力量

身,而且已经会坐,伸手拿自己想要的东西,仲威平经常躲在母亲身后叫儿子,看他对声音的敏感度——这孩子可机灵了,总是立刻捕捉到声音来源,歪着头把仲威平找出来,逗得祖孙三代同时笑个不停⋯⋯

然而,那段时光太短暂了,随着产假结束,她不得不直接给儿子断了奶,狠心地用奶粉替代母乳,狠心地把儿子交给母亲照顾。如今回想起来,她对儿子亏欠的,不仅仅是"母乳"喂养,还有很多很多。比如:亲眼目睹他如何扶着窗台,一点点颤巍巍地站立;如何牵着大人的手,一步步蹒跚学会走路;如何用小巧的舌尖,轻轻舔那刚刚萌出的小乳牙;如何用拇指和食指协调地拿起小东西,不管不顾地就往嘴里塞;如何用含糊不清的童音,说出第一声"妈妈"⋯⋯

最令仲威平揪心的,也是儿子的这声"妈妈"。那是 1998 年,儿子已经 5 岁,对自我、家人以及身边的事有了一定的认知,也有自己的小想法。当得知仲威平要去上班,而且是"一人一校"的方式,就有些伤心和生气,因为他知道自己从此会被"冷落"。所以,小家伙拦在自行车的前面,悲愤地喊叫着:"哪有妈妈离开孩子的?那都不是好妈妈!"一句句"妈妈"如刀子一样,刺痛着仲威平的心,她多想抱起儿子,告诉他妈妈不是不要他,只是妈妈有更大的责任,还有更多的孩子需要妈妈。可是,她什么话也讲不出口,面对一个泪流满面的 5 岁男孩,仲威平只能默默地在心里说句:"儿子,对不起!"

最令仲威平自责的,是 2006 年母亲离世之后。那一年,13 岁的儿子升入了初中,这是青春期的开始,是九年义务教育阶段的最后三个年头,也是向高中过渡的阶段,更是心理不断发展和成熟的重要阶段。作为教师,虽然没教过初中,但仲威平了解这个阶段的孩子,青少年的眼光观察世界,会发现和童年的感觉大有不同,总是想用成年人的思维方式进行思考,行为却比较幼稚、大胆。他们渴望成熟，盼望成长，有时候却又迷茫、无助，找不到动力和方向，表现出来的言谈举止被归结为一个词——叛逆。

偏偏这个时候，仲威平的母亲突然离世了，受到沉重打击的不仅是仲威平，还有她的儿子。孩子从小就由老人家带大，隔代亲的抚养方式，在母亲身上体现得淋漓尽致——孩子的衣食住行，被老人家细心地照顾着；孩子的学习，因缺乏父母的辅导被耽搁了。母亲离世后，当仲威平发现孩子成绩下降的时候，突然感到前所未有的无助。为了兰河小学的学生，她把嗷嗷待哺的孩子丢在家里；更是为了学生，回到家后也没有时间留给儿子，在他成长过程中没有更多地去陪伴他。那一刻，她多么渴望每晚能为儿子补补课啊，争取让儿子把成绩追上去。

然而，愿望很美好，到现实生活中往往难以实现。兰河小学的复式教学，着实占据了仲威平太多的时间和精力。即使大多数时候，是爱人王田早早地把饭菜做好，把家务做好，但等仲威平批改完作业、备完第二天的课后，已然快夜半时分了。仲威平刚要给儿子补课，儿子不是困得迷迷糊糊的，就是已经躺在床上睡着了。每每这时，仲威平都久久站在儿子床边，一边深深地自责，一边担忧着儿子的学习。常言道："态度决定一切。"仲威平认为，这句话同样适用于学习，她希望儿子能振作起来，养成良好的学习态度，只有主动进取和奋斗，才能取得好成绩。只可惜，那时候儿子正处在叛逆期，根本听不进这样的劝告……

最令仲威平担忧的，是通校车前的2010年。想着以后不用再每天往返20公里去送学，仲威平就兴冲冲地规划着，正好把节省下来的时间用来多陪伴并辅导儿子学习。彼时，儿子已经是17岁的高一学生，个头跟爸爸王田一样高，像一个大小伙子了。可是拿起儿子的书本，仲威平的头都大了，一种强烈的愧疚之情让她后悔莫及——以前自己会的

第五部分 选择的力量

文化课，没时间给孩子补；如今有时间了，却已经弄不懂儿子的文化课，想补也做不到了……

没有办法，补充不了精神营养，仲威平只能多多努力给儿子补充物质营养——多做好吃的。一有时间，她就抢着跟王田做饭，变着花样给儿子增加营养，希望通过高中三年的努力，儿子的成绩能达到能力范围内的最佳水平，将来考个相对理想的大学。她欠儿子一个"补课"，可是她无法讲出口，只能把歉意融入香甜的饭菜，融入生活中的一点一滴，期望儿子能慢慢理解她的心——不是当妈的心里没有儿子，只是太多的贫苦孩子在妈妈心里。

最令仲威平感到无能为力的，是儿子的辍学。由于初中阶段基础没有打牢，高中课程进度又很快，所以两次月考之后，儿子的成绩明显滑到全班的后面，情绪受到严重的打击，学习的兴趣也瞬间减退。仲威平和王田反复劝说儿子，希望他放下思想包袱，只要在自己能力范围内努力就好，高考时无论考上什么样的院校，都是对自己学习生涯的一个交代。可是儿子已经完全丧失了信心，被父母劝得不耐烦了，就有些负气地说："从小妈妈就不陪我读书，写作业也不管；爸爸白天教学，回家干各种活，也没时间管我写作业，出现这种状况是必然的。你们就接受吧，再上学也是浪费时间。"

仲威平悄悄抹了几次眼泪，可是书需要当事人去读，学需要当事人去上，父母再怎么希望孩子上大学，也只能在精神上和物质上提供保障，至于学得好不好，父母真的无能为力。值得欣慰的是，儿子决定从高中退学，并不是要做个游手好闲的人，而是非常懂事明理，并且有自己的想法——计划报一所有计算机专业的中专，毕业后拥有一技之长，同样能生活得很不错。就这样，仲威平又破涕为笑，跟王田四处咨询后把儿子送去学计算机了。

今年,儿子已经27岁了,不仅正式参加了工作,还利用工作之余,自学考取了大专和本科文凭。偶尔一家人回忆起往事,仲威平想向儿子表达歉意的时候,儿子或者大方地说"没事了,都过去了",或者故意调侃说"你心中只有学生,就是没有你儿子",有时候又很认真地说"你亏欠我的,何止是没考上大学啊,还亏欠我一个画家梦和一个音乐家梦啊"。

仲威平于是又无语了。因为很多年前,她只知道儿子的嗓音随爸爸,唱什么歌都好听,但不知道他是那么的喜欢唱歌,也没想过有意识地培养和训练他。至于美术方面,她也单纯地以为,儿子跟兰河小学的孩子一样,只是喜欢画画而已,根本没想到他心中有个"画家梦",所以从来没想过给他报个特长班,引导和培养他的爱好。无论是否能成为画家和音乐家,有兴趣和特长总是好的,不仅能在工作中脱颖而出,也能让孩子自身得到锻炼,修身养性。

如今想想,一个爱好音乐的孩子,家长什么乐器也没让他学习;一个酷爱画画的少年,一点儿绘画的基本功也没有。所以,仲威平讲不出"对不起"三个字。而且事已至此,这三个字已经于事无补,只能把亏欠深埋在心底。她也明白,懂事的儿子并不是埋怨,只是回顾和展望他的人生之路时,偶尔有些小失落。

于是,仲威平又说服自己,也鼓励儿子——成不了音乐家或画家也没什么,可以把爱好坚持到底啊。如果现在依然喜欢,完全可以坚持学习,以此作为终生的兴趣并陶冶情操,也是一件很美好的事。儿子觉得有道理,工作之余在网上自学绘画,进步还挺快的。偶尔,他会把自己的画拿给仲威平看,仲威平由衷地赞叹儿子的绘画天赋,然后鼓励道:"儿子,如果真有下辈子,你一定要从小打好基础,考个理想的艺术学院,没准真能成

第五部分 选择的力量

为大画家呢。"

作为成年人的儿子已经能听出话外音了,他知道仲威平还在自责,所以安慰妈妈道:"我的小遗憾,只是兴趣没有得到发挥而已,这不影响我的生活啊。可是如果你不管兰河小学的孩子,那么他们的遗憾可能就是整个人生。所以,你是伟大的妈妈,我一点儿也不怪你。"

仲威平的心头一阵温暖,积压在内心深处多年的愧疚终于慢慢地释然了。不记得什么时候,曾经有人这样问她:"1个儿子和118个学生,到底哪个更重要?"说心里话,仲威平不愿做这道选择题,或者说这道题有些残酷,明明都是自己挚爱的孩子,为什么给人"鱼和熊掌不可兼得"之感?由此话题延展开来,也有人问过她——如果她没有选择"一人一校"送学路,是否会有同事跟她一样,挺身而出,甚至做得比她更好?如果她中途放弃了坚守,是否会有同事接过她的"接力棒",继续那段20公里的送学路?面对这样"会与不会"的问题,仲威平同样不愿意做出草率的回答。

在生活中不断磨砺,仲威平悟出一条真理:世界上不是什么事情,都是"非黑即白"或"非A即B",可能还存在"答案C"。比如在"1和118"这个问题上,她A和B都不单选,而是选择谁都不放弃,能给予多少关怀就给予多少,能传授多少知识就传授多少,能教育他们什么就教育什么,只要是正向的、正确的、积极的,最终对这些孩子们都是难得的精神财富。

同样,在"会与不会"的问题上,她也不愿意草率地回答"会",是因为她切身体会过送学路的艰难,所以不希望再有同事跟自己一样受累,如果一定要经历,就由她一个人"顶"下去好了。而不愿意草率地回答"不会",是因为众所周知,全国有许多乡村小学都跟兰河小学一样,因此"一人一校"并不是她的"首创",还有更多人值得敬仰和尊重。关于这道题,她更喜欢教育局给出的"答案"——起用安全快捷的专用校车，保障所有的孩子都能上学，保护所有的教师身体健康。

我劝仲威平，希望关于儿子的事，她尽快放下心理负担，不要再敏感了："你说得太好了！有时候选择答案C，换一个角度看待问题，很多事情就又豁然开朗了。比如你对儿子的亏欠，其实换个角度分析，并不能算作亏欠，或许正是由于你的大爱、奉献、坚韧、执着，才潜移默化地培养了儿子的精神品质，从而帮助他更正向地成长。相信儿子，他一定早就理解你了。"

"是啊，从这个角度来说，牺牲儿子一个人的兴趣，换来兰河小学100多个孩子的茁壮成长，真的很值得。"仲威平长长舒了一口气，其实我猜想，她的心中早就有此答案，只是毕竟亏欠的时光真实地存在着，一时半会儿，她无法说服自己罢了。

其实，亲子关系说简单就简单，说复杂又很复杂。有人打过这样的比方：如果把家庭看成一个三角形，那么父亲、母亲、孩子便是三角形的三个角。在这个三角形中，每条边都代表着两个家庭成员间的关系，稍微有一些不平衡，三条边可能就长短不一，关系会不稳定。那么，健康幸福而利于孩子成长的家庭，应该是一个什么样的三角形？很多家庭把教育孩子的责任压在母亲身上，但也有专家认为，健康的家庭关系是全家维系的，夫妻关系较亲近的家庭，都给孩子均等的爱和正确的教育，这样的"三角形"最趋于完美。

"有这样的说法？那我终于可以释然了，我们的亲子关系还不算太失常。因为我跟王田文化程度相当，夫妻关系挺和谐的，教育孩子的观念也一致，平时工作都忙，所以给孩子的爱也差不多吧。"仲威平被逗笑了，没有追问这种说法的出处，也没有追问其可信度，反正"存在即合理"，

第五部分 选择的力量

此刻释然的心理状态下,已经不需要太纠结过往了,她顿了顿又说,"其实你说得对,随着年龄的增长,儿子越来越理解我了。有一次母亲节,还给我写了一封公开信,让我这个当妈的特别感动和欣慰。"

说完,仲威平翻出微信朋友圈,转给我一个链接,时间显示是2019年5月12日,内容是黑龙江省教育厅做的母亲节专辑《爱要怎么说出口?给妈妈的一封信》。我细细地翻阅着,一组组亲子照片和孩子的书信,令读者的心弦被轻轻地触动着,忍不住被"妈妈"这个伟大而平凡的人感动。仲威平跟儿子的照片是第四组,照片背景是北京鸟巢,儿子身着一件黑蓝相间的T恤衫,伸着手用右臂轻轻搂着仲威平。儿子的千言万语,都通过下面的一封亲笔信,传递给了教书育人的"楷模"妈妈——

亲爱的妈妈:

您好!

正值母亲节来临之际,千言万语汇成一句话:妈妈,您辛苦了!

您是一位乡村教师,在我的记忆中,您虽然非常疼爱我,却没有时间来陪伴我。为了您的工作和那些需要您去呵护、照顾的学生,您把我送到奶奶家、姥姥家。当时我还小,不理解,每次见到您时,哭着搂着不让您走,还说:"哪有妈妈离开孩子的,那都不是好妈妈,不是好大人。"我看着您的泪水不止一次流下来,可还是骑上自行车风里、雨里给学生去上课。生病的时候,我多么希望妈妈您能抱抱我呀!

在我的成长过程中,没有像别人家孩子那样有妈妈的陪伴,也许是咱们母子终生的遗憾吧!长大后,我渐渐理解了妈妈,您当时应该也是经过了艰难的选择吧。舍小家、顾大家,您说过,您是一名人民教师，换了谁都会这样去做。

　　妈妈我爱您！我不怪您，您心里不是没有我，只是因为有太多太多的孩子在您的心里，您做了自己应该做的事。送走一批批的学生，您的头发白了，背也驼了，脸上布满了皱纹，看着咱家院子里堆放的那些您曾经骑过的破旧自行车，您走过了多少路啊？您用一生去爱护学生，您常说看到学生们成才，什么都值得了。

　　妈妈，我已经长大了，您是我心中最好的榜样，您让我知道在今后的人生道路上怎样去做人，怎样成为对社会有用的人，怎样去帮助那些需要帮助的人。我为有您这样的妈妈感到骄傲和自豪！

　　节日快乐！请您多保重身体！永远年轻！

您的儿子：王海鹏
2019 年 5 月 12 日

　　无须再多言，血脉亲情一直在缓缓地、暖暖地流淌着，滋润着仲威平和儿子的心灵。其实，亲子之间最重要的相互作用，不是说服和征服，而是沟通和爱。在人生的征途上，每一个行进的足印都伴着一个梦，每一次选择的背后都是坚守的力量，愿仲威平儿子的梦跟她的梦一样踏实，在美丽的小兴安岭南麓次第开花，纵情绽放。

第六部分
初心不改向阳红

① 最神圣的时刻

2011年2月28日,对于仲威平来说,是终生难忘的一天。

那一天,她代表黑龙江省到北京参加中华全国总工会的表彰大会;那一天,她荣获"全国五一巾帼标兵"荣誉称号,同时被授予全国五一巾帼奖章、全国五一劳动奖章;那一天,她受到了时任中共中央政治局委员、全国人大常委会副委员长、中华全国总工会主席王兆国的接见;那一天,她有幸在人民大会堂作先进事迹报告。

仲威平说,接到通知的时候,她简直以为自己是在做梦,根本不相信这样幸福的事会发生在自己身上。对于二十世纪六十年代出生的农村孩子,仲威平最早知道人民大会堂,是从广播中听到的,当时家里还没有电视,只知道那是一个神圣的地方,只知道那是一个雄伟的建筑物,至于究竟是什么样子,父亲没见过,村里人更没见过。因此,孩子们心中的人民大会堂,也只能是凭借想象了。后来上了小学,有一篇看图学词学句的课文,内容就是"人民大会堂,全国人民热爱共产党"。老师说,人民大会堂于1958年10月动工兴建,1959年8月竣工,仅用9个多月就建成,完全由中国人自行设计兴建,是我国建筑史上的一大创举。人民大会堂是全国人民代表大会开会的地方,也

第六部分 初心不改向阳红

是国家领导人和人民群众举行政治、外交活动的场所。正门顶上高悬中华人民共和国国徽,金光闪烁,十分引人瞩目。整座大厦屋檐均用黄绿色琉璃制品镶嵌,尽显庄严宏伟、朴素典雅的民族风格和现代化建筑的非凡气派。仲威平瞪着眼睛认真地聆听着,然后等老师讲完了,又好奇地问:"老师,到底什么是庄严宏伟啊?"老师摇了摇头,在偏僻的山村和信息闭塞的年代,实在找不出具体的实物,给年幼的仲威平解释清楚。

后来,随着年龄的增长和知识面的拓宽,再加上电视的普及,对人民大会堂的模样,仲威平终于有了具象的了解:面积很大,体积很大,设计很美,颜色很淡雅。整个外观,正如电视中描述的那样:"一条黄绿相间的琉璃屋檐,把巍峨的大会堂的轮廓从蔚蓝的天空中勾画出来。那壮丽的柱廊,淡雅的色调,以及四周层次繁多的建筑立面,组成了一幅庄严绚丽的图画。"在图文并茂的解说词中,雄伟的大会堂在乡村女孩心中扎下了根,从此成了一个神圣的念想。

走上工作岗位后,仲威平也给孩子们讲这篇课文,当然,也有孩子跟小时候的她一样,好奇地询问书本以外的问题。当时教学设备太简陋,还不能进行直观动态的幻灯片课件演示,所以需要老师进行图文并茂的讲解。不过,此时仲威平讲述的内容,要比当初她的启蒙老师丰富得多,她不仅讲了大会堂的外观,还找来初中课本,给孩子们读有关大会堂内部结构的内容:"屋顶是穹隆形的,天花板上纵横密排着近500个灯孔。灯光齐明的时候,就像满天星斗。顶部的中心挂着红宝石般的五星灯,灯的周围是70条瑰丽的光芒线和40瓣镏金的向日葵花瓣,象征着全国各族人民万众一心,紧密团结在中国共产党

的周围。在它的外围,有三环层次分明的水波形暗灯槽,同周围装贴的淡青色塑料板相遇,形成'水天一色'的奇观。"

兰河村的很多孩子,关于这座雄伟建筑的第一印象,就源于仲威平的课堂讲解。孩子们认真地聆听着,虽然没有生活在城市的高楼里,但电视里播放过很多建筑的画面,所以他们对"宏大雄伟"的建筑还是有一些印象。对于他们来说,更好奇大会堂里面的样子,七嘴八舌地问:"老师,红宝石是什么样子的?五星灯到底是怎样发出万丈光芒的啊?"这回,轮到仲威平摇头了,她只能告诉孩子们,红宝石是颜色呈红色的刚玉,非常稀少珍贵;可是五星灯怎样发出万丈光芒的,她没有身临其境,所以真的无法描绘出来。孩子们有些失望,有一个孩子央求她说:"老师,您什么时候去看看吧,回来好给我们讲讲……"

孩子的一句天真的话,令仲威平哑然失笑,多少人对人民大会堂神往,渴望有一天走进那神圣的殿堂。可是,这对于她这个普通乡村教师来说,永远是个可望不可及的梦想!于是,她把希望寄托在学生们身上,鼓励他们好好学习,将来考入理想大学,找份理想的工作,并努力为社会做贡献,才有可能代表兰河小学的所有师生,走进人民大会堂……

"恍然如梦啊!得知我要去人民大会堂的消息,孩子们沸腾了,一个个比我都激动:有的叮嘱我看看那条黄绿相间的琉璃屋檐;有的叮嘱我看看那颗红宝石的五星灯;有的叮嘱我研究一下,五星灯是如何发出光芒万丈的……我答应了孩子们的所有嘱托,因为我知道,这不仅是我的圆梦之旅,更承载着孩子们的梦。"仲威平激动地讲述着当时的心情,从接到通知的那一刻起,她的家人、学校、兰河村,甚

第六部分 初心不改向阳红

至工农乡中心校、铁力市教育局、伊春市教育界,都共同分享着这份惊喜。

"祝贺你,仲老师!你是黑龙江省教育界的骄傲!"伴随着仲威平的激动心情,同样作为乡村长大的孩子,此刻,我仿佛也跟着她的心跳,一起有机会去抚摸大会堂的十二根大理石门柱,去感受红宝石五星灯的万丈光芒。

"可是,激动之余,压力随之也来了。如你所说,我代表的不是我自己,荣誉得益于这些孩子们,更得益于各级领导的培养和认可,所以我突然又开始感到忐忑不安,觉得自己太平凡了,担心自己承受不起这样的荣誉。"仲威平神色凝重地点了点头,随后又摇了摇头,仿佛那一刻的压力,至今还没有放下。或许也确实如此,但那时的压力已经化成了动力,她至今依然在默默奉献着,从不敢懈怠。

据仲威平回忆,接到通知的当天晚上,她躺在炕上翻来覆去睡不着。恍惚间,人民大会堂的五星灯在天花板上晃动着,仿佛在提醒她——你给山村的孩子们讲课还行,到人民大会堂作报告可不是闹着玩的,在如此神圣的地方,当着全国各地的获奖代表,你要讲些什么?万一讲不好,对得起你们各级领导的期望吗?对得起兰河小学孩子们的期待吗?对得起这份沉甸甸的荣誉吗?

第二天醒来,第一个想法就是"打退堂鼓"。她跟爱人王田说,这个报告她不能作,万一讲砸了,那可是给整个黑龙江省丢脸。王田让她三思,她说不思了,宁可被领导们批评,也不能冒这个险……话音未落,家里的电话机铃声响了,仲威平接起来一听,是中心校领导打来的,叫她去研究演讲稿的事。仲威平还没来得及"推辞",领导就猜出了她的心思,说她此行代表的是集体荣誉,所以不仅不能"打退堂鼓",还必须高度重视,以饱满的热情和最大的激情,跟相关部门搞好配合,争取在规定的时间内完成好演讲稿。仲威平这回听懂了,稿子会有领导们帮着把关,她可以略略松一口气了。

然而,真正进入到稿子创作期,仲威平发现这个过程并不容易,用她的话说,"甚至比讲一学期的课都艰难"。首先,要选取真实感人的素材,在那么多年那么多事中,如何精准地选出两三件,实在令仲威平有些难以取舍。每个春夏秋冬,都有喜怒哀乐;每个孩子身上,都有感人的亮点和各种难处;每次送学的路上,都有难忘的情境……最后,她只能根据领导的建议,筛了又筛,选了又选,把最有代表性的孩子的故事,讲给大家听。

故事定好了,那么接下来,用什么样的语言去组织,用什么样的语气去表达,用什么样的情感去抒发,如何在有限的时间里,把坚守精神和教育理念展示得淋漓尽致……一连串的问题又接踵而至,仲威平每天"陷"在稿子的创作中,感觉当年参加"民转公"考试也没有这么困难。

幸好,有省工会领导的体恤,帮她反复把关讲稿,字斟句酌,不允许有一句废话,也尽量不遗漏主要内容;幸好,省工会领导热心,帮她请来了专业的演讲老师,逐句示范指导,让仲威平很快掌握了演讲的技巧;幸好,有大家的鼓励和信任,让她从毫无自信的状态,慢慢变得有了底气,有了把兰河小学的故事展示给世界的勇气和欲望。

2011年2月26日,在省里相关领导的带领下,仲威平登上了前往北京的列车。一路上,她的心情百感交集,既有圆梦的激动,又有即

第六部分 初心不改向阳红

将接受考验的紧张。带队的领导和同伴都安慰她别紧张,相信她一定能发挥得很好,令仲威平非常感动,一颗心却依然平静不下来,连沿途的风景也没有心思看,所有的思绪都集中在那份汇报稿上……

就这样,仲威平怀着复杂的心情,终于到了北京。当天晚上,主办方组织集体彩排,全总书记处书记亲自给大家指导,一个人一个人地读,遇到问题随时解决,这令仲威平感到无比荣幸,立刻不自觉地挺直了腰杆,脸上也情不自禁地露出了笑容。因为她觉得,有各级各部门众多领导为自己把关,自己应该能完成得不错。

2月28日那天上午,仲威平身着一套黑色西装,披着"全国五一巾帼奖"的红色绶带,迈着庄重的步伐,跟随大家进入了人民大会堂。那一刻,她找不到更合适的词语,形容当时的心情——除了激动,还是激动!如此神圣的地方,自己竟然真的来了!仲威平很想伸手抚摸一下那些柱子,那些璀璨的灯光。甚至那张红色的地毯也如此隆重,让她情不自禁想俯下身子去亲近……

在等领导到来前的短暂时间里,仲威平的眼睛几度湿润:想想自己就是一个农村教师,竟然能站到这么神圣的地方,像做梦一样不真实;同时,她又不断地提醒自己,千万不能太激动,得赶紧把眼泪憋回去,马上就要作报告了,怎么能一句话没讲,就自己先痛哭流涕呢?

突然,会场发出热烈的掌声,原来不知何时领导们已经来了。仲威平也赶紧抬起双手,边鼓掌边望向领导走来的方向,激动得心中像有小鹿在跳跃。近了,近了,当时任中共中央政治局委员、全国人大常委会副委员长、中华全国总工会主席王兆国同志走到获奖者面前,笑容可掬地逐一跟大家握手的时候,仲威平情不自禁地伸出自己的双手，握住了领导充满鼓励的手——摄影师记录下了那个瞬间，仲威平脸上带着最美丽的笑容，所有的紧张情绪都不见了，剩下的只有感谢、感动和感恩。

接下来的报告环节，受表彰的集体和个人中有6位代表先后发言，仲威平第5个出场。至今回忆起来，仲威平还是觉得很奇怪，当她一步步走到报告桌前，面对台下那么多陌生的面孔，面对此时此刻如此隆重的场面，蓦地想起兰河小学，往事历历在目，感觉真实又遥远。既然组织信任她，那么此刻唯一的任务，就是把报告作好，让大家在有限的时间里，认识兰河小学、了解兰河小学、走进兰河小学、关注兰河小学，从而跟她一样，爱上兰河小学，爱上那里可怜又可爱的孩子们——

尊敬的各位领导、同志们：

大家好！

我叫仲威平，是黑龙江省铁力市工农乡中心校原兰河小学一名普通教师。今天能在人民大会堂汇报工作，感到万分荣幸。我汇报的题目是：为了乡村的孩子，一人一校也心甘。

教师，是太阳底下最神圣的事业。它平凡，却可以使学生变得伟大；它清贫，却可以使学生变得富有；它无权，却可以使学生变得高尚……为了这魂绕梦牵的事业，我在偏远山村教学点上，默默地坚守了二十四个春秋。二十四年的风风雨雨，我记不清遇到过多少坎坷，更数不清克服了多少困难，但为了乡村的孩子能实现求学梦想，我无怨无悔。

第六部分 初心不改向阳红

……

林区的春天是很冷的。冰雪消融的时候，常常是白天开化，晚上结冰。早晨路面光得像一面镜子，汽车走在上面都打滑，自行车被摔出几米远，更是家常便饭。二十多年来，我有十几次连人带车一起滚到路基下，车链子摔坏，脸被摔破，仍然坚持到校上课。为了防止自行车坏了耽误上课，我背包里一年四季都少不了螺丝刀、气门芯之类的工具。而林区的夏天也不都是艳阳天，常常会遇上风雨。每当狂风暴雨袭来的时候，我披的雨衣根本无济于事。骑车到学校，浑身上下都湿透了，每次冻得都浑身发抖。

由于学校一直没有饮用水，我每天都从家里用瓶子带点水。夏天还好，冬天一路走来，水冻成了冰，又化成了水。我常年的午饭就是三口干粮两口水，因此得了很重的胃病和风湿病……二十四年的时光，我的豆蔻年华已不复存在，我把最美好的青春献给了学生，献给了教育事业。

有朋友帮我做了一道算术题：按我每天上下班骑车走20公里路，一年走180天计算，我一年走过的路是3600公里，24年下来是8万多公里，可以绕地球赤道两圈多。这二十四年，我骑坏了八辆自行车；回首二十四年教学生涯，我没有愧对教师天职。

……

令人欣慰的是，我的付出得到了组织的认可，我先后多次荣获铁力市优秀教师、伊春市十佳德育教师、伊春市关爱标兵、伊春市劳动模范、"感动伊春"年度人物、黑龙江省优秀班主任、黑龙江省十佳乡村教师、黑龙江省五一巾帼奖、黑龙江省五一劳

动奖章、全国优秀教师、全国五一劳动奖章等荣誉。我深知,这些荣誉是组织和领导的关怀以及家人和同志们支持的结果,也懂得还有许许多多比我更优秀的园丁,我只是代表他们,来接受这份荣誉。今后,在教育的这片天地中,我将更加执着,更加进取,愿做一枝红烛,燃烧自己,光照后人。
……

　　以上这些文字,只是报告内容的节选,关于孩子们的内容,她之前已经详细地讲过,我也都真实地记录了下来。这篇1800字的报告,仲威平发挥得非常自然,既有真情实感又有真情流露,共赢得现场听众6次发自内心的掌声,很多人听着听着被里面的情节打动了,情不自禁地跟着哭了起来。那次报告对仲威平来说,是一次心灵的震撼;对现场的每一个人,也是一次心灵的洗礼。

　　报告结束后,全总书记处书记对仲威平给予了高度的赞扬:"在最偏远的东北边陲,能做出这样的事迹,是整个黑龙江的荣誉,是全体乡村教师的荣誉!"

　　一次难忘的北京之行,仲威平载誉而归。回到家后,她把两枚沉甸甸的奖章捧到王田面前,真诚地说:"这些年,你辛苦了!我的荣誉,其实是全家人支持的结果;'军功章'里有你的一大半!"王田憨厚地笑了,说自己不图啥"军功章",只希望仲威平能保重身体,这才是对家人最大的奖赏。

　　如今,已经9年过去了,但每当仲威平回忆起那一刻,依然觉得

第六部分 初心不改向阳红

激动如初。在那之前,她已经获得了国家、省、市各级各部门的很多荣誉,但能让她激动得落泪的,却只有在人民大会堂那一次。因为那不仅承载着荣耀的光环,更重要的是承载着她儿时的梦想,承载着兰河小学孩子们的梦想。

北京,全国人民向往的地方;人民大会堂,各民族大团结的殿堂。仲威平真诚地感谢那一天那一刻,感谢中华全国总工会设立这样的奖项,让女性职工的付出和奉献得到认可,让她这个普通的山村教师,也能拥有高度的主人翁意识和历史使命感——初心不改向阳红。

② 学龄最长的孩子

2013年9月9日，第29个教师节来临之际，中央电视台举办了第三届全国最美乡村教师颁奖晚会。仲威平作为最美乡村教师的杰出代表，与来自全国各地的教师代表欢聚一堂，度过了一个非同寻常的教师节。

"寻找最美乡村教师"大型公益活动，是由中央电视台、光明日报、中国网络电视台、光明网联合举办，活动的目的是为了推进教育内涵式发展，推动落实农村教育发展的重要部署，加强教师队伍建设。参评的乡村教师候选人，虽然来自不同地区，生活工作经历各不相同，但他们跟仲威平一样坚守乡村，都有乐于奉献、昂扬向上、扎根农村、甘为人梯的崇高精神。

对于仲威平来说，这是又一次"如在梦中"。众所周知，中央电视台是中国新闻媒体中最重要的平台，具有极高的权威性，拥有"传承文明、开拓创新"的文化精神，肩负着国家责任，放眼全球视野，传递人文情怀。仲威平从小到大，最喜欢看中央电视台的节目，不过跟对人民大会堂的感情不同，她只是喜欢这些电视节目，想多增加一些知识，了解公民必须知道的时事要闻，或者开阔一下视野，这就足够了。突然有一天接到

第六部分 初心不改向阳红

通知，要登上央视的大舞台，仲威平最初的感觉，就是"懵"。

"可是，该来的还是会来，领导一边祝贺我一边鼓励我，说能让全国观众了解兰河小学，这是多好的机会啊，所以必须好好准备。"仲威平笑着讲述当时的情形，比说起去人民大会堂作报告那次，言谈举止明显地轻松了很多，她高兴地说，"这次颁奖晚会展示的内容，比那次作报告时要丰富很多，因为央视精心制作了视频短片，还有一些现场互动环节。所以，别光听我说，你回看一下当时的颁奖晚会吧，肯定比我讲的要精彩得多。"

于是，在仲威平的指引下，我搜索到2013年的那场颁奖晚会，通过一个有画面、有温度、有高度、有深度的电视节目，重温仲威平已经讲述多次、但每听一次都令人热泪盈眶的"送学路"。节目质量非常高，一段感人的片头过后，主持人白岩松和石琼璘一起走上舞台，共同演绎一段充满深情的开场白："一年又一年的寻找，是为了找到这个时代我们的中国好故事；一次又一次的真情互动，为的是凝心聚力，共同践行最美丽的中国梦。今天让我们在这里，把最深的敬意献给和我们每一个人都紧密相连的群体，那就是一共拥有1442.09万人的中国教师团队。在这里请允许我们每一个人，在他们节日到来的时候，一起说上一句：'老师们，节日快乐！'在今天这个特殊的日子，我们要特别聚焦这个群体中的一部分人，他们有263万人，与中国4600万中国农村儿童紧密相连，他们就是中国的乡村教师。"

据主持人介绍，自5月29日活动启动以来，中央电视台和人民日报社派出了大量的编辑记者，深入到乡村教师工作生活的第一线采访报道。《新闻联播》《朝闻天下》《新闻直播间》开设了"走基层·寻找最美乡村教师"专栏，播出了 50 多集节目，央视科教频道制作播出了 20 集"寻找最美乡村教师"人物纪录片；《光明日报》也开设了"寻找最美乡村教师"专栏，刊登人物通讯 40 篇；央视网、光明网为参评的最美乡村教师搭建了推荐平台，点击人次超过一亿。最后由专家评委投票，评选出 10 位最美乡村教师。

仲威平作为其中的典型代表，得到了各大新闻媒体的关注，也得到了评委团的一致好评，最后在几十名候选人中脱颖而出，被评为"2013 年度全国最美乡村教师"，并在颁奖晚会中第一个出场。晚会现场，时任北京大学校长王恩哥作为推荐嘉宾，给仲威平的推荐语是："这些乡村教师，做的是人类最神圣、最圣洁的工作，他们为这些贫困山区的孩子，开启了人生，点燃了希望，放飞了梦想。"

随着主持人和嘉宾的互动，舞台中央的大屏幕缓缓拉开，兰河小学那间不足 20 平方米的小屋，第一时间吸引了观众的眼球——镜头中是寒冷的冬天，仲威平正在给学生们讲课，教室里温度特别低，师生们穿着厚厚的棉衣，学生们甚至戴着棉帽子，但呼吸时产生的热气依然与冷空气形成强烈的碰撞，在视频中如一缕缕的薄雾。此时，旁白的话外音适时响起："那一年，当很多人都转身离开时，仲威平却选择了留下。"薄雾继续从孩子们的口中"吞吐"而出，跟这句解说词一道，轻轻撞击着观众的心。

这时，仲威平出现在镜头中，一件黑色的棉衣包裹着瘦削的身体，态度却一如既往地坚决："我从来不挑学生，每个孩子我都不肯放弃。

第六部分 初心不改向阳红

因为每个孩子都有受教育的权利,所以说,我就有责任把他们教好。"听到这句话时,台下的观众自发地为仲威平鼓掌,我也悄悄地在屏幕前面,为仲威平默默地加油。

紧接着镜头一转来到了室外,田地里出现一个16岁的男孩,正坐在一台农用车上背乘法口诀:"一八得八,二八十六,三八二十四,四八三十二……"我一眼就认出来,这个孩子就是庞运发,在那些老照片里出现最多的学生。之前一直很好奇,可仲威平总是留着悬念,不肯轻易告诉我他的故事。原来,她早就想通过中央电视台的节目,把这个特殊的孩子隆重地介绍给我。

据仲威平介绍,庞运发出生于1997年,先天患有轻微的智力缺陷。这是一个极特殊的贫困家庭,父亲没有左臂,母亲也先天智力残疾,生下庞运发不久后就离家出走了,谁也不知道最后的下落,留下爷儿俩相依为命。

2003年,庞运发该上学前班了,父亲把他送到学校后转身就走了,可这孩子二话没说,咧开嘴就大哭起来,边哭边跟着父亲的背影往家跑,说什么也不肯上学读书。仲威平赶紧从后面追上去,一把拉住孩子把他搂在怀里,然后蹲下身子耐心地哄着。庞运发一开始脚蹬手挠的,根本不听仲威平说的话,后来见怎么闹也不起作用,仲威平还是紧紧地抱着他,这孩子的哭声才慢慢停了下来,然后定定地瞅着仲威平的脸,问她:"你是老师?"仲威平用力地点了点头,模仿庞运发的声音和神态,反问道:"你是庞运发?"于是,一段特殊的师生情就此拉开了序幕。

班里来了个特殊的孩子,家长和学生都有些好奇,又有些担忧,担心庞运发的病跟"精神病"有关联，万一突然发病，影响甚至伤害到自己家的孩子怎么办？为了这个特殊的学生，仲威平多次利用双休日时间到市里的书店查阅资料，整理了一些有关智力缺陷方面的知识。回到学校后，仲威平首先跟那些有疑虑的家长解释，给他们讲解智力缺陷与"精神病"是两个完全不同的概念，患者只是大脑发育不完全，不会伤害其他人。接着，她每天认真观察庞运发的一举一动、每一次讲课和提问时的反应，希望研究出一种教学方法，对庞运发的状况更有针对性，最终起到较好的教学效果。

然而，庞运发的智力水平停留在一个比较低的阶段，无论仲威平怎么"循循善诱"，如何反复启发，他都是左耳进右耳出，还没等仲威平转过身呢，他已经全都忘记了。比如教"8"这个数字的时候，第一天已经反复教他读了很多遍，并且等到他终于读对了，仲威平才让他放学回家。可是第二天，再指着黑板上的"8"让他读，庞运发竟然脱口而出："这是葫芦！"立刻引得其他孩子们哄堂大笑，仲威平前一天的努力全白费了，令她哭笑不得。

不过，令仲威平欣慰的是，孩子们天真善良，对庞运发并没有歧视，这种"笑"只是局限于某一个具体的"笑点"，而不是针对他整个人或者智力。比如学汉语拼音的时候，庞运发由于发音不准，也经常闹笑话，经常是"b"和"d"写法不分，"p"和"m"读音混淆。每当遇到这种情况，孩子们笑过之后，都立刻帮助他纠正，有的同学手把手地教庞运发写，有的则面对面示范口型，让庞运发反复练习。

可怜的孩子学点知识比登天还难，刚教过的知识，转眼就不记得了，

第六部分 初心不改向阳红

只能从头再来。就这样，庞运发把一年级的小伙伴送上了二年级，然后他继续留在了一年级，重新学习"a、o、e"和"1＋1"。一共经过两年的训练，庞运发好歹终于完成了一年级的课程，成功升入二年级。

可是，二年级的内容稍微提高了难度，庞运发的智力就不够用了，依然教了就忘，盯着黑板就像在看天书般迷糊。有好心的家长悄悄劝仲威平，这样的孩子就是大脑没开窍，怎么教也白搭，还是别费力气了。可是仲威平不愿意放弃，孩子能把一年级学下来，就是特别棒的进步，那么教一年不会就教两年，两年不会就教三年，无论如何也得让庞运发会做基本的算术，这样将来在社会上，他才能有最起码的生存能力。套用一句俗话，绝不能自己被卖掉的时候，还在傻乎乎地帮着人家数钱。

仲威平说，光乘法口诀就教了两年，庞运发终于能烂熟于心了。有一天，仲威平考他七乘八等于多少，庞运发脱口而出："七八五十六。"仲威平很高兴，就又反过来考他八乘七等于多少，庞运发挠着脑袋说："这个……没学过啊……"于是，仲威平意识到了存在的问题，这个孩子不会"举一反三"，也不会逆向思维，只能掌握固有的模式。所以，她又接着训练他，把简单口诀换一种角度练习。仲威平的目标不高，只求有那么一天，这孩子真正"识数"，无论是正着问还是反着考，他都会；随便出一道一位数乘法，他都能做上。那么，这孩子的人生就算成功了。

2011年春耕的时候，庞运发的父亲因为身体原因，无法独自承担家中的农活，就让14岁的庞运发回家帮忙。虽然孩子离开了学校，但仲威平仍经常抽空去看他，有时候看他衣服破了、鞋露脚尖了，就自己掏钱给他买衣服和鞋。春耕结束后，仲威平又说服庞运发的父亲，让孩子继续回到学校上课。三年级开学的时候,庞运发自己都有些打怵了,担心自己学不会,仲威平就继续鼓励他,说只要坚持就没有达不到的目标。然而,说起来容易做起来难啊,为了教会庞运发三年级的文化知识,仲威平又足足用了四年的时间。

庞运发虽然智商不高,但情商很高,也乐于助人,跟班上谁也不打架。多年来,仲威平儿子的衣服、朋友家孩子的衣服,只要合适的就都给庞运发穿;所有的书本和练习册,也免费给他用。庞运发知道爱护小孩子,由于年龄大身材魁梧,还知道帮仲威平干活,知道接小孩子上课,放学有时候也捎带比他小的孩子回去。秋天学校买回来煤,庞运发总是主动帮着忙活,有时候仲威平拦都拦不住。有人开玩笑说:"小运发连读10年小学,能不能把仲老师靠退休了?"庞运发不太懂这句话的深意,只是挠着脑袋,笑呵呵地说:"老师到哪儿,我到哪儿。"细细算来,与庞运发10年的陪伴时光确实很难忘,师生间感情也特别深。

由于仲威平对庞运发的爱护,社会上很多人知道了这个孩子的情况,也给予了他非常多的帮助。后来,兰河小学并到中心校之后,仲威平也一起把庞运发带了过去。新学校陌生的环境令他有些恐惧,不敢进教室也不敢跟同学打招呼。有时候带苹果上学,别的老师逗他说想买,可是庞运发说啥也不卖,只把苹果给仲威平吃,想想就令人感到温暖。仲威平依然要求不高,希望庞运发在崭新的大集体中,接受更多的熏陶和教育,这样更有利于他将来在社会上生存……

"您一直没放弃他,实在太感人了!庞运发虽然是学龄最长的孩子,但却是如此幸运,遇到了您这样的好老师,否则真不敢想象,他的童年

第六部分 初心不改向阳红

会是什么样子。"终于听到了庞运发的故事,我不仅仅是感动,更多的是震撼,面对一个智力残缺的孩子,谁又能像仲威平这样,做到真正的"一视同仁"呢?谁又能像仲威平这样,做到真正的"诲人不倦"呢?这不仅是在考验耐心,更是在考验爱心和毅力啊!

仲威平眼睛湿湿的,但笑容是甜甜的,声音是暖暖的。她笑着说:"嗯,这次我接受你的夸奖,能让这个孩子长成独立的小伙子,我觉得真的很不容易。我带着庞运发上那个节目,就是想通过央视的大舞台告诉所有人,有爱的坚持和正确的教育,智力残缺的孩子一样能学会乘法口诀;你高兴的时候,他一样会为你绽放开心的笑容。"

于是,我们看到庞运发在电视上出现了;于是,我们听到了庞运发高兴的声音:"现在老师……她走哪儿我跟哪儿。"

于是,视频又适时出现了旁白话外音:"就是为了像庞运发这样的孩子,仲威平付出常人难以想象的艰辛。冬季零下30多度的极寒天气,教室的锁头都被冻上了,只能用火一点点烤。教室里没有暖气,每天仲威平都早早地到学校为孩子们生炉子取暖……"

于是,面对记者的采访,已经插班到中心校的学生狄方琪哭着说:"中午,她自己在教室吃凉馒头和凉包子,让我们回家吃热饭。我心里……不得劲儿……"

那间小小的教室,是属于师生共同的记忆,仲威平面对镜头时,也忍不住潸然泪下。而大屏幕上,与仲威平同时抹眼泪的,还有坐在乡中心小学操场上的颜繁旭,这是一个特别感性的小姑娘,红肿的眼睛根本不敢面对镜头:"我没有办法说话,一说话,就忍不住地哭……"

大屏幕还在滚动播放，次第展示着仲威平的一些照片，从 21 岁在北山坡上那张，到 47 岁这 26 年间的点点滴滴。我们惊喜地发现，孩子们陆续长大了，并拥有了美好的未来——

夏知荣，女，毕业于黑龙江大学，现在是伊春市的一名法官，英姿飒爽。

范国良，男，高中毕业后任兰河村村委主任，一名新时代坚守在黑土地上的年轻人。

孙雷，男，当时在江西中医药学院读研究生，后来留校工作。

颜婷婷，女，铁力市医院医生，面对记者的采访哽咽着说："老师，其实我挺怪您的。我就在医院的一楼工作，而您手术后在四楼住院，却没告诉我……其实我们就像您的孩子一样，也心疼您啊……"

孙雪，女，毕业于哈尔滨东方学院，现在是一名文员。她说如果没有当初仲威平的坚持，就不会有如今的她。

孙利东，男，当时正就读于哈尔滨师范大学，他说一个好的老师，真的会影响一个孩子的一生。

刘静静，女，毕业于大连外国语学院，现在是一名教师。她说虽然与仲威平许多年没有见面了，但是仲老师一直在她的心里，激励着她也加入了教师的队伍。

……

一个个长大的孩子，或微笑或哭着从大屏幕上退出后，画面定格在一张照片上：那是一个雨天，泥泞的乡间小路上，仲威平与几个大孩子共同撑着一块白色的塑料布，几个年龄稍小的孩子拉着她的衣襟，在风

第六部分 初心不改向阳红

雨中小心翼翼地走向学校。

那一瞬间给人的感觉，仿佛仲威平是一只"鸡妈妈"，正张开自己宽大温暖的羽翼，保护着风雨中可爱的"小鸡"。

那是一幅永远不能磨灭的画面，让教育和爱的力量通过荧屏，传递到了千家万户。

当仲威平身着浅粉色T恤衫，轻轻地挥动着右臂，终于从幕后走到舞台中央的时候，观众们爆发出热烈的掌声。主持人白岩松亲切地与仲威平握手，然后现场进行了一段互动对话。

"好多人会觉得当一个老师，可能最期待的成功就是学生从村里走出去，都考上大学，但是记者采访回来说，您不这么理解成功。那么，您理解的成功是什么？"

"无论他考上大学,还是没有考上大学,他都能有一技之长,能学会懂得怎样去做人,作为一名老师我就知足了。"

"您觉得在您眼中,怎么样他就算成功了?"

"他即使只会乘法口诀,但他能在生活当中运用,这也就是他的成功,我更知足。"

"仲老师的成功是成功的最高标准,那就是让每个孩子今天比昨天强,明天比今天强,不断地在进步,谢谢您!今天,要给您献奖的,就是小庞运发。"

伴随着观众的掌声,庞运发身穿一件蓝橘相间的T恤,双手捧着古铜色的奖杯,笑眯眯地走到台上来。见到自己的学生走上来,仲威平的眼泪瞬间就掉下来了,她郑重地接过奖杯。庞运发激动地大声喊道:"老师好!"然后深深地鞠了一躬。与此同时,台下一排排系着红领巾的孩子齐刷刷地站起来,向舞台方向行少先队队礼,异口同声喊道:"老师好!"舞台上师生紧紧地拥抱在一起,仲威平声音有些颤抖,但语言依然朴实无华:"你来了。"庞运发则紧紧地搂着仲威平,为自己得到的至真大爱而失声痛哭。台下的观众再次报以热烈的掌声,同时为这感人的画面流下了激动的泪水。

这时,主持人白岩松拿出一本相册,说:"过去是每当村里有来照相的,仲威平就求人家让她跟学生一起照张合影;所以,节目组就把这些照片收集起来,加上仲威平的一些照片,做了一个看来已经很古典风的影集,送给仲威平珍藏。"接着,他又让庞运发给老师送上一句祝福。庞运发摸了一下脸颊,有些羞涩地对仲威平说:"老师,我祝您幸福一

第六部分 初心不改向阳红

辈子！老师，我爱你！"那一刻，仲威平感到了一种神圣的幸福。是的，她说当时就是这种感觉，在那么隆重的颁奖会上，庞运发作为特邀嘉宾为她献上了奖杯，这比任何奖励都更有意义。

后来，小学毕业的庞运发运气也越来越好。2014年，仲威平跟蒙牛集团取得联系，捐助给庞运发一辆新型农用插秧机，庞运发激动地抚摸着机器，感动得又是一顿大哭。仲威平说这孩子有时候挺聪明的，不仅通过说明书学会了操作方法，把自己家的地打理得井井有条，有空还帮别人家插秧赚钱，父子俩的生活也有了起色。2018年，他的父亲因病去世，庞运发送走了父亲后，红着眼睛对仲威平说："我现在是孤儿了，可是我不孤独，我能独立生活，谢谢老师！"现在，庞运发跟老乡在大连等地打工，仲威平常鼓励他多见见世面，锻炼生活能力，不过前提必须是安全第一⋯⋯

无助的智力残缺孩子，在爱的教育下脱胎换骨，能相对独立地生活；懵懂的乡村少年，终于学有所成，找到奔向成功的支点；当那间教室成为永久的记忆，当时光中留下一段段真实的往事，当那本相册和奖杯从北京被带到小兴安岭南麓，仲威平的名字已然化成一种精神符号——最美乡村教师，因为播种光明而美丽。

3

感受领袖的魅力

从选择教师这个职业,到被授予各种荣誉、获得各种表彰,仲威平一直觉得自己很普通,所做的一切也是一名教师应该做的,并没有什么特殊或了不起的。然而她不知道,正是这种日常中看似平常的点滴细节,才更能体现为人师者的爱心、责任心、理想追求和道德情操,才让她成为全国教书育人的楷模。

"楷模"指值得学习的人或事物,也即榜样、模范。关于这个词语的由来,仲威平知道里面还有两个典故。楷树,果实椭圆形,红色,木材细致。相传这种树最早生长在孔子墓旁,树干挺拔,枝繁叶茂,似为众树的榜样。模树,据说生长在西周初年的政治家、主张"明德慎罚"礼贤下士的周公坟旁。这两种树都因生长在圣贤的坟墓旁,其形状与质地又为人们所喜爱、钦敬,所以后人便把那些品德高尚、受人尊敬、可为师表的模范榜样人物称为"楷模"。

但是,当 2014 年第 30 个教师节来临之际,她接到被评为"全国教书育人楷模"的通知时,内心是很惶恐的。仲威平看着摆在柜子上的那些荣誉证书和奖杯,又强调了一句:"是的,放下电话那一刻,没有太

第六部分 初心不改向阳红

过激动和兴奋,只有惴惴不安。"

我查阅了有关资料,这是为大力弘扬新时代人民教师的高尚师德师风,在全社会进一步营造尊师重教的良好风尚,由教育部会同中央主要媒体和教育媒体联合开展的评选活动。2014年这一届评选开始于5月份,全国各地共有64名候选人最终入围,涵盖了基础教育、职业教育、高等教育、特殊教育、学前教育等各领域,他们在教书育人工作实绩、师德等方面均有突出表现,体现了先进性、时代性、典型性。整个评选流程非常严格,以师德表现、教书育人工作实绩为衡量标准,推选委员会在结合公众投票情况、充分酝酿讨论的基础上,进行了无记名投票,最终评选出了10位"全国教书育人楷模"。仲威平由黑龙江省推荐,经过层层选拔,最终有幸成为全国1476万教师中的杰出代表。

"真的特别感谢各级领导的认可和支持,让我这样一个普通的乡村教师,再一次拥有了走进人民大会堂的机会。更没想到的是,竟然受到了习近平总书记的亲切接见,至今回想起来,都觉得很不真实……"仲威平声音颤抖着,讲到那次北京之旅,激动之情与第一次走进人民大会堂又有很大不同,她停了停接着说,"能见到全国人民敬爱的总书记,并且还和总书记握手,这是几辈子修来的福气和运气啊?"

仲威平说,当天表彰大会开始之前,参会者被提前带领到人民大会堂排好队,静静地等待领导接见。仲威平身着一身黑色西装,笔直地站着,心中则不免有些期待,猜测今天能有幸见到哪位领导呢?不一会儿,正前方的门缓缓打开了,人群爆发出一阵潮水般热烈的掌声,仲威平知道肯定是领导来了——可是,她怎么也没想到,进来的竟然是习近平总书记和李克强总理！仲威平以为自己的眼睛花了，她努力地瞪大眼睛向前方注视，没错，真的是总书记和总理！

习近平总书记从队伍的右侧开始，逐一跟10位教书育人楷模握手，仲威平只觉得掌心开始冒汗，双腿激动得有些发抖。近了，近了，习近平总书记已经来到她的面前，看着她，微笑，点头，只是几个简单的动作，却让仲威平有种热泪盈眶的冲动。她颤抖着伸出双手，握住总书记温暖而有力的右手，故作镇定地说出"总书记好"的时候，已经激动得大脑一片空白。

"光荣！高兴！激动！做梦都没想到，我一个土生土长的普通乡村教师，竟然能见到习近平总书记，还能跟他握手，我觉得这辈子值了！"讲到这些，仲威平依然心潮澎湃，激动兴奋之情久久难以平静，"能受到习近平总书记等党和国家领导人的接见，对我而言，这是一种无上的荣耀！"

虽然时间很短暂，总书记接见完代表们之后，又立刻前往北京师范大学开会，但是那种鼓舞和激励是持久的。至今回想起来，依然感觉掌心有总书记传递的温度和力度，令仲威平浑身充满干劲儿。表彰活动结束后，主办方又留仲威平和另一位获奖教师多待了一天，为教育部副处级以上领导干部作了题为"教育需要执着坚守"的报告。她说："从北京回来后，我们领导跟我握手时说，要通过我的手感受一下总书记的力量。那一刻，我很荣幸能向身边的人讲述我感受到的领袖魅力。"

在仲威平的讲述中，我想象着当时激动的画面，眼前浮现出总书记在电视上的亲切微笑。2014年9月9日，习近平总书记接见完全国教书

第六部分 初心不改向阳红

育人楷模之后，又来到北京师范大学同师生代表座谈，并且发表了"做党和人民满意的好老师"的重要讲话。在讲话中，总书记说："每个人心目中都有自己好老师的形象。做好老师，是每一个老师应该认真思考和探索的问题，也是每一个老师的理想和追求。我想，好老师没有统一的模式，可以各有千秋、各显身手，但有一些共同的、必不可少的特质。第一，做好老师，要有理想信念；第二，做好老师，要有道德情操；第三，做好老师，要有扎实学识；第四，做好老师，要有仁爱之心。"

我在笔记本上，工工整整地记下"四有"两个字，然后情不自禁地问仲威平："可以说，教师的品行修为影响着学生的未来和前途。那么对总书记提出的'四有'好老师标准，你是怎么理解的呢？"

"我认为，总书记提出的'四有'标准非常精准，每位教师都应该认真学习并努力践行。教师对于学生的影响，既是知识的传递，更是耳濡目染的熏陶。记得萧楚女说过，'人生应该如蜡烛一样，从顶燃到底，一直都是光明的'。那么一个好教师，其实就应当像一支红烛，有传递光明的理想。在教育学生的过程中，除了学习成绩外，还要多多关注孩子们的世界观、人生观、价值观，在他们心灵深处培养一种信念。"仲威平想了想，接着郑重地说，"德高如山。教师是塑造人类灵魂的工程师，那就要求教师自己的品德必须纯净、清澈、高尚，才能真正做到为人师表，让学生信服。至于学识和眼界，也是教师必备的，否则如何教授知识呢？仁爱之心嘛，这个更好理解了，咱们之前好像反复说过，就是把学生当成自己的孩子，一视同仁，让每个孩子都懂得感恩、学会宽容、崇尚真善美，这样的教育自然会收到理想的效果。"

仲威平的理解如此到位，难怪她是"全国教书育人楷模"！24年的坚守，事无巨细严格要求自己，无微不至关爱学生，她早就已经符合"四有"好老师的标准。正如孔子的千年教诲："其身正，不令而行；其身不正，虽令不从。"仲威平在教育孩子之前，已经先把自己塑造成一个有德之人，淡泊名利的同时不断提升自己的道德修为，以身作则感染着一个又一个学生，也影响着身边的每一个人。所以在这个意义上说，仲威平不仅仅是教育界的楷模，也应该是全国各行各业的榜样。

俗话说："群众的眼睛是雪亮的。"还有一句俗语："是金子总会发光的。"2015年4月28日，仲威平这颗"教育界"的"金子"不负群众厚望，又被党中央、国务院授予"全国劳动模范"——这是中国最高的荣誉称号。众所周知，劳动模范简称劳模，是社会主义建设事业中成绩卓著的劳动者，经职工民主评选、有关部门审核和政府审批后，被授予的荣誉称号。旨在通过评选和表彰活动，广泛宣传各行各业模范人物的先进事迹和崇高精神，努力营造"劳动光荣、知识崇高、人才宝贵、创造伟大"的社会氛围，激励和鼓舞更多人以先进模范人物为榜样，共同努力实现中国梦。

"这次表彰，我得到了至高无上的荣誉，同样感觉到了很大的压力。因为在我心中，全国劳动模范应该是王进喜那样的大庆铁人，是申纪兰那样的农业劳模，是袁隆平那样的杂交水稻之父，是邓稼先那样的中国原子弹之父……我只不过是教了100多个学生的山村教师，何德何能获此殊荣呢？"仲威平列举出一些著名劳模，说自己真的不是谦虚或者低调，而是面对那些令人敬仰的前辈，真正感觉到自己的渺小。

第六部分 初心不改向阳红

我赶紧安慰仲威平,前辈们固然令人敬仰,但也不能妄自菲薄啊。记得社会学家艾君在《劳模永远是时代的领跑者》一文中,曾经这样解释劳模精神的科学内涵:"劳模是工人阶级的优秀代表,是民族的精英、国家的栋梁、社会的中坚、人民的楷模,劳模是时代的永远领跑者。"他认为,"劳模"代表着的,是一种饱含感情的符号,是一种能照亮黑夜、温暖人心的希望之光,是一种人理之伦、人生之道的"人文"。总之一句话——劳模意味着取向,那是一个时代的追寻脚步、人生道德观念和价值取向。

仲威平摇了摇头,关于荣誉总是令她忐忑:"或许你说的有道理,但我还是觉得自愧不如,所以跟随领导到达北京的时候,心里还在纠结这个问题。那一次我们一共待了4天,结果正式开会那天的隆重场面,让我的心灵再一次受到强烈的震撼!"

那一天是4月28日,庆祝"五一"国际劳动节暨表彰全国劳动模范和先进工作者大会在北京人民大会堂隆重举行。中共中央总书记、国家主席、中央军委主席习近平发表重要讲话,李克强主持大会,张德江、俞正声、王岐山、张高丽出席,刘云山宣读表彰决定,2968名全国劳动模范和全国先进工作者接受表彰。

那一天,仲威平跟所有劳模坐在台下,亲耳聆听总书记铿锵有力的讲话,再一次心潮澎湃。习近平总书记在讲话中强调,我们所处的时代是催人奋进的伟大时代,我们进行的事业是前无古人的伟大事业。无论时代条件如何变化,我们始终都要崇尚劳动、尊重劳动者。他指出,劳动是人类的本质活动,劳动光荣、创造伟大是对人类文明进步规律的重要诠释。正是因为劳动创造，我们拥有了历史的辉煌；也正是因为劳动创造，我们拥有了今天的成就。在我们社会主义国家，一切劳动，无论是体力劳动还是脑力劳动，都值得尊重和鼓励；一切创造，无论是个人创造还是集体创造，也都值得尊重和鼓励……

听着总书记对劳模的肯定和鼓励，仲威平深受鼓舞，暗暗下定决心：回到学校后，一定要继续努力工作，发扬劳模精神，扎根乡村，服务乡村教育，决不辜负"劳模"这个沉甸甸的称号。

"这已经是你第三次走进人民大会堂了，那么从兰河村到北京有多远，你已经用实际行动丈量了。我想知道的是，三次的心情有什么不同吗？"我瞅着仲威平的眼睛，试图寻找那激动情绪背后更多的情愫。

"激动是一定的。人民大会堂那么神圣的地方，谁走进去都会激动，跟去多少次关系不大。但对我来说，感受又确实不同。第一次去，那是带着很多童年的憧憬、少年的梦想、青年的追求、中年的坚守，还有学生、领导、乡亲们的共同梦想，所以激动之余更多的是惊喜和难以克制的兴奋。而第二次，人民大会堂变成福地，让我有机会见到敬爱的总书记等党和国家领导人，所以在某种程度上说，人民大会堂只是一个背景，让我激动不已的，是在那里有幸遇到的人。到了第三次，人民大会堂则更像是会场了，我在那里接受表彰，同时聆听总书记的重要讲话，让原来兰河小学的'小我'受到指引，渴望努力做一个'大我'，发挥更大的作用，实现劳模的社会价值。"

说得真好，也很真实，因为一个地方由遥远陌生变得亲近熟悉时，很多感觉也会因时、因境、因人、因事而发生微妙的变化。我又问她：

第六部分 初心不改向阳红

"你以前获得了很多表彰,本次又获得了中国最高的荣誉称号后,那么,如今你对荣誉的理解是否有了一些变化?"

仲威平简单思考了一下,然后试着阐释她对荣誉的理解。她说人人都有自尊心,都渴望得到认可,面对表彰的时候,自然会有一种荣誉感。她获得的第一个荣誉,应该是铁力市优秀教师,当时很感动也很激动,因为自己多年的付出终于被认可了,终于在本行业系统内寻找到了一种"精神定位"。接下来,又陆续获得各种表彰,她当然也有自豪感,不过更多的还是鞭策,因为她知道,荣誉是一种巨大的精神财富,但在荣誉面前,理智这道闸门时刻提醒我们,千万不能忘乎所以,更不能飘飘然或昏昏然,从此忘了自己来自何方,又要去往何处。随着获得的荣誉越来越多,层次越来越高,她的心态反而越来越平和,不是不在意这些荣誉,而是更懂得珍惜这些荣誉,因此也能更清楚地认识自我。

仲威平平静地说:"我就是一个普普通通的农村教师,所有荣誉对我来说都只是一种肯定,肯定我做得对。既然我做的是对的,这些荣誉就不是我的资本,也不能成为我的骄傲,我应该做的是继续干好本职工作,对得起这些荣誉,不能给这些荣誉抹黑。在兰河小学坚守的24年毕竟已经成为过去,如果没有那间小屋和那些孩子,如果没有领导和村委会的支持,就不会有我的荣誉。如今赶上伟大的新时代,学校和孩子们的学习条件已经越来越好,我需要做的,不是再频频回顾;而是必须及时归零,从那些鲜花和掌声中淡然转身,然后不断丰富自我,开启另一段脚踏实地的教学之旅。"

这就是仲威平,一名本色的中年农村小学女教师,朴实、认真、无私、奉献。她就是我国普通乡村教师群体的一个缩影，也是伟大的师德在平凡岗位上的真实写照。我由衷地想为仲威平鼓掌！纵观古今，人们面对荣誉时，呈现出各种不同的心态：有的人如仲威平一样，饮水思源，常怀感恩之心，所以才会博得众人更多的认可，未来的路也越走越远；而有的人则跟仲威平相反，骄傲自满，在荣誉面前消磨了意志，金灿灿的奖杯和奖章变成了阻碍前行的枷锁，等有一天幡然省悟的时候，恐怕只能发出一声"悔之晚矣"的叹息。

"我很喜欢一句话：'欲多则心散，心散则志衰，志衰则思不达。'无论得到多少褒奖，我的本职工作都是人民教师，必须以教书育人为本，对得起每一位家长的嘱托，对得起每一个学生的信任。劳模只是一个称号，楷模也只是一种激励，我个人能力有限，无法成为圣贤旁边的树木，只能有多大光就发多大热和亮。"仲威平淡然地笑着，但说出的话，却句句铿锵有力，掷地有声。

于是我知道，关于荣誉的话题无须再追问，仲威平的心里自有一面镜子，那是用冷静平和做成的镜面，看得清世界的精彩，也看得清自己的内心。从兰河小学到人民大会堂，无论行走多少次，都只是一段"路程"；而从人民大会堂回来，她还是24年前那支"蜡烛"——燃烧自己，照亮他人。

4 十九大代表

绘就伟大梦想新蓝图,开启伟大事业新时代。2017年10月18日上午,举世瞩目的中国共产党第十九次全国代表大会在人民大会堂隆重开幕。

作为党的十九大代表,仲威平与2000多名代表一起,有幸见证了这一伟大的时刻。万人大礼堂气氛热烈,仲威平激动地望向主席台上方,那里悬挂着"中国共产党第十九次全国代表大会"的会标,后幕正中是镰刀和锤头组成的党徽,10面鲜艳的红旗分列两侧。二楼和三楼眺台上,分别悬挂着"不忘初心,牢记使命,高举中国特色社会主义伟大旗帜,决胜全面建成小康社会,夺取新时代中国特色社会主义伟大胜利,为实现中华民族伟大复兴的中国梦不懈奋斗!""伟大、光荣、正确的中国共产党万岁!"的横幅。

那一刻,仲威平心中涌动着感恩的热浪。这是她第四次走进人民大会堂,以一个党员代表的身份坐在人民大会堂,终于有机会看到礼堂的穹隆形顶棚,见到中央那颗红宝石般的巨大红色五星灯,周围有镏金的70道光芒线和40个葵花瓣,三环水波式暗灯槽,一环大于一环,与顶棚500盏满天星灯交相辉映。仲威平有些按捺不住心中的喜悦,真想立刻飞回学校,告诉孩子们——红宝石五星灯是什么样子的,又是怎样发

出"万丈光芒"的。

关注新闻的人可能都知道,十九大代表是从全国8944.7万名党员中选出的2287名代表,比例几乎达到四万人里挑一。那么有些人会很好奇,仲威平作为代表,经历了哪些选举环节呢?仲威平说,应该经历了五个主要环节:推荐提名、组织考察、确定代表候选人初步人选名单、确定代表候选人预备人选、会议选举。她记得当时领导说,这五个环节都是层层把关,在选举程序上做到最大程度的严格,绝不让"带病提名"现象发生。

作为一名党员,仲威平知道这是严肃的事情,所以一直以认真的态度积极配合组织的考察。9月29日那天,当在名单上看到自己的名字时,一种强烈的主人翁意识和责任感油然而生,仲威平激动得好几天都没睡好觉,她说:"这是所有荣誉里最让我感到骄傲和自豪的。"而激动之余,她又开始深入思考两个问题:怎样做合格的代表?如何履行自己的职责?

"热烈祝贺你,仲老师!能参加十九大是多么神圣的事!"我发自内心为仲威平骄傲,因为全国人民都在关注十九大,新时代、新征程、新篇章,各族人民共筑最大同心圆。

"是啊,全场起立高唱中华人民共和国国歌的时候,我激动得声音都颤抖了,但还是努力大声唱着,希望跟大家一起把国歌唱得响亮。不知道为什么,在那么庄严的时刻,我突然想起了兰河小学那面五星红旗……同样的国旗,同一首国歌,尽管悬挂、歌唱的地点不同,但那份炽烈的情感是相同的,内心总会涌起一股亲切、激动的暖流。"

第六部分 初心不改向阳红

仲威平的神情无比庄严,仿佛面前正有一面国旗在高高飘扬。她说那一天坐在会场里,聆听习近平总书记的报告,感受到了很多平实、通俗、接地气的语言,平实中彰显大智慧,通俗里蕴含大道理,再次为我们指明了"两个一百年"的奋斗目标。整个报告过程中,总书记一共提了203次"人民",全场一次次响起热烈的掌声,仲威平也情不自禁地一起鼓掌。

更令仲威平感动和振奋的,是总书记在报告中指出:"建设教育强国是中华民族伟大复兴的基础工程,必须把教育事业放在优先位置,深化教育改革,加快教育现代化,办好人民满意的教育。"报告中的这些表述,让她和很多来自教育战线的代表产生共鸣,大家在讨论环节纷纷表示,有信心在十九大精神指引下,坚守教育第一线,一起托起明天的太阳。

10月20日,黑龙江代表团围绕习近平总书记所作的十九大报告进行讨论。仲威平在讨论时说:"党的十九大报告提出,推动城乡义务教育一体化发展,高度重视农村义务教育。听后我很受鼓舞。随着国家对农村教育的不断投入,农村学校的硬件设施越来越好,影响农村教育质量的主要原因,是教师队伍老化、整体素质偏低,这是农村中小学的共性问题。希望能在师资配备方面向农村倾斜,将特岗教师计划辐射到农村,提高农村教师待遇,促进农村教育可持续发展。"

扎根乡村近30载,目睹了乡村学校从原来的毛坯土房和简陋的教学条件,到如今现代化的校舍和电子白板、触控一体机等信息化教学设备一应俱全,仲威平无比欣慰的同时,却又难免有些忧虑。面对新闻媒体的采访时,语气中也掩饰不住担忧:"很多地方的农村学校,在硬件条件上已经和城区学校不相上下了,关键是师资力量目前存在较大差距。

我所在的小学，教师平均年龄49岁，教师老龄化现象严重，对新媒体教学还不能运用自如。比如我自己，对电脑就不太熟练，很多时候依然需要用手写。而且，学校没有专职的音体美教师，对孩子们的全面发展不利。"

我没有去求证，是仲威平的建议得到了重视，还是国家教育发展早就制定的环节，总之正如仲威平期望的那样：我们看到越来越多的特岗教师走向农村，为乡村学校输入了新鲜的血液；我们看到越来越多的支教大学生，志愿到贫困地区教孩子们唱歌、跳舞、画画……"努力让每个孩子都能享有公平而有质量的教育。"十九大报告中这句温暖人心的话语，让来自教育战线的代表倍感亲切，这是"以人民为中心"谋划教育事业改革发展的生动体现，相信仲威平心中的愿景很快就会实现。

党的十九大为我们绘就伟大的梦想蓝图，仲威平作为一名党员代表，在那一刻写下了庄严的寄语——希望国家更加强大，无论是城市还是乡村，人民共享发展成果；希望教育均衡发展，乡村学校的师生获得更多更好的教育资源。"当时我只有一个想法，认真参加会议，积极建言献策，把基层的心声带到中央，履行好肩负的责任和使命，不辜负大家的期望和重托。同时，把党的十九大精神带回学校，为农村教育事业作出更多的贡献。"仲威平说。

而与此同时，仲威平的同事们也在家乡分享着她的幸福。同事林琳很早就在朋友圈发布了信息："十九大代表就在我身边！仲威平就是我们中的一员，这是我们学校的骄傲，也是我们家乡的骄傲。"

"我们是近水楼台先得月，仲老师不仅要好好给我们讲讲十九大精神，还应该带着我们大干一番。"其实，有这样想法的不只是仲威平

第六部分 初心不改向阳红

的同事们,铁力市、伊春市甚至全省各地,联系她宣讲十九大精神的单位多得令她应接不暇。仲威平回到家乡以后,都没顾得上休息,就立刻投入到工作中,投入到党的十九大精神的宣讲中。她给大家详细讲述了十九大精神,并将自己参会的所见、所闻、所感与大家交流分享。回家不到一周,就已经宣讲了7场。

仲威平在学校承担幼儿园小班的教学任务,回到家的第二天早上,她早早地来到学校,迎接班里的每一个孩子。孩子们一进到学校的走廊里,看到站在门口的仲威平,立刻兴奋地扑了过去,一个个搂着她的脖子、拉着她的手,说:"老师好,老师我想你了。"仲威平开心地一边给孩子们脱去棉外套、棉鞋,一边跟孩子们拉着家常。温柔的动作、轻柔的话语和眼里溢出的爱,仿佛是在面对着自己的孩子……

"十九大胜利闭幕,你也重新回到了工作岗位,这时候的心态又有哪些变化?"我又提出了一个新问题,一次重要的大会,对仲威平的心灵成长会有哪些触动呢?

仲威平的脸上慢慢浮现出一缕幸福的微笑,说:"回到家后,我翻出那张22岁在小山坡上的照片,真的是思潮起伏。我一面感慨,自己当年多么年轻,多么美好,到底是怎样的岁月让我一点点变老的呢?然后,我再看看十九大会场的照片,虽然面容显得饱经沧桑,但内心依然年轻,用一句话概括,那就是青春无悔。这就是当时的心态,对过去有怀念但不埋怨,对现在有欣慰但不骄傲,对未来有展望但不狂妄。"

我赶紧抓住关键词,追问道:"那你对未来,具体有哪些计划和展望呢?"

仲威平歪着头想了想，说长期计划可能只有一个，力所能及地尽好教师的职责，把每一个学生都教好、照顾好，尤其是针对那些特殊群体的学生，更是要悉心呵护，给他们以"公平的教育"。她说，特殊群体的孩子，不仅仅指贫困、残疾、留守儿童，还包括患有精神疾病的，这一群体其实更需要关注。于是，她的思绪又回到了兰河小学，带我走进了一个很典型的案例。

1991届的毕业生中，有个叫宋慧敏的女孩，母亲患有很严重的精神疾病。每次发病的时候，都会到学校转悠，除了不骂仲威平，其他人见到谁骂谁，而且没完没了。当时孩子们都很怕她，仲威平其实也很恐惧，担心她突然冲过来伤害孩子。幸好当时宋慧敏是个正常的孩子，总能在适当的时候把母亲哄走，让校园相对平安无事。

谁知，她母亲的病会遗传，宋慧敏一点点长大，成家后不久就出现了精神疾病症状，只是相对轻微一些。生了小孩后，一天比一天严重，最后跟她母亲一样，一发病就拿着镰刀到学校来，吓得孩子们纷纷跑进教室。仲威平担心孩子们受伤，赶紧从外面把门锁上，然后耐心地试着跟宋慧敏交流，劝她把镰刀拿好，赶紧回家去。奇怪的是，宋慧敏对仲威平说话的时候，声音总是非常温柔，一点儿也不像精神有问题。而且每次都是同样的内容："仲老师，您太累了，您歇着，我帮您给孩子们上课吧。"面对这样一个精神病患者，仲威平的恐惧感渐渐消失了，因为她知道，心中有爱的宋慧敏，是不会轻易伤害别人的。不过有时候，仲威平发现得晚，还没来得及锁门，宋慧敏已经走进了教室，坐在那里读书，边读边让仲威平休息。面对这样的情形，仲威平只好一面安抚她，一面想办法把她劝走，那种心情真的是五味杂陈。

第六部分 初心不改向阳红

2017年的时候，宋慧敏因病情严重不幸去世了。如今她的女儿已经长大，2015年进入工农乡中心校读书，现在已经读四年级了。因为之前有那么多"情缘"，所以仲威平对这个叫郭馥萱的小女孩特别关注。幸运的是，她身心健康，学习成绩也非常不错。这孩子很可怜，母亲不在了，父亲也不知下落，由一只胳膊的姑奶一个人带大。如今姑奶年纪大了，还患上了肺癌，日子过得特别艰难，所以全校师生都在帮助她。值得欣慰的是，郭馥萱的心态很乐观开朗，也懂得感恩和上进，她的理想是当一名老师，像仲威平那样教育更多的乡村孩子。

"这是一个非常典型的家庭，如今社会福利政策很多，祖孙两人可以享受到很多很好的国家待遇。但孩子的实际生活、学习、教育，还是会有一些具体的细节问题，和一些心理成长问题，需要老师像家人一样关爱她，帮助她渡过成长中的难关。"仲威平不无担忧地说。

我一直很惊讶地听着，这个故事仲威平还是第一次讲，或许这个家庭的遭遇太悲惨了，让仲威平不敢轻易提起。无论是遗传因素，还是社会因素，我们都真诚地希望这样的患者越来越少，每个人都能在有限的生命里，享受相对健康的生活方式，享受人生应有的喜怒哀乐，而不是疾病的折磨。我说："祝愿郭馥萱拥有一个美好的未来。接下来，咱们说点开心的事吧，你对未来的展望是什么？"

"我希望拥有持续学习的机会，抵达梦中的诗和远方。"仲威平抿了抿嘴，说出了一个充满浪漫色彩的答案。并且笑着告诉我，因为她被评为"全国劳动模范"，享有每年外出学习和休假的待遇，因此这样的美好愿望，其实正在逐渐实现。

2017年，仲威平随着劳模队伍去过陕西，参观了"世界第八大奇迹"

兵马俑。

仲威平早就知道,这是中国古代辉煌文明的一张金字名片,被誉为世界十大古墓稀世珍宝之一,但当亲自到现场参观,还是被中华历史和文化深深震撼。兵马俑的塑造跟书上描绘的一样,基本上以现实生活为基础,每个陶俑的装束、神态都不一样,发式多种多样,手势也各不相同,面部的表情更是千姿百态。所有的秦俑,神色中都流露出威严与从容,具有鲜明的个性和强烈的时代特征。从书本中的历史到现实中的观摩,仲威平有一种穿越古今之感,她由衷地赞叹说:"世界的奇迹,中华民族的骄傲!"

后来,她又跟随大家一起来到厦门鼓浪屿。遥望对岸的小金门,导游的讲解令她深有感触,真心期待祖国统一的那一天。

走过,看过,学习过,仲威平不忘捡拾一包美丽的贝壳,这是她答应孩子们的礼物——孩子们没有机会出来旅游,仲威平每次都力所能及地拍照片,带特色礼物,然后回去后发给大家,再针对照片给他们讲外面的世界。仲威平认为,这是一种视觉的"触摸",让孩子们先在心里种下一粒叫"远方"的种子,他们才会为这个"远方"去努力,未来才有可能走出闭塞的乡村,到更大的世界去打拼。

视野决定格局,仲威平很赞同这句话。自从有了去各地学习的机会,她才真正意识到,原来的自己多么闭塞,世界只局限在那间20平方米的小屋里,只局限在如何教好118个学生,只局限在往返20公里的乡间小路上。于是她想,如果早就发现外面的世界很精彩,她会如何选择?然后,仲威平又摇了摇头,如果真的再选择一次,她还是会走这条艰难的送学路。或者说,她的选择与外面世界的大小无关,只与那些可怜的

第六部分 初心不改向阳红

孩子有关，只与教育有关。哪里需要她，她就会选择哪里——这是仲威平唯一的答案。

2018年5月，仲威平终于实现了年轻时的一个愿望——去看大海。

那一次，她随着20人的劳模队伍来到北戴河疗养，兴奋之余，又有些哑然失笑。因为她想起当年在偏远的兰河小学，曾经想象山那边的海应该就是村子里那条呼兰河的样子。可是，亲自来到真正的海边，站在真正的沙滩上时，不必说那蔚蓝的海水，不必说那轻柔的海风，单单是那一刻的心情，就无比辽阔、高远、明澈、通透、豁达，仿佛也变得蔚蓝一片，幽深幽深的情怀顿时倾泻而出，也想学诗人那样歌咏一曲，以舒心志。一周的疗养时间，仲威平不仅释放了心中的压力，更看到了一种广阔的"胸怀"。于是，突然萌生了一个念想：当自己很老很老的时候，可以到海边定居，无拘无束地享受水天一色的淘洗，有时间就给来海边度假的人讲讲遥远的小兴安岭的故事，讲讲那个叫兰河小学的地方……

"哈哈，这样的展望真的很美好，让我想起一本绘本故事《花婆婆》。那个主人公就跟你说的一样，年老的时候住到了梦寐以求的海边，把她能到达的所有的地方都种上了薰衣草，粉的、紫的、白的，希望让原本美好的世界，再变得更美丽一点儿。闲着没事的时候，她就坐在火炉旁边，给周围的孩子们讲远方的故事，很温暖，也很有意义。"我被仲威平的展望打动了，所以没问她是否喜欢《花婆婆》这本书，就自顾自地介绍起来。我一厢情愿地认为，每个追求美好并传递美好事物的人，不分年龄和性别，不分地域和身份，都可以称为可爱的"花婆婆"吧。

"好的，我一定持续努力，争取老了的时候住到海边，做播种美丽

的'花婆婆'。"仲威平显然被这个绘本故事打动了,脸上露出一抹甜甜的笑容。因为她知道,人只有站在山峰上的时候,才能看到远处那众多的高峰。所以她想从现在开始,启动一种全新的追梦模式——脚踏实地做好当下每一件事,同时充满浪漫地展望美好的未来。

第七部分
流动的爱是风景

① 爱心工作站

仲威平的事迹，感动了她的学生，感动了家长，感动了学校，更感动了社会。这些年来，在关爱兰河小学孩子们的同时，她也力所能及地感恩社会，回报社会。在2008年"5·12"汶川地震时，虽然个人的条件有限，但作为一名中共党员，她郑重地向党组织交了1120元的特殊党费，希望组织转给灾区的孩子们，帮助他们顺利渡过难关。

兰河小学正式并入乡中心校后，仲威平结束了"一人一校"的辛苦，但条件的改善没有让她的爱心丝毫松懈。相反，她第一时间投入到工作状态，依然一如既往地关心着身边的孩子们。校长郑亚文很欣赏仲威平，一提起她就赞不绝口："仲老师是个闲不住的人，每天除了她自己的本职工作以外，总是找些事来做。爱心工作站成立之后，仲老师更是有用武之地了，很多个节假日都是在爱心工作站度过的。她是我们学校的骄傲，也是我们全校教职员工学习的榜样。"

郑校长提到的爱心工作站，是为充分发挥仲威平的典型模范作用，由工农乡党委牵头，学校组织管理，以仲威平的名字命名，2013年5月成立的"仲威平爱心工作站"。爱心工作站设在中心小学，本着促进全乡儿童健康成长的宗旨，动员和组织爱心人士，凝聚爱心力量，关爱农

第七部分 流动的爱是风景

村留守儿童群体，关心农村残障儿童健康，关怀农村单亲儿童情感需求，关注农村贫困儿童生活环境。

爱心工作站的工作内容之一，就是关注"留守儿童"，让他们以阳光般灿烂的笑脸和内心面对生活，面对学习，健康快乐地成长。工作站成立后，吸引了很多的爱心人士和志愿者参与，通过组织各种活动，对留守儿童、残疾儿童和贫困儿童经常性地开展一对一心理健康辅导、感情抚慰、日常技能指导、学习辅导和生活救助。

仲威平讲起爱心工作站成立之初发生的一件事情："咱这偏远的农村，条件就是这样，看到孩子们可爱的小模样，我真的像喜欢自己的孩子一样喜欢他们。开春的时候，我带着几个家庭贫困的留守儿童和单亲家庭的孩子到市里玩，就是想让孩子们高兴高兴。在公园玩了一小天儿后，我又带着他们到新华书店去买书，我告诉孩子们，老师要送给他们每人一本书。其中一个13岁的小女孩张丽静，当时她的爸爸身患重病，我看到她拿起一本《爸爸我爱你》的书后，我的眼泪就止不住掉了下来……孩子们是无辜的，看到这些让人心疼的孩子，我只有一个想法，把我全部的爱都给他们。"

为了让爱心服务有序开展并落到实处，工作站首先建立健全了领导负责制度，由10余名领导和老师组成关心下一代工作小组，仲威平任组长。工作小组人员分工明确，制订了工作站章程和工作宗旨，真正使这里成为学生学知识、学文化、不断提高思想觉悟的主阵地。其次是大力宣传，广泛动员社会力量参与。再次是建立全乡所有在校和社会上的留守儿童、贫困儿童、残疾儿童爱心服务卡，对爱心志愿服务的内容、时间、效果进行建卡造册。此外，为用好贫困学生救助资金和各类捐款，建立了一套完整、严格的财务管理制度和经费公开制度，由专门的财务人员管理，实行活动开展报批制、活动经费审批制、事后经费公开制，主动接受社会监督。

仲威平对工作站的方向有明确的设定："这几年，我拥有了很多出去学习的机会，不仅开阔了视野，增长了见识，也对教育有了新的思考。所以，回到学校后我经常琢磨，如何把外面好的经验融合到工作站的工作中，更好地帮助留守儿童健康成长，丰富他们的课余生活。"

工作的另一个重点就是抓全面。具体做法是，充分利用学校这个阵地，通过"三到位""三评比"措施，加强对学生的文明礼仪教育，并鼓励留守儿童也积极参与。"三到位"是指：学校充分利用晨会、班会宣传到位，教育学生在校做爱学习、守纪律、遵守学校规章制度的好学生，在家帮助父母做力所能及的家务事、做父母喜欢的好孩子；教育学生上学放学注意安全，课堂上认真思考、专心听讲、不做小动作，课间活动不追逐不打闹的常规落实到位；同时，监督到位。"三评比"是指：开展"文明校园板报评比""文明主题班会评比""文明学生评比"等三项有实效、有特色的少先队活动。活动开展以来，校园里的果皮纸屑明显减少，环境变美，学生更有礼貌了。留守儿童是集体的一部分，整体氛围改观了，他们自然也会潜移默化地改变。

还有一点仲威平认为也是不可或缺的，那就是创造良好的育人环境，加强与留守儿童父母或监护人的交流和沟通，建立关爱经验交流制度，不定期召开研讨会或座谈会，交流经验，不断探索新思路、新模式、新方法、新措施，不断提高对留守儿童的教育管理水平。

仲威平在兰河小学的时候，就一直重视学生的安全教育，爱心工作站成立以后，她更加强了这方面的教育指导工作。针对学校的地理位置、生活环境等实际情况，主要从防止溺水、交通安全、防火教育、用电安全、

第七部分 流动的爱是风景

饮食卫生、课间活动等方面，做了具体的规定和要求。尤其是针对交通安全予以重点强调，要求学生遵守路队纪律，要求各路队长认真负责。另外，对于离校较远需乘车上学的留守儿童，工作站也进行跟踪服务，一一做了登记并提出严格的纪律要求。

工作站成立以来，在仲威平精神的感召下，各级部门和社会团体纷纷向工作站献爱心。尤其令仲威平感动的，是2014年蒙牛集团捐助的10万元，用于改善工作站所在的中心小学的办学条件。当时，不仅仲威平高兴，整个中心校全体师生都兴奋不已。在郑校长的带领下，举全校之力，秉承"将每一分钱都用在刀刃上"的理念，耗时一个多月，将学校的操场和道路铺上了水泥，硬化面积共计约1728平方米。在乡政府的大力协调和帮助下，乡里的沙场前后为学校无偿提供了270车沙子。操场硬化以后，学生有了宽敞、平整、安全的活动场地，虽然现有的资金只够铺一半的操场，但也使校容校貌得到了极大的改善，基本满足了教学和活动的需求。从此，泥泞的土操场不见了，乡村的孩子也可以享受城里校园的待遇。学校的环境变得美观整洁，同学们的精神面貌也有了很大的改观，无形中提高了学生的文明素养，提升了学校的整体形象。

仲威平珍惜每一份爱心和帮助，并充分利用好这些社会各行各业的捐助。她的办法有很多，但都是为了加强孩子的教育，希望让社会上的爱心发挥更大的作用。她的第一个切入点，就是利用传统节日，对学生进行情感教育；第二个办法是，充分挖掘铁力市内的教育资源，对学生进行爱国主义教育；第三个做法很贴心，是组织一些爱心教师，经常到学生家中家访；第四个环节是解决实际问题，合理利用好这些资金，来解决这些学生的切身困难。几年来，约有200多名贫困留守儿童得到捐助。比如，补助了双胞胎付兴、付旺两名学生的上学乘车费用，补助了王佳桐、

马悦两名学生的午餐费用和校服款,等等。

仲威平还根据孩子们的具体情况,随时为贫困留守儿童发放衣物和书包等学习用品,切实保障孩子们的生活和学习。余下的物品由专人管理,并随时加强与班主任的沟通,以便及时了解需求并发放到各班级有需要的学生手中。

近几年,仲威平经常随劳模队伍去红色教育基地学习,深受激励和震撼。她觉得开展红色教育非常必要,因此依托学校教育阵地,积极开展"两史""三爱"教育。把"两史"教育内容融入思想品德课和其他课程教学之中,作为学校思想道德教育的必修课;利用校园文化阵地、班团队会、座谈会、征文演讲、文艺演出、聘请老校长老教师作报告、观看抗战影片、慰问老军人、观看纪念抗日战争图片展等多种形式积极开展活动。并与开展"中华魂"主题教育读书活动、"学雷锋、心向党、讲品德、见行动"等活动相结合,使"两史""三爱"教育开展得有声有色,扎扎实实。

仲威平经常说,对于每个人来说,家是温暖的港湾,而对于留守儿童来说,父母暂时离开后,学校就是他们温暖的第二个"家"。她根据实际情况,在教学周及假期,多次组织开展了一系列的主题活动,很多经历都非常难忘。比如,爱心工作站购置了理发用品,每个月她都为有需要的学生义务理一次发。再比如,2014年3月以来,仲威平每周都针对智力轻度障碍儿童赵立士、荣昌杰进行自理教育。由于这两名学生卫生习惯比较差,仲威平就从卫生教育入手,从洗手、洗脸、洗衣服这样的小事教起,帮助孩子们养成良好的卫生习惯,懂得自己能做的事一定要自己做,不麻烦别人。虽然进展缓慢、收效甚微,也远远落后于同龄人,但他们能有兴趣跟着做,这已经让仲威平非常知足了。她坚信,这两个

第七部分 流动的爱是风景

孩子跟庞运发一样，将来也会成长为可以独立生活的大人。

爱心工作站成立后，仲威平很少有时间写日记，于是她就把活动心得整理在工作档案中。走进她的新办公室，一间不足20平方米的狭长形房间里，雪白的墙壁粉刷一新，原来兰河小学那张旧办公桌已经换成一张崭新的，上面除了一些书籍和材料外，还多了一台电脑。办公桌对面的一面墙壁，是整个房间的重要区域——"爱心展示柜"，上面井然有序地摆放着很多衣物和学习用品。

仲威平介绍，这些东西都是爱心单位和爱心人士捐赠的。迄今为止，工作站先后收到人民币17万元；物资及设备2000多件，约合人民币11万多元。说起这些爱心捐助的来源，仲威平总是无比感激，她随手打开电脑旁边的一个专用文件夹，里面清楚地记录着一排排爱心单位和个人的名字：铁力市人武部、铁力市关工委、伊春市青少年基金会、铁力市委宣传部、工农乡北斗村企业家陈经理、黑龙江省总工会、伊春市总工会、兰西县水稻大王、伊春市委宣传部、江苏省张家港宏宇培训中心、广东省煤炭地质局、黑龙江省青基会优秀企业家、铁力市新华书店姜经理、伊春市公用事业局公共汽车公司、黑龙江省青基会联合哈尔滨森马集团、黑龙江远东律师事务所、伊春团市委、铁力市爱心志愿者团队……

仲威平说："正是有了这些爱心资助，工作站才能开展各种服务工作，让留守儿童感受到丰富多彩的生活。"说完，她又翻开另外一个文件夹，开始细数每一次活动和心得，让我领略到一段与兰河小学有着天壤之别的"教学路"——

2014年3月4日，工作站组织全体学生参加宣传部学雷锋系列活动，到市文化馆参观了雷锋事迹展、民俗文物展。活动中，同学们知道了雷锋成长的足迹，了解了更多雷锋助人为乐的故事，受到了很好的品德教育。

2014年4月11日，针对留守儿童开展了主题座谈活动，倾听留守儿童的心声，了解他们的需求，组织学生观看以关爱留守儿童为主题的电影《爱的钟声》。

2014年6月1日，举办"庆六一"亲子趣味运动会，通过各类活动给予每个孩子展示机会，并适时指导、适时鼓励。针对留守儿童父母不能参加的情况，工农乡政府的志愿者们充当留守学生的临时家长，陪孩子一起参加活动，带他们体验一次又一次的成功，逐步建立自信。

2014年8月，工作站利用暑假期间，组织贫困、留守儿童开展了一次意义非凡的社会实践活动。活动期间，同学们在工作站全体成员和班主任的带领下，参观了"全国劳动模范"马永顺纪念馆，并聆听了工作人员的详细讲解，同学们了解了马永顺爷爷为国家所做的贡献。随后，依次参观了日月峡森林公园和恒辉木业木材公司加工车间，同学们知道了一些树木的种类，以及这些树木是怎样被加工成日常使用的各种桌椅及家具的。此次活动，同学们受益良多，并在回家后写了观后感，在增长见识的同时，也感受到了关爱。

2015年3月4日，铁力市武警中队的指导员和战士为特殊群体学生们送来了书籍和学习用品，并作了精彩生动的军旅生活演讲，献出他们的一片心意和一片真情，鼓励孩子们刻苦学习，珍惜幸福时光。孩子们从中学到了很多，也受到很大的鼓舞。

2015年3月5日，学校领导及工作站成员带领三至六年级少

第七部分 流动的爱是风景

先队员，到头屯村贫困学生张丽静家、二屯村空巢老人家，开展"学雷锋、献爱心"社会实践活动。同学们帮助老人打扫卫生，清扫室外积雪、擦玻璃，并送去大米，帮助他们解决生活中的实际困难。同学们都积极认真地投入到劳动中，他们不怕脏不怕累，不放过每一个细小的角落，帮助老人把房间打扫得干干净净，让老人感受到了温暖。通过此次活动，大大加强了雷锋精神在校园的传播，使孩子们深刻地认识到：社会上也有很多需要关心的人，要不断弘扬雷锋精神，尽自己的所能投入到现实生活中去，帮助他人，为社会出一份力，献一份爱心，以此回报帮助过我们的人。

2015年5月11日，工作站成员购置了洗漱用品，带领18名特殊群体学生去洗澡，帮助他们养成良好的卫生习惯。

……

这些爱心档案、工作档案和活动档案，跟当年在兰河小学的红色日记本一样，仲威平以精简的文字，记载着丰富多彩的内容。只不过这里的孩子更多了，视野更广了，生活更幸福了。在爱心工作站的带动下，铁力市工农乡中心小学也创造了很多佳绩，多次获得"先进集体""质量名校""先进学校""教育系统先进集体""巾帼建功先进集体"等荣誉称号，全校师生一次次感受到集体的荣誉感和幸福感。

一个人的力量是有限的，可一颗无私爱心的感染力是巨大的。我们欣喜地看到，在仲威平精神力量的感召下，越来越多的乡村学子树立了自立、自强、自信的观念，在社会各界的帮助下体会快乐、体会幸福，带着希望的笑容去面对生活、面对未来。

② 最美志愿者

仲威平的无私奉献,得到了各级组织的好评。面对各种荣誉和奖励,她却十分淡然地说:"我是一名人民教师,更是一名共产党员,虽然付出了很多辛苦,但看到社会上那么多好心人参与进来,我真心替孩子们感谢大家的关爱。"

是的,仲威平说得没错。几年来,在她奉献精神的感召下,铁力市各行各业的志愿者自愿奉献个人的时间和精力,积极参与到爱心工作站的各种活动中来,力所能及帮助孩子们。这些志愿者特别令仲威平感动,他们不但不计任何回报,有时候还自己掏腰包购买物品。

说到这里,仲威平提到了一个名字——张立荣。这名志愿者是仲威平的小学同学,从事缝纫工作,每天坐在缝纫机前很辛苦,收入也不是很高。可是她特别有爱心,自从2015年知道爱心工作站的事后,就主动联系仲威平,希望为孩子们做些什么。仲威平很了解自己的同学,从小就特别善良,乐于助人,因此很高兴她能加入。张立荣特别热心,不仅自己参与其中,还号召亲朋好友共同献爱心,而且叮嘱仲威平不要留名,也不让任何人知道。张立荣和她的好友们选择了需要长期资助的张晓军和双胞胎姐姐张丽娟、张丽静。由于她的工作有时候忙起来没日没夜,所以不能每次活动都参加,但她坚持每个月都捐款,根

第七部分 流动的爱是风景

据个人收入情况，收入少就捐 100 元，收入多就捐 400 元，平常的时候就捐 200 元或 300 元。张立荣的一个同事受她影响，也加入志愿者行列，跟张立荣一样坚持每月捐款，如果没有时间亲自到活动现场，就一起委托仲威平办理。仲威平非常珍惜她们的爱心，每次捐款活动结束后，总是第一时间把捐助记录整理得清清楚楚，然后及时回馈给张立荣他们。除了捐款，张立荣每个月还捐赠一些衣物，有的是她亲手做的，有的是亲朋好友家的旧衣服，质量都很不错。仲威平固定每个月去取，然后把这份爱心及时传递给孩子和家长。

"我们从小一起长大，我了解她的家庭情况，不是大款也不是富豪，赚的都是辛苦钱，可是这么多年坚持不懈献爱心，实在是非常难得。还有很多志愿者跟张立荣一样，同样也不让留名不让宣传，只求把爱心用到需要的地方就行。"仲威平由衷地感慨道。

平时，经常有陌生人加仲威平的微信，都是通过各种渠道知道了工作站的事，想力所能及地献点爱心。有些直接邮寄过来的，她就清点后做好记录；有的不方便邮寄，或者没时间送来的，她就找时间自己骑车去取，或者根据对方地址，委托就近的亲朋帮助运到学校。仲威平后来发现，有些爱心人士并不清楚学校的情况，只是听到她的事迹后被感动了，就想帮助那些孩子。基于这一点，仲威平觉得有必要做个公示，这样既是对爱心人士的尊重，也能让更多人了解学校和孩子。于是，征得家长和孩子的同意后，仲威平就把相关资料系统汇总，利用"铁力义工在线"微信平台向社会介绍爱心工作站和需要帮助的孩子的情况，希望更多的人来关心农村贫困儿童。在微信平台上，人们常能看到这样的信息：

马悦，女，二年级，家住工农乡兰河村。家中4口人，家里人多地少，父亲在天津打工，奶奶患重病，每年需要支付很多医疗费。前不久，奶奶住院花了一大笔钱，卖粮钱都给奶奶治病了，妈妈也因为这事要与爸爸离婚，家庭生活极其贫困。

王本崎，男，二年级，家住工农乡二屯村。家中4口人，父母身体不好，不能干重活，仅有的几亩地收成也不好。两个孩子上学，家庭贫困。最近，受冰雹影响，家里庄稼几乎绝收，还欠下许多外债，没办法把房子抵押了出去，现在只能租房子住。母亲陪两个孩子上学，父亲在俄罗斯打工。

张博海，男，二年级，家住工农乡五一村。家中3口人，父母离异，由爷爷抚养。爷爷家是精准扶贫帮扶对象，没有经济来源，奶奶又身体多病。父亲在外打工常年不回家，有时候能寄点钱回来，母亲基本上不管孩子的生活，全靠爷爷奶奶抚养。

范雨萱，女，三年级，家住工农乡兰河村。家中5口人，自有耕地少，外包地受自然灾害影响歉收，又欠下外债，无奈父母外出去南方打工。爷爷奶奶在家照顾孩子，但由于身体不好，也不能从事过重的体力劳动。孩子自幼多病，患有先天性唇腭裂，须经常入院治疗，家庭生活贫困。

邱俊，男，五年级，家住工农乡二屯村。父母离异，寄住在姐姐家。爸爸在外地打零工，奶奶身体不好丧失劳动能力，年迈的爷爷靠卖废品维持生计。祸不单行，本来就不富裕的家庭，爷爷又得了严重的胃出血，需要常年服用药物。孩子在完成学业的同时，还帮助爷爷卖废品，是个有孝心的孩子。

……

第七部分 流动的爱是风景

在仲威平的办公桌上有一个专用文件夹，里面装着全部贫困孩子的名单；与之一一对应的，是一份得到帮扶的财务清单，上面盖着爱心工作站的公章，还有经手人的签字，非常严谨正规。

面对这些名单，仲威平感觉特别欣慰，因为在她和同事的努力下，越来越多的留守儿童得到了帮助，生活和学习问题得到了暂时的解决。比如，学校建有干净整洁的食堂，但为了节省整体开支，并没有雇用外面的厨师，而是由几名快退休的老教师抽时间轮流义务给学生做午餐。不过学校的财力有限，没法承担孩子们的餐费，所以在学校吃饭的孩子每月需要交80到100元餐费。有些家长实在掏不出钱，所以每到交饭费的时候，孩子就因为没钱而不来上学，随时面临辍学的危机。这个时候仲威平觉得最揪心，既体贴学校的难处，更心疼孩子们的处境。

怎么办呢？难道就因为午餐费，眼睁睁看着孩子们辍学吗？仲威平思前想后，眼睛都愁红了，最后咬咬牙、跺跺脚，决定出去为孩子们"化缘"！在那份帮扶清单上，清楚地列出了得到午餐补助的孩子名单。仲威平说，这都是由于社会上爱心人士的付出，孩子们才既吃上了营养的午餐，又可以继续读书，真的是一份了不起的功德。

由这些贫困的留守儿童，我们很自然联想到那些家境好的孩子。仲威平说，工农乡就有这样的例子，经济条件优越的孩子，都直接到铁力市或伊春市里读书。可是，据说有的孩子并不珍惜学习机会，令家长和学校很操心。如果有机会，仲威平很想跟那些孩子聊聊，讲讲兰河小学，讲讲留守儿童，讲讲什么是苦难、什么是幸福。仲威平摇着头，为那些身在福中不知福的孩子感到深深惋惜："没有吃过苦，不懂什么是苦。应该让那些孩子多接受贫困教育，多到一些教育基地去参观培训，增加一些抗压性。城里孩子有的，乡村孩子也要有；乡村孩子经历的苦难，也应该让城里孩子体会一下。这样的教育才更公平、更有意义。"

我很理解仲威平的心情，她希望让没吃过苦的孩子接受一些"苦难教育"。关于这个话题，其实有很多值得探讨的东西。比如近几年倍受追捧的军事夏令营，家长希望通过严格的军事化管理、体能训练等流程，培养孩子自律的生活习惯，磨炼坚强的意志和品格，增强团队意识。但这种做法只在一定时期内有效，刚返回家的孩子睡得早、起得早、吃饭也不剩了，但过了两天后又打回原形。于是，"苦难教育"引起了争议，又在争议中引发深度思考——如何才能"对症下药"，让"苦"与"福"的意义不被误解，避免走入误区？

"嗯，这也是一种社会现象，很多东西'过'了，就会起副作用，所以我觉得凡事要适度。"仲威平点了点头，然后又以爱心工作站为例，阐述自己的观点，"就拿我们学校来说吧，多数孩子是由于家庭贫困，才选择留在这里读书，有几个城里家庭的智力残缺的孩子也来这里上学。可以说，每个孩子都有各种各样的困难，都接受过社会上的捐助，从这个角度来说，确实是弱势群体。然而暂时的弱势不是理由，不等于只知道索取不知道回报，最后养成'等、靠、要'的恶习。所以，我一直教育孩子们要懂得感恩、懂得回报，哪怕只是举手之劳，哪怕只是一个善意的眼神和微笑，也要懂得给予、懂得分享，努力做一个有爱心的人。"

我很赞成仲威平的观点，社会上确实存在她说的那种现象，由于享受的"爱心"和"福利"多了，就以为这是理所当然，不但不懂得感恩，甚至"以怨报德"，确实令人心寒。仲威平爱心工作站的做法就很好，把美德教育融入孩子们的生活中，经常在重阳节之际，带领孩子们走进铁力市福星养老服务中心，开展以"尊老、敬老、爱老、助老"为主题的实践活动。同学们来到敬老院，首先为那里的爷爷奶奶们表演精彩的节目，比如舞蹈、独唱等，每个节目都赢得老人们一阵阵热烈

第七部分 流动的爱是风景

的掌声。接着，在仲威平的引领下，孩子们有的为老人剪指甲，有的给老人捶背，有的陪老人聊天，有的则擦玻璃、扫院子，个个忙得不亦乐乎，人人都送上了自己的真心祝福，表达浓浓的敬老情怀。通过类似的实践活动，老人们感受到了社会的温暖，孩子们也受到了"老吾老以及人之老"的美德教育，知道了献爱心有多种方式——在自己能力范围内尽量去做，真情真意最可贵。

"真好！参与敬老活动，孩子们由原来的受捐助者，变成了可爱的志愿者，内心也会有一种激励和成长。"我为这些孩子们感到高兴，因为能把得到的爱换一种方式传递出去，这不仅能释放心中的压力，而且是一种莫大的幸福。

"是啊，所以一有机会，我就带他们出去参加活动，希望有一天他们长大了，也能成为一名志愿者，更好地回报社会。真的，这些孩子得到的关爱很多了，他们必须要懂得感恩……"仲威平说到这里，又想起一件事，然后从影集中找到一张集体合影，详细介绍起来，"那是2016年12月的事，我看到一些孩子的书包很破旧了，就想办法与'大庆壹基金爱心志愿者'取得联系，表达了我的诉求。没想到他们非常重视，为全校学生每人筹集到一份爱心大礼包，里面有崭新的书包、文具、衣服、手套、帽子！我感动极了，赶紧联系快递，从科技学院把爱心大礼包运回学校，在严寒的冬天发放到孩子们的手中。我告诉孩子们，这个大礼包凝聚了太多的关爱，所以他们必须要努力学习，才能对得起那些远方的陌生人……"

奉献精神是高尚的，是志愿服务的精髓，仲威平认为，那些默默无闻的志愿者比自己更值得敬佩。记得2015年春节来临之际，在仲威平的倡导下，爱心工作站也走起了"亲戚"。志愿者们带着社会的关爱，走进铁力市工农乡的困难学生和留守儿童家中，为孩子们送去了节日的问候和新年的祝福。仲威平告诉我说，他们根据爱心工作站的捐款剩余情况，购买了价值4000元的大米、面粉、食用油等生活物资和一些儿童、小学生课外读物，送到了生活最困难的16名学生和留守儿童家中，也让他们在寒冬中感受社会的温暖。而这样的"走亲戚"活动，如果没有背后那些志愿者的付出，单单凭借她一个人的力量，又怎么可能实现呢？

现在，全校有52名同学仍是直接扶贫的对象，但过得都比以前幸福多了。每个月，仲威平和志愿者带他们去洗一两次澡，孩子们开心得不得了，说自己从来没这么干净清爽过。哪个孩子的头发长了，仲威平就随时帮着洗头、剪发，省时省力省心省钱。虽然这些事很琐碎，也很辛苦，但仲威平认为都是有意义的，能让孩子们在充满爱心的世界里，体会到什么是真正的生活。

说到这里，仲威平忽然又眉头紧锁，面带纠结的神色说："唉，看到帮扶清单时，我除了感到欣慰，同时还觉得心中有块石头压着。因为被帮扶的人数越多，说明社会上爱心越多，这是件温暖的事；然而，也反映出一个问题——留守儿童的现状令人担忧，这是件令人难过的事。真希望有一种更好的办法，能帮助他们的家庭从根本上得到改善，不再需要任何捐助也能很好地生活。所以从这个角度来看，名单又让我很纠结，既希望人人都被帮扶，又期待它早日作废……"

我理解仲威平纠结的心情，不过，更愿意看到积极的一面：在爱心工作站的努力下，在社会力量的帮扶下，孩子们没有一个失学的，所以只要给孩子持续努力和成长的机会，未来一定会越来越美好！相信这一天的到来不会太遥远。

第七部分 流动的爱是风景

③ 最暖心的回馈

新的工作,新的起点,荣誉加身的仲威平仍留在乡村,奋斗在基础教育一线。唯一不同的,是她将对一个学生、一个村庄的关爱扩展为对一个学校、一个乡镇学生的关爱。"爱心工作站"的布置也很简单:墙面上有一颗爱心树,每一颗果实上都有一幅照片。这些照片都是"爱心工作站"的老师带领学生们开展活动的照片,每一张照片上都有笑脸,洋溢着幸福和满足。

"沧桑和凯歌同行,风雨与硕果同在。"这是爱心工作站展示墙上的一句前言,四周挂着的一块块荣誉奖牌和一张张照片,记录着爱心工作站几年来的收获与成长,也记录着仲威平的助学轨迹。

"凡出言,信为先;诈与妄,奚可焉。"这是《弟子规》里关于"信"的训诫,仲威平不仅自己铭记在心里,还把这句话打印在展示板上,挂到走廊里最醒目的地方,教育孩子们要做诚实守信的人——开口说话首先要讲究信用,遵守承诺;欺骗或花言巧语之类的事,绝不能去做。

"鸟欲高飞先振翅,人求上进先读书。"这是国画大师李苦禅的一句名言,仲威平把这句话设计成优美的图案,贴在爱心工作站图书室的墙壁上。图书室里的书很多,大多来自社会各界的捐赠,仲威平希望孩子们珍惜这份爱心,在学习之余广泛阅读各类有益的书籍,开阔视野、拓宽知识面、了解世界,将来像鸟儿一样翱翔于广阔的蓝天。

"献大爱千里送教,永感恩努力崛起。"这是爱心工作站里一面锦旗上的赠言,锦旗是2015年6月1日那天,学生吕家源全家献给仲威平的。吕家源家是铁力市"五好家庭",2014年5月,妈妈韩秀被评为铁力市"孝老爱亲道德模范",同年12月,和仲威平一道获得"感动伊春年度人物",两个人就这样相识了。在一起参加演讲的时候,韩秀听了仲威平的事迹后特别激动地说:"仲老师,这回我家孩子可有地方上学了,明天就送你们学校去。"这时,仲威平才了解到韩秀的女儿吕家源智力有障碍,城里没有学校愿意要她,韩秀为此非常苦恼。仲威平很感谢韩秀的信任,第二天就接收了这个城里来的特殊孩子,不仅教给她很多知识,还在生活上无微不至地加以照顾。如今,吕家源已经14岁了,正在读五年级,在这个充满爱的大家庭里,懂得了很多做人的道理。

"今年端午节的时候,仲威平老师和几个叔叔阿姨到我家送粽子和鸡蛋,我真是太高兴了!而且,我们中午在学校吃饭都不用花钱,听妈妈说是民政局给我们掏的钱。很多人都帮助我们,我一定好好学习、快快长大,将来给妈妈更好的生活,帮助更多需要帮助的人。"这番发自肺腑的感激之言,是工农乡中心校四年级的张晓军说的。张晓军家住在铁力市工农乡新一村,2013年父亲去世,只有妈妈带着姐弟三人艰难地生活,妈妈的身体又很不好,一家人的生活可想而知。孩子知道家里很拮据,不想给妈妈增加负担,过节想吃好吃的东西,但是不敢说出来,怕妈妈伤心。孩子做梦也没想到,自己不仅能吃上"免费的午餐",而且过端午节的时候,仲威平还跟志愿者到他家送节日礼物,让这个当时

第七部分 流动的爱是风景

只有 11 岁的小男孩既兴奋又感动。

"仲妈妈就是我们的妈妈！我就像一直没有离开仲妈妈一样，她经常问我的学习咋样。发现问题，马上就帮我补上！"说这句话的，是 11 岁的颜凡宇，一名五年级的学生。颜凡宇原来就是兰河小学的孩子，5 岁的时候进入仲威平的学前班，仲威平像妈妈一样一带就是几年。后来，兰河小学并入乡中心校后，颜凡宇还伤心了好一段时间，因为在新的学校里，仲威平只负责一二年级的各门课程。颜凡宇真希望自己没有长大，没有升级，而是继续在仲老师的班里上课……但过了几天后，颜凡宇发现仲老师虽然不教他的课了，但依然关心着他、惦记着他，让颜凡宇感到特别温暖，情绪很快恢复到了正常的状态，学习成绩也有了显著提高。

"仲老师每天骑自行车风里来雨里去。为了我们兰河村的孩子有学上、有书读，她吃了很多苦。她对学生有爱心，有耐心，到了中心学校后，还经常给孩子们捐助衣物和学习用品。这些，我们老百姓都看在眼里。"这段感激的话，来自兰河村的村民颜宪忠。

"仲老师每次出门都挂念她的孩子们，这次回来，急忙去看望她最惦记的两个贫困学生，给她们送去了在北京买的衣服和书包等用品。"这句话，是仲威平的同事王立柱说的。

"仲老师就是这样，工作二十几年使她成为家长放心、学生爱戴、同行信服、社会认可的好老师，毫不夸张地说，她把全身心都奉献给了教育事业。"这样的评价，来自仲威平的多名同事。

"夏天穿秋装，秋来着冬装，从来没穿过裙子。因为常年骑自行车奔波在乡里，因为风里雨里落下的老寒腿，即使在最爱美的花样年华里，她一直都是长衣、长裤。"这句深情款款的话语，是仲威平爱人王田说的。

多年积劳成疾导致的风湿病,让她的着装一直走在季节的前面。

……

有些话语是有形的,可以印到纸上,贴到墙上;有些话语是有声的,可以落进耳朵,记在心中。而有一些话语是无形无声的,就像仲威平的一个体谅的眼神或一个关爱的手势,看一眼就能明白要说的话是什么意思,如北极星般给孩子们指明方向,像迎春花一样告诉孩子们春天到了,更像那飘飞的落叶最终归于宽广的大地——化作春泥更护花。而所有的话语在仲威平的爱心工作站,最终都汇成那首歌曲《爱的奉献》,以浅显易懂的歌词、舒缓温暖的旋律、崇高大气的主题,歌咏着人间最美的温情。

"谢谢你的夸奖。说心里话,你帮我这样细细梳理来时的路,我自己看了也觉得挺感动的。比如刚刚你说的那首《爱的奉献》,从1988年问世至今已经32年了,而我在教学路上也整整走过了32载,确实瞬间就唤起很多感慨。"仲威平是个特别感性的人,由我提起的一首老歌,想起那些流金岁月里的温馨回忆,也想起了那个扎着两根麻花辫的自己,她接着说,"我一直认为,爱心不是刻意做出来的,而是发自内心的一种善良,你把爱心施予别人,自己也能从中得到一种超然的快乐。"

讲到这里,仲威平略略停顿了一下,然后讲起她成立爱心工作站的初衷。

到了中心小学后,仲威平接触到一对双胞胎姐妹,分别叫张丽娟和张丽静,两个孩子学习成绩都很好,也很懂事。可是家里特别贫困,父亲在2013年的时候患了肠癌,治疗时欠下很多外债,最终医治无效离开了人世,留下这对双胞胎姐姐和一个弟弟张晓军。张丽娟的母亲患有

第七部分 流动的爱是风景

高度近视，已经到了看不清庄稼的程度，因此不能参与田间劳动，也没有找到合适的打工机会，所以这么多年来，一直靠父亲赚钱养家。如今，家里的顶梁柱倒了，没有了任何收入，母子四人瞬间陷入绝境，接下来的日子看不到一点儿希望。仲威平第一次去他家家访，一走进那间破得不能再破的草房时，眼泪都险些掉了下来，不问也知道，这个家庭困难到了什么程度。回到学校后，她想尽办法四处联络，终于有一家饭馆愿意接收张丽娟的母亲去打工，帮助这个家庭解决燃眉之急。

后来，仲威平又发动社会各界爱心人士，希望共同帮扶这个家庭，资助三个孩子继续上学读书。张立荣等爱心人士听说后，纷纷向这个家庭伸出援助之手，有时候还跟仲威平到孩子家里去慰问，鼓励三个孩子一定要有信心，坚持把书读到最好。如今，张丽娟两姐妹已经17岁了，正在读高中，成绩不错；弟弟张晓军15岁了，正在读初三。由于三个孩子读书，各项费用加起来实在很多，即使一个正常家庭也很吃力，更何况是这样的特殊家庭。仲威平边回忆边无奈地摇头，张丽娟母亲赚的工资不高，维持家用都很勉强，因此一旦遇到什么紧急的事，家里就会面临"揭不开锅"的局面，经常急得母亲直哭。

"现在三个孩子都在市里读书，平时不涉及坐车费用，同时还享受国家'两免一补'政策，因此学习方面的费用减轻了许多。爱心工作站还在持续帮扶他们，主要是解决生活费、衣物、文具等方面的困难，还有家里的米面油盐啥的，保障孩子们的后勤工作。"仲威平讲的这样一个特殊家庭，也为我们呈现了"寒门"学子的艰难求学路。

诚然，家庭的不幸导致了三个孩子的不幸——失去父亲的悲痛，家庭条件的窘迫，面临辍学的无助。然而，他们又是幸运的，遇到了仲威平这样的好老师，遇到了工农乡中心小学这样的好学校，遇到了社会上那么多善良的人，帮助她们绝境逢生，坚持完成学业。据仲威平介绍，随着国家民生政策的逐步落实，张家已经被列为"精准扶贫户"，属于建档立卡脱贫攻坚的重点家庭，得到了政府更大力度的扶持——原来那间破草房倒塌了，2018年政府已经资助她家盖了新房子。由于孩子们上学忙，有时候为了见见三个孩子，仲威平只能起大早去他们家里"堵"，然后把衣服或者钱物交给她们，再询问一下近况，了解具体的困难和需求，争取下次再去的时候帮助孩子们解决这些问题……

"说了这么多，其实我就是想表达一个意思，发起成立爱心工作站的初衷，就是想帮助像张丽娟、张丽静、张晓军这样的孩子。他们实在太困难了，可是又那么渴望读书，渴望通过读书改变自己和家庭的命运，创造未来更好的生活。我觉得作为老师和学校，有责任帮助这些孩子渡过难关，帮助他们圆求学梦。"仲威平想起这三个孩子，情绪有些激动，停了停接着说，"很感谢各级领导，支持我成立爱心工作站的想法，我希望能凝聚社会上更多的力量，帮扶更多需要帮助的孩子们。爱心不在于多少，而在于肯真心付出，就像歌里唱的那样：只要人人都献出一点爱，世界将变成美好的人间……"

在仲威平的世界里，学生的事永远是第一位的，单亲、贫困、残疾、留守，围在她身边的大都是这样一些特殊的孩子；挂心、操心、用心，她一门心思扑在这些孩子身上。在她的感染下，志愿者们也一样默默付出着。仲威平坚守一句工作信条：父母不在身边，老师就是妈妈；家在遥远的地方，老师给你一个家。近几年，爱心工作站不仅仅重视对学生们的物质帮助，更重视对他们心理上的关怀。面对大量的留守儿童，仲

第七部分 流动的爱是风景

威平成立了"关注特殊群体心理咨询室",组织在校教师和专业志愿者们定期为孩子们做心理疏导。

于是,我们又聊到了"心理健康"这个话题。仲威平多次强调过,孩子们有的生活出现了困难,有的身体有轻微的障碍,但这都是外在因素,不要说孩子无能为力,对成年人来说,又何尝不是如此呢?外在的不利条件往往能够通过某些途径改善,而心理一旦出现问题,就会影响到方方面面,可能借助外力也不容易改变。谈起这些,仲威平的脸色很严肃,因为她知道心理健康是人人关注的大事,她不求孩子们都考上大学,但一定要保持阳光的心态,性格和善、认识正确、情感适当、意志合理、态度积极、行为恰当,唯有这样,孩子才能得到更好的发展。

世界卫生组织给健康下的定义为:"健康是一种身体上、精神上和社会适应上的完好状态,而不是没有疾病和虚弱现象。"现实生活中,心理健康和生理健康是互相联系、互相作用的,心理健康每时每刻都在影响人的生理健康。如果一个人性格孤僻,心理长期处于抑郁状态,就会影响内激素分泌,使人的抵抗力降低,疾病就会乘虚而入。随着社会的飞速发展,一切都在发生着前所未有的变化,生活节奏不断加快,时间越来越宝贵,人与人的交往越来越频繁,处理微妙复杂的人际关系不可避免;加之竞争的强度也越来越巨大,人与人之间的收入、社会地位等差异越来越显著,从而导致越来越多的人压力重重,患上了不同程度的心理疾病。

"保持健康的心态是人生成功的第一步。所以我开办了心理咨询室,希望看到每个孩子都积极面对生活。"仲威平说着点了点头,像是给自己一个肯定的回答,"平等、接受、包容,才能自爱、自信、自强。所以我们经常性开展送爱心、送温暖、送亲情活动,帮助化解这些儿童在节日期间的心理失落情绪,培养他们热爱生活、热爱社会的良好心理,从而使其身心都能健康成长。"

教育是心心相印的活动,唯有从心里发出来,才能打动心灵的深处。我在笔记本上画了一只眼睛,这只眼睛是充满祈盼的,充满幻想的,充满关爱的,充满关注的。它可能是希望工程那只"大眼睛",也可能是2007年上海特殊奥林匹克运动会上那个"创意眼神",或者就是充满慈祥和爱意的仲威平的眼睛。无论是哪一个,都代表着心灵的窗口。我真心希望透过这个"窗口",彼此传递和接收到的都是"身心健康"的信息。

从某种意义上说,爱心工作站也是一个"窗口",承接着外界传递的大爱,回馈出去的是感恩、善意和希望。在这里,仲威平与同事们一起耕耘着,看着从前的苦孩子健康长大成人,是仲威平最大的收获和幸福。"一句话一件事一份爱,或许就影响了一个人。"现在,在各级宣传部门、工会、教育部门组织的报告会、宣讲会上,都会出现仲威平的身影,这些特殊的讲台同样更像是一个大"窗口",她用朴实的事迹传递着信念,而受她感染的人回馈给她一份敬仰,回馈给爱心工作站一份爱心。

莎士比亚说:"慈悲不是出于勉强,它是像甘露一样从天上降下尘世;它不但给幸福于受施的人,也同样给幸福于施与的人。"仲威平用乡村教师的经历、共产党员的使命,诠释着生命的意义、人生的价值。在人生的大课堂上,用自己和爱心工作站的故事,影响着各行各业的人们——这是对"教师"一词最好的诠释。

结语 最美师道

西汉学者扬雄在其《法言·学行》中说:"师者,人之模范也。"教师只有具备了良好的品格和风范,才有可能把学生塑造成朱熹笔下的"圣贤坯璞"。仲威平就是这样的师者,也在自己的教学生涯中努力践行着这条准则,不仅教学生知识,也教他们人生之道。

为重温仲威平走过的岁月,我们驱车从哈尔滨出发,在铁力市与仲威平会合后,第一站直接奔向令人神往的兰河村。此行是在温暖和煦的五月,没能感受到她经受多年的严寒。随着条件的不断改善,那条10公里乡间土路也已变成水泥路,上午刚刚下了一场大雨,雨过天晴后的路面,愈发显得光滑平坦了。

当来到兰河村路口时,情况突然发生了变化,那条拐向兰河小学的小路还未修整,雨后的阳光洒在坑坑洼洼的路面上,深深的车辙像一条弯曲的长蛇,盘踞在路中央拦住了我们的去路。仲威平指着那片泥泞,说这条小路还是原来的样子,雨水一大就没法骑自行车了,只能硬着头皮深一脚浅一脚地往过挪动,遇到砖块或者石头就垫一下。有了她这个"领路人",孩子们来上学的时候,就可以踩着她的脚印,不会走得那么艰难了。

路还是那条路,然而,教室已经不复存在了——仲威平和孩子们转到工农乡中心校后，原来的教室也被房东收了回去。也就是说，昔日的兰河小学已经找不到了。我心中不由得升起惋惜之情，仿佛那段时光被谁偷走了一般，如果没有那些老照片，谁会想到这里曾经是一所小学？如果没有那些老照片，谁会知道这里曾经发生过那么多的感人故事？如果没有那些老照片，谁会明白仲威平那24年的风雪历程和坚守呢？

幸好，村子西南那条呼兰河还在。告别兰河小学，然后转了几个弯，终于见到了那条著名的河流，我忍不住边挥手边大声喊道："呼兰河，我来了！"那一刻的心情很复杂，或许是由于萧红和她的那本《呼兰河传》，亦或许是由于仲威平和她的学校，总之在我眼里，这条陌生的河流非常神圣。河水很平缓地流淌着，如仲威平那般波澜不惊，既熟悉又亲切。

幸好，当年那座无名的小山还在。离开呼兰河畔，我们又按仲威平的指引，转到了村子后面的一条泥泞路上，路旁多年前的旱田早已改为水田，初夏时间，村民正忙着插秧。来到当年仲威平照相的北山坡，当年的榛子树已经丰收了一季又一季，那成排的青松依然威武挺拔，令她不住地感慨着："十年树木，百年树人。当年的小树如今已经是参天大树了。"站在山坡上向村子里眺望，蓝天白云倒映在稻田中，兰河村俨然是"白水明田外"的点缀，在小兴安岭南麓静享着春光。

告别兰河村前往乡中心校，透过车窗回望渐行渐远的乡路，我心中那缕复杂的情绪蓦地释然了——纵是青山留不住，飞云在天仍从容。即使昔日的教室不在了，但在兰河村的乡亲们心中，一定有一方田是留给仲威平的，那里装着最温暖和最柔软的记忆，一年四季从未停止过怀念。这里的山山水水都知道，正是仲威平对孩子们的怜悯与体恤，放飞了兰河村的梦想，守住了兰河村百姓的教育大计。所以，即使过往已逝，依然可以笑对今朝，再见面时，亦可畅谈如彩虹般美丽的明天……

"这就是我现在工作的地方，爱心工作站也设在这里。"返回到5公里外的二屯村，一所现代化小学出现在眼前，此时正是下午放学时间，一部分孩子已经坐校车回家了，剩下的一部分孩子在校园里边玩边等校车回来。一块宽敞整洁的操场，一排红砖灰瓦的教室，一个带三级台阶的水泥大舞台。舞台前五星红旗迎风飘扬，那银灰色的金属旗杆非常正规，很容易令人想起兰河小学那根"小白杨旗杆"，于是又生发出各种感慨。仲威平显然读懂了我的心思，就把孩子们聚集到国旗下一起合影，弥补我心中淡淡的遗憾。

"真的没啥遗憾的，其实，我坚守的不是那间教室，而是对乡村孩子的公平教育。从住着小草房、烤着小火炉、中午带饭盒、啃着凉馒头、几十里路上下班靠双脚、上课一块黑板和一支粉笔，到现在有宽敞明亮集中供暖的大教室、可以用电子白板进行信息化教学、校车接送学生上下学……目睹这翻天覆地的变化，是乡村教师最大的幸福。"仲威平领着我们参观学校的每一个角落，再一次用微笑表达着心声，她说，"如果说一定要记住什么，我希望孩子们行走在阳关大道时，切勿忘记道路上还有泥泞。"

目送最后一批孩子坐上回家的校车，我们也跟仲威平离开爱心工作站，一起回到她在新一村的家。那是一个很开阔的院落，三间中央开门的老式灰瓦房，红砖甬路的两旁是小菜园，种着各种时令蔬菜，靠窗的位置对称种了两棵樱桃树，树下是一些东北常见的野花。一口带辘轳的老井，旁边放着水桶，随时准备给缺水的菜园浇水。一只毛色灰黄胖乎乎的宠物狗，拴在西侧厢房旁边的狗窝里，时刻替主人警惕地观察着院子里的动静。房前屋后，最醒目的装饰品当数那8辆摆放得整整齐齐的自行车了——从1988年至今，仲威平哪辆也没舍得扔。

看着一辆辆车子，忽然想起一个有趣的比喻：前面的车轴是"行"，后面的车轴是"动"；前轮代表着"学习和讲解"，后轮代表着"付出和收获"；车把象征着"改变"，车座象征着"心态"，车后架象征着"使命"，而两个脚蹬则象征着"开拓"。从某种意义上说，人生就像自行车，方向掌握在自己手里，用力蹬才能前进，一路上不管逆风还是顺风，全凭自己掌握。仲威平在送学路上，遇到过各种"风"，可车把始终稳如泰山，双脚一直没有停歇，一路耕耘，一路收获。抚摸着一辆辆自行车，想想这几十年来，仲威平正是凭借"一条道跑到黑"的精神，硬生生地走出了一条乡村送学路，硬生生地跑出了一条温暖的师德路，然后引领更多人沿着她走过的精神之路，铺展开一条条通往光明和希望的路。

路——一个充满魅力的词语！因为前方充满未知和想象，所以总是吸引我们无畏前行！

第二天，我们又从她家出发，来到铁力市古朴的街区，寻找她当年购买国旗的那条路；然后在小兴安岭南麓一路前行，来到美丽的天然氧吧伊春市，寻找她第一次荣获表彰、第一次演讲的那条路；来到马永顺纪念馆，寻找她给孩子们开辟的爱国主义教育路；来到日月峡森林公园，寻找她"百年树人同植木"的教书育人路……每到一处，都仿佛在触摸仲威平的心灵；每到一处，都情不自禁萌发物是人非之感。时代在变迁，条条道路在山林间盘旋，互不干扰又彼此相通，它们在绿水青山间穿行，绘就成一幅连绵不绝的画卷，令人心旷神怡。然而，我又非常清楚，再怎么找寻，也无法还原仲威平的送学路，正如她自己所言："这几年坐过汽车、火车、飞机、轮船，走了大半个中国，但飞得再高走得再远，也不是那24年的8万多公里路了……"

结语 最美师道

为什么有这样的感觉呢？带着新的困惑，我们顺着呼兰河的流向，来到哈尔滨市呼兰区。忍不住慢下了脚步，这里是呼兰河流入松花江的转折点，也是作家萧红的出生地。匠心独具的萧红纪念馆，外墙上是一组以《呼兰河传》场景为题材的浮雕，阶梯造型的窗户象征书架，重叠式的房盖象征翻开的著作，墙面的青砖则像一本本合上的手卷。纪念馆里陈列着丰富的展品，还有鲁迅在内山书店会见萧红与萧军的立体雕塑。于是，我又想到了仲威平，她说最喜欢鲁迅那句"世上本没有路，走的人多了，也便就成了路"。于是，看似关系不大的兰河村与《呼兰河传》，就拥有了一种内在的关联——这里是省级爱国主义教育基地，仲威平可以带孩子们来参观学习，感受萧红作品背后深沉的家国情怀。

一条河，就是一种精神；一条路，就是一种追求。当终于到达呼口大桥的时候，眼前的视野异常开阔，静静的呼兰河水波光粼粼，缓缓地流向前方的松花江。我知道，在更远一些的地方，在目光不能及的某一个转折点，松花江又奔向波澜壮阔的黑龙江；然后，黑龙江又继续奔腾不息，流经中国、蒙古、俄罗斯，成为世界著名的十大河流之一。

"道之在天下，犹川谷之于江海！"我不由得发出一声慨叹，同时心头所有的困扰也随之而去。河水永远奔流前进着，它知道最美的风光总在前头，正如仲威平一路耕耘，她知道最美的收获总在前方。时代在进步，生活在改善，教育在发展，我们不必刻意保留那间低矮的教室来证明什么，而是要把仲威平的精神作为一种纽带，联系起时间和空间，联系起"为学"和"做人"，联系起过去、现在和将来，联系起天道、人道和师道。

中华民族有悠久的教育传统，师道在不断的传承中接续发展，但核心内容有两点：一是为师之道，二是教师的地位、作用以及尊师的风尚。尽管时移世易，但这两点从未发生过变化。教师的工作是良心活，需要有爱心和热情，不能简单地将"师道尊严"理解为社会要尊重教师，而应该铭记北宋思想家周敦颐的话："师道立，则善人多。"像仲威平这种无私奉献、默默坚守、无怨无悔的精神，才是师之道、师之德、师之魂的核心所在。

"子曰：'富与贵，是人之所欲也，不以其道得之，不处也。贫与贱，是人之所恶也，不以其道得之，不去也。'"这是仲威平爱心工作站墙壁上的警句。无论生活条件多么艰难，工作环境多么艰苦，她从未放弃坚守，在风雨中把自己塑造成了人之模范，做到了真正的言行一致、知行合一。当初她站在无名北山坡上时，没想过"德高为山"这句话；当年她漫步在呼兰河畔时，也没有想过会成立爱心工作站，把"爱心汇成河"。如今她用脚踏实地的行走，把自己站成了山的高度，把师道走出了海的广度，无数颗小水滴被她的魅力感召，最终凝聚成山高水长。

《左传》云："德，国家之基也。"一个人如此，一个行业如此，一个国家亦是如此，必须"时而化之，德而成之，材而达之"。人间最美是师道，道之所存，师之所存也，仲威平愿永远行进在教书育人的路上！

2020 年 5 月